作者简介

布莱恩·理查森（Brian Richardson），美国马里兰大学英文系教授，非自然叙事学的首创者和奠基人。曾任国际叙事研究学会（The International Society for the Study of Narrative，ISSN）主席（2009—2012）、美国约瑟夫·康拉德协会（Association of Joseph Conrad）主席（2012）。著有《不可能的故事：因果性和现代叙事的本质》(1997)、《非自然叙述声音：现当代小说中的极端叙事》（2006，获得珀金斯叙述研究最佳图书奖）、《叙事理论：核心概念与批评性辨析》(2012，合著)，以及《非自然诗学》(2013，合编)等。

译者简介

舒凌鸿，博士，云南大学文学院副教授，硕士研究生导师，云南大学叙事学研究中心副主任，中国中外文艺理论学会叙事学分会理事。

当代叙事理论译丛
丛书主编：谭君强

非自然叙事

理论、历史与实践

（美）布莱恩·理查森　著

Brian Richardson

舒凌鸿　译

Unnatural Narrative

Theory，History，and Practice

北京师范大学出版集团
BEIJING NORMAL UNIVERSITY PUBLISHING GROUP
北京师范大学出版社

总　序

　　20 世纪六七十年代兴起的结构主义叙事学，已历经超过半个世纪的理论行程。尽管在其发展的过程中有起有伏，然而，一个有目共睹的事实便是，迄今为止，它仍在当代世界的理论潮流中独树一帜，当代叙事理论依然显示出勃勃生机。

　　中国的叙事学研究自 20 世纪 80 年代以来，由涓涓细流逐渐汇为理论研究与实践的潮流。这一潮流发展的势头不仅迄今未减，还有延续甚至加速之势。从各种学刊上不断增加的叙事学研究的论文和越来越多的硕士、博士论文，从进入叙事学研究行列的年轻学人逐渐增多，从国内叙事学界与国外同行越来越密切的交流与对话，等等，或许多少可以感受到这一势头的端倪。可以说，在最近数十年来从国外引进的文艺理论中，鲜少有如叙事理论这样延续时间如此之长，影响如此之广的。同时，在汲取国外理论有益营养的基础上，中国的研究者又努力挖掘自身丰富的理论资源，发展具有中国意义的叙事理论，以主动的面貌，回应这一理论，促使它进一步完善和发展。

　　任何一种理论的生命力，源自它与实践的密切结合，既能对实践产生一定的指引作用，又能在不断发展、变化的过程中，不断对理论本身做必要的补充、修正、革新与完善，使之能够与时俱进，始终保持理论的敏锐性，在理论与实践的有机结合中促成双方的发展。就此而言，叙事理论是成功的。在其发展过程中，它逐渐纠正了将自身限制在文本之内的倾向，改变了纯粹形式研究的意图，延伸了此前未曾触及的领域，跨越了不同文类的鸿沟……在保持这一理论自身特点和优势的基础上，与其他理论形成有机的融合，不断增强其分析与阐释的有效性。叙事理论这样一种研究和创新的状况，国内国外均可看到。

　　在中国当代叙事理论的研究与发展中，国外叙事理论的引入功不可没。从 20 世纪八九十年代一批国外重要叙事理论著作的翻译介绍，到 21 世纪初申丹教授主编的"新叙事理论译丛",这些理论译作对中国叙事理论发展所起的作用显而易见。它扩展了人们的理论视野,提供了新的理论资源,为进一步研究叙事理论提供了有益的参照。

目前,国内外的叙事学研究呈现向纵深发展之势,新的研究常跃入人们的眼帘,对原有基础理论的探讨也在不断加深。为适时了解国外叙事理论的发展状况,促进中国叙事学研究的发展,引入一批新的国外理论著作又适当其时了。有鉴于此,我们着手组织翻译出版"当代叙事理论译丛"。这套丛书的入选书目均为 21 世纪以来,尤其是近年来出版(或修订再版)的叙事理论著作,既注重在基本叙事理论阐述中具有新意的著作,又注重在不同的研究取向和研究分支中具有影响的著作,同时还考虑到那些融入新的内容、带有教科书性质的书,目的在于既能给这一研究领域的学者提供新的、必要的参考,也能给步入这一领域的年轻学子提供有益的帮助。第一批挑选的著作共五种,均出自欧美当代有影响的叙事学家之手,分别为:

1. [荷] 米克·巴尔:《叙述学:叙事理论导论》(Mieke Bal. *Narratology*: *Introduction to the Theory of Narrative*, Third edition. Toronto: University of Toronto Press, 2009)。

2. [德] 沃尔夫·施密德:《叙事学导论》(Wolf Schmid. *Narratology*: *An Introduction*. Berlin: De Gruyter, 2010)。

3. [荷] 彼得·沃斯特拉腾:《电影叙事学》(Peter Verstraten. *Film Narratology*. Toronto: University of Toronto Press, 2009)。

4. [美] 戴维·赫尔曼,詹姆斯·费伦,彼得·拉比诺维奇,布赖恩·理查森,罗宾·沃霍尔:《叙事理论:核心概念与批评性辨析》(David Herman, James Phelan, Peter Rabinowitz, Brian Richardson, Robyn Warhol. *Narrative Theory*: *Core Concepts and Critical Debates*. Columbus: The Ohio State University Press, 2012)。

5. [美] 布赖恩·理查森:《非自然叙事:理论、历史与实践》(Brian Richardson. *Unnatural Narrative*: *Theory*, *History*, *and Practice*. Columbus: The Ohio State University Press, 2015)。

丛书的前两种均具有教科书的性质。巴尔的这部著作自 1985 年第一版问世以来，已成为国际性叙事理论的经典导论，是一部普遍采用的教材。它的目的在于提供文学与其他叙事文本研究中运用的系统的理论描述，阐述叙事的基本要素、叙事技巧和方法，它们之间的转换、接受，使我们能得以理解文学作品，也可以理解非文学作品。该书的前两版均有中译本，但早已绝版，列入丛书的是 2009 年出版，经过作者较大修正与补充的第三版。

施密德的《叙事学导论》是德国著名的德古意特出版社出版的教科书（de Gruyter Textbook），为当代叙事理论的典范著作。它不仅着眼于叙事学的基本理论，而且为叙事学的发展提供了一整套可资借鉴的学术体系和理论框架。它概述了叙事理论，分析了虚构与模仿、作者、读者、叙述者等基本概念，较为详尽地解释了诸如叙事作品的实体存在、叙述性等一系列叙事学核心概念，讨论了叙述交流框架、视点、叙述者文本与人物文本之间的关系和事件的叙述变形等热点问题。

后三种为在叙事理论各个研究领域中有代表性的著作。沃斯特拉腾的书提供了电影叙事学分析的一个基本指南。它在进行叙事理论与电影分析的跨学科研究中，结合叙事理论，联系从好莱坞到先锋电影的诸多电影文本，对电影叙事进行了精当的分析与阐释。

《叙事理论：核心概念与批评性辨析》是一部十分独特的书，它出自五位当今美国叙事学研究各个方向的领军人物之手。该书从叙事理论的最新发展中选取一些核心概念，即作者、叙述者与叙述，时间、情节与进程，空间、背景与视角，人物，接受与读者，以及叙事价值、审美价值等进行探讨，分别从修辞研究、女性主义研究、叙事与思维关联研究、反模仿研究四个不同的理论视野依次探讨这些核心概念，在各自分析、研究的基础上，进行批评性辨析，相互做出回应，并充分展开了不同观点的理论交流，使我们得以从不同的理论视野出发，加深对这些核心概念的理解，对叙事理论诸多方向的发展产生清晰的认识。

《非自然叙事：理论、历史与实践》是非自然叙事这一领域的一部力作。作者认为，叙事基本存在三种不同类别：非虚构叙事、模仿虚构叙事、违反模仿实践与目的的非自然虚构叙事。在过去的 75 年中，每一类叙事学都忽视、摒除非自然叙事，试图构建起一种加以整合的普适叙事学，而这些叙事学几乎只包括非虚构叙事与模仿叙事。模仿理论原则上无法公正合理地处理反模仿的实践，它只能讲述故事的一半，而叙事学需要将两者包含在内。非自然叙事学的研究恰恰可以在两个层面上获益：在理论层面上，它有益于一个真正全面的叙事学，而非仅仅适用于部分的叙事学的形成；在分析的层面上，它可以使人们关注与大量模仿文本相对的非自然叙事文本。该书联系作品，集中在理论上对非自然叙事进行阐释，并关注其历史的发展与实践的阐述，是这一领域中一部最新的著作。

在选择与确定翻译作品等工作的过程中，我们得到了不少作者的大力支持与帮助。巴尔教授、施密德教授和理查森教授帮助我们选择书目，联系版权事宜。其中关于非自然叙事研究的书，我们早先确定的是理查森教授的一部获"国际叙事研究学会"年度著作奖项"伯基斯奖"的书，但在与他联系时，他主动告知我们使用他定于 2015 年 5 月出版的书更为合适，并在书未出之时便为我们联系版权，这样，才可能有他这部最新著作的译本。

在此，我们要特别感谢北京师范大学出版社的马佩林先生。在获知我们的设想后，马佩林先生十分支持，讨论计划，安排联系版权，并在丛书最后确定之后，特意从北京来到昆明，参加丛书的出版签约仪式并代表出版社在合同上签字。

该丛书由云南大学叙事学研究中心负责翻译出版，这是中心的一项重要工作之一。我们将在第一套五部的基础上，根据需要和可能，继续选择后续的重要著作进行翻译，进一步为中国叙事学的发展做出我们的努力。今年 11月，第五届国际叙事学会议暨第七届全国叙事学研讨会将在昆明召开，由云南大学叙事学研究中心和人文学院承办。届时，本译丛著作的一些作者，如詹姆斯·费伦教授、沃尔夫·施密德教授都将应邀与会，这是日益密切的国内外叙事学界交流的又一个明证。我们希望这样的交流不断进行下去。

译事艰难，理论著作的移译尤非易事。尽管从一开始我们便秉持严肃认真的态度对待这项工作，但限于能力和水平，不当之处必定难免。学界同人和读者的批评指正是对我们最好的关心与帮助，我们当诚以待之。

谭君强
2015 年夏于云南大学

如前所述，在第一套五部译著陆续出版并完成之际，这一译丛的后续部分将继续展开。我们已经遴选了国外新的重要的叙事学著作，有的在翻译之中，有的已经译毕，将根据情况先后出版。第一套已出版的几种书获得了学界和读者的良好反响，我们期待今后继续得到学界同人和读者的批评指正，并将一如既往地将这一译介工作延续下去，以为日益增多的中国叙事学研究者和爱好者提供一份参照，为中国的叙事学研究尽我们的一份力量。

谭君强
2018 年春于云南大学

序　言

　　非自然叙事研究有以下目的：提供一个全面充分的非自然叙事理论；追溯从古至今的非自然叙事的历史；提供一些非自然叙事的文本分析；解决一些紧迫的理论问题，如备受非自然叙事作品的作者关注的虚构性问题。据此，我希望该研究能对叙事理论进行切实的调整，正如它的批评实践在目前的基本分析模式中增加了一个新的、显著的视角。自 20 世纪 60 年代以来，叙事实践的创新在以一种惊人的速度发展着，但叙事理论却发展缓慢，并未将这些创新充分概念化，整合到现有的理论模型中。非自然叙事理论将重点放在这些文本上，意在拓展理论模型，再将其运用到实践中，并通过回顾叙事的历史找到形成这些策略的重要路径。事实证明，它们无所不在。

　　本书包含七个章节。前两章是理论阐释，接下来两章是理论运用。第一章提出了非自然叙事的几个基本定义，以及模仿叙事、反模仿叙事等核心概念。本书对非自然叙事的讨论涉及各种非自然叙事文本，包括西方文学史、亚洲古典戏剧、民间故事和大众文学。我先从表面相似的形式中区分出非自然的叙事形式，如科幻小说、超自然小说、奇幻小说、寓言和程式化的文本。接着，我将讨论一些吸引人的跨界案例，并解决非自然叙事可能因时间推移或者跨文化而阐释状态相对变化的问题。此外，本章还会对其他非自然叙事概念进行讨论，特别是对扬·阿尔贝（Jan Alber）的重要研究提出反对意见。关于非自然叙事理论在批评史上的未来发展，我也将进行简短的阐述。

　　第二章将检验目前应用广泛的几种叙事理论，并指出非自然小说文本是如何洞穿这些理论的。我的研究领域是故事、话语、叙述者、人物、叙事空间、认识论的同一性、虚构思想、虚构性、读者以及叙述本身。这些基于传统理解的基本概念正面临众多非自然叙事作品的严峻挑战，这些作品以不同的方式抵制现存的叙事理论构想。在这里，我将与对立的理论家，特别是结构主义和认知叙事学理论家，讨论一些具体问题，并讨论为了得到真正全面的叙事理论，我们多么需要修正或者重新构思目前的理论。在列出我的理论纲要并对当前叙事理论家进行批判之后，我将在第三章故事分析领域中运用非自然叙事理论，揭示该理论方法的特异性。我将运用这些方法分析故事的形式，使故事概念化。我会考察叙事的定义、叙事的起源、故事的本质、故事时间和顺序、可能（或不可能）的结局，以及同一个故事的多个不同版本，这些似乎正好说明非自然的研究角度可以提高我们对这些领域相关概念的认识。具体地说，我会讨论任意的和否定的开始，不可知的和矛盾的故事，各种类型的非自然叙事的发展和回归，包括消解叙事、文本生产者、多重和自我否定的结局。我提供了一些新的分类和概念，有助于对这些写作实践展开更加完整的理论阐释。这项讨论将涉及以下作家及其作品：萨缪尔·贝克特（Samuel Beckett）、阿兰·罗伯-格里耶（Alain Robbe-Grillet）、卡瑞尔·丘吉尔（Caryl Churchill）、安娜·卡斯蒂洛（Ana Castillo）、马尔科姆·布拉德伯里（Malcolm Bradbury）、迈克尔·乔伊斯（Michael Joyce）、汤姆·泰克维尔（Tom Tykwer）。

在第四章中，我将举出一个非自然叙事文本中较为常见的奇特悖论：非自然小说作者喜欢消解自己的作品与模仿类小说的基本对立，他们也抨击虚构与非虚构之间的区别，而这一关键的区别不正构成了非自然叙事与模仿叙事的本质差异吗？我将继续进行一些不同的尝试，以取消本体论的壁垒，分离作者及其作品，包括非虚构小说、非自然的非虚构作品、自传体小说，以及各种不同的后现代叙事。我要解决这一悖论，并尝试对虚构性本质的理论问题做出回应。

第五章、第六章将探讨文学的历史。第五章包含一些很有趣的运用反模仿手法的作品，包括在拉伯雷、塞万提斯和文艺复兴时期之前的作品，如阿里斯托芬的《地母节》（*Thesmophoriazusae*）、卢西恩的元后现代叙事作品《一个真实的故事》（*A True Story*）、迦梨陀娑（Kalidasa）和毗舍佉达多（Vishakadhatta）的梵语戏剧等。我将提供对莎士比亚作品《麦克白》（*Macbeth*）的延伸分析，并且追踪其叙事年表和因果关系的巧妙倒置，然后对斯威夫特（Swift）、菲尔丁（Fielding）和斯特恩（Sterne）小说中不同的非自然叙事时刻进行讨论。我注意到在《项狄传》（*Tristram Shandy*）

之后，人们创作了更多的实验小说，包括狄德罗（Diderot）、蒂克（Tieck）、拜伦（Byron）、歌德（Goethe）、卡莱尔（Carlyle）等浪漫主义作家。最后，我将分析 19 世纪末期一些引人入胜的实验作品。

第六章介绍的是 20 世纪开端非自然叙事的状态。该章依据乔伊斯的《尤利西斯》分析其非同寻常的、反模仿的叙述者及其叙述行为，并将其与后现代叙事实践并置起来进行研究。我会研究一些固有的方法上的问题，即建构现代文学史（尤其是后现代主义）叙述标准的方式。我认为，从非自然叙事的角度出发，我们可以对后现代主义形成新的、更准确和更全面的叙述，即使它是一个挑战。也就是说，一个关于后现代主义时间框架的叙述实际已经存在了。更具体地说，我认为现代主义存在一个矛盾范畴，后现代主义则存在一个历史性的错误。通过对模仿和反模仿问题的集中讨论，非自然叙事的方法可以解决现存的历史分期的难题，有利于人们关于现代文学史形成更加准确一致的看法。

第七章将关注点放在文本的意识形态方面，而作家常常采用极端的和非自然的叙事方式对其加以呈现。近些年来，美国少数族裔叙事、后殖民主义叙事、女性主义叙事打破模仿模式的惯例，运用极端的叙事模式表达激进的政治诉求，为非自然叙事学提供了反模仿叙事策略的分析材料。其中，故事、情节、叙述、人物和框架等是我所关注的研究领域。本书将说明相互对立的作者如何通过采用不同寻常的、非自然的叙事策略表达自己的立场。这些作者常常避免关注单一个体或者多个个体的叙述，而是选择让叙述过程断裂和坍塌，产生多样性、碎片化、杂糅的形象，或产生集体型的叙述者和主题。

在结语部分，我将阐明一项方法论意义上的重大研究成果。我会对决定叙事理论研究素材的构成提出质询，并指明这些决定背后的博弈，呼吁拓展叙事研究的模式——应该同时包括模仿的和反模仿的文本研究。我也会探寻叙事学研究中模仿偏见形成的原因，指出其历史，讨论其后果，提倡对它的更替。接下来，我将对传统的叙事理论或者标准进行批判。当然，所有此类陈述都只针对一般意义上的事实。在现存的各种理论中，某些模式的灵活性比其他模式更出色；在不同阵营的理论家中，一些理论家的构想也比其他人的更开阔。在某些模式中，理论本身就抗拒拓展，而在其他情况下，一些叙事学家即使采用看起来极其全面的理论框架也难以将其囊括进来。不管是在哪种情况下，我都将努力对重要的例外情况做出公正的评价。我希望从莫妮卡·弗雷德尼克（Monika Fludernik）、詹姆斯·费伦、彼得·拉比诺维奇的研究开始。这些理论家孜孜不倦地探求为叙事学提供普遍的研究模式。我的评论针对的是他们的理论中少量的日益狭窄和固化的部分。事实上，我也会指出这三位理论家正在推进理论前沿，并且引述他们超越传统叙事概念的批评工作。

然而，我的课题又是超越现存所有范式的[①]，是对叙事研究的激进重塑。几乎所有的传统叙事学家，包括那些颇具包容性的学者，都采取了单一的、基础的叙事模式。我的立场不同，我主张一种可以被运用于模仿和反模仿作品的，具有双重性或振荡性的叙事研究模式。大多数叙事学家主张一种单一的叙事理论，也认为它可以被运用于包括虚构文本和非虚构文本的所有叙事文本。在我看来，这种想法不切实际。虚构小说，特别是反模仿小说，与非虚构类小说完全不同，它需要自己的诗学。一种全面综合的叙事理论必须公正地评价模仿的文本，双重或多重的叙事诗学已不可避免。我希望大家特别注意我所提到的一种谬论："谱系的结束"（end of the spectrum）。许多传统的叙事学家可能认为他们可以很轻松地适应反模仿的文本，并与我进行讨论；但其实他们只是将自己置于一个长谱系的另一端，对这些作品进行描述，同时确保自己几乎看不见这些位置遥远而微乎其微的作品。我认为这是另一种忽略或漠视重要作品的做法，如果研究继续深入，会对他们位于其中的谱系和模仿模式造成威胁。

我不打算提出一种全新的叙事理论，也没有必要在非自然叙事学和修辞叙事学、认知叙事学、女性主义叙事学、结构主义叙事学之间做出选择。我认为采用非自然叙事的文本是对现有的模仿叙事研究必不可少的补充。我对模仿叙事的讨论，目的并不是质疑其存在的合理性，而是揭示它的局限性。模仿叙事非常重要，也非常有价值，但我们不能只停留于此。我也想指出，非自然的叙事理论几乎完全产生于虚构的叙事作品。拉康主义或

---

① 对于我的研究工作的批评，参见詹姆斯·费伦、彼得·拉比诺维奇、罗宾·沃霍尔和戴维·赫尔曼在《叙事理论：核心概念与批评性辨析》中的论述。

认知叙事学就是导入了非虚构文本的相关理论，或者从关于真实事件的叙述中获益的，但非自然叙事学并没有这么做。可以确定的是，非自然叙事理论在意识形态上是中立的，尽管它的文本案例属于许多激进政治运动所寻求的实验艺术形式。它正好为分析这些文本提供了理论工具。

为了提供一种问题意识，我将简要讨论贝克特的《莫洛伊》（Molloy）所使用的叙述方式，而大多数叙事理论对这种叙述方式的分析显然不够充分。我提出的第一个问题是：这是否是一种完全单一的叙事？书中两个部分的结合是有明显缺陷的。在"莫洛伊"的部分，莫洛伊叙述他试图到达母亲的房间；在"莫林"部分，莫林叙述他在寻找莫洛伊（或者莫勒斯）。由于有大量重复的元素，这两个故事明显密切相关。但由于存在矛盾，它们又并不是同一个故事，而且事实上基本没有关联。或者说，它们是同一个故事完全不同的版本。我们需要一个足以包含贝克特对单一叙述限度的测试的故事定义，无论是在这里，还是在更为极端的文本中。我将在第三章中对这一问题进行讨论。

当然，贝克特的叙事安排有同样的问题：有没有单一的叙述者，即莫林是否变成了莫洛伊？莫林自己是一个单一的叙述者吗，或者说他的声音是单一的吗？其蜕变已超出了人类正常可能的范围。是什么使我们了解莫洛伊的学问——他能把握大陆理性主义哲学家的学说，但无法确定警察要求查看他的"paper"的意思（他没有交出身份证明，而是交给警察他用过的纸）？是什么使我们明白莫洛伊和莫林听到的是自己的声音？最重要的是，是什么使莫林惊人地宣称他已经在贝克特所写的其他作品中听到或创造了书中的人物？莫林指出："我脑中的乌合之众，什么垂死之人的画廊，墨菲、瓦特、耶克、莫西尔和所有其他人……故事，故事。我没能告诉他们。"正如我在《非自然叙述声音：现当代小说中的极端叙事》（Unnatural Voices：Extreme Narration in Modern and Contemporary Fiction，2006）中所探讨的，我们需要超越人类叙述者（以及相应的像人类的人物形象）的概念，去阐明这种最不自然的叙述情境，并且发展出新的类别，就像虚假叙述、渗透叙述和非框架叙述者，从而完全包含贝克特的叙事实践。

时间在《莫洛伊》这部小说中是不确定的，贝克特其他作品也充满了此类矛盾。这个文本的叙事空间也许是不可能存在的，据一位评论者所说，作品的第一部分看似被安排在爱尔兰，其他部分则像是法国的某个地方。贝克特也通过这一策略将《终局》（Endgame）极端化，他设置了一个非常矛盾的空间，作品中代表性的事件被证明是不能成立的。《莫洛伊》的开端很模糊，而且可能在否定自身。在这部作品早期的英译本中，我们得到了多个开端的线索："然后我想，这一次也许是最后一次。我想它会结束，这个世界也一样。"其他情节线也不断提出疑问："这是我的开始。它一定意味着什么，否则他们不会保留它。就是这样。"它进一步质疑一个理念，即确定一个开始。每个部分的结尾都是模棱两可的。贝克特的作品常常在开端就唤起结局，而结尾不可能是对可能结局的陈述，更不可能提供问题的解决方案（"我不能继续，我会继续"）。他在正常的事件叙述过程中，对已叙述的事件进行修改，不断质疑和否定，运用话语消解故事。随着莫林的叙述，作品停止了，"然后我回到家开始写：现在是午夜。雨敲打着窗户。那时，天没有下雨，也并不是午夜"。这些陈述引出了质疑，或者简单地排除了由情节建构故事的可能性。现有的叙事理论工具无法充分解析这个文本以及贝克特其他更极端的文本。拓展故事的概念是非常有必要的，它应该包含不可知叙事、消解叙事、矛盾叙事以及多线性情节叙事。所有这些术语都可以在非自然叙事文本中发挥作用，决定它们在文本中的确切地位。这是我想进一步达到的目标，也是本书的最终目的。

这本书是对我先前叙事理论研究的延伸、补充和加强。《非自然叙述声音：现当代小说中的极端叙事》是对非自然叙事理论研究的拓展。在《叙事理论：核心概念与批评性辨析》中，第七章包含一个简短的调查。非自然叙事在大范围内更具普遍性，它试图沿着理论、历史、方法论的道路前进，夯实了其他两方面的工作。它还在不同类型、不同时期和不同流派的作品中扩展和应用非自然叙事的范型，包括戏剧、非小说、大众文化、激进小说、亚洲古典小说、美国少数族裔文学、女性主义文学以及后殖民主义作品。

我希望本书能包含我新近得出的最准确的定义、最有说服力的例子，展开令人信服的论辩。我发现，在飞速发展的非自然叙事研究领域，思想的发展也十分迅速。本书的论述更新了之前的相关论著，而我将继续围绕这一引人入胜又十分必要的方法研究下去。

目　录

第一部分

理　论

第一章　非自然叙事理论的
定义、范式和问题

非自然叙事理论研究的目的是分析和理解后现代主义，以及其他反模仿（anti-mimetic）的叙事实践。首先，我们将进行必要的界定：我称之为模仿叙事的那些虚构作品与非虚构作品本质上有何相似之处。模仿叙事系统试图运用一种可识别的方式描绘我们的经验世界。这些作品的传统目标是达到真实和逼真的效果。19 世纪现实主义小说正是传统模仿叙事的主要类型。

我将非自然叙事定义为包含明显的反模仿事件、人物、环境和结构。我认为，要通过反模仿叙事策略，即通过违反非虚构叙事的预设，违反模仿叙事的预期以及现实主义的创作实践，建立一种新的类别。① 非自然叙事的范例包括博尔赫斯最不现实的故事，贝克特的《无法称呼的人》（*The Unnamable*，1953），罗伯-格里耶的《嫉妒》（*La Jalousie*，1957），安娜·凯文斯（Anna Kavans）的《冰》（*Ice*，1967）和萨尔曼·拉什迪的《撒旦诗篇》（*The Satanic Verses*，1988）。需要注意的是，许多故事都是完全模仿的，几乎没有叙事是完全反模仿的。然而，在大量作品中，这两方面会不同程度地存在。模仿文本常常试图掩饰它们是人为之物；而在其他时候，它们又狡猾地暗示自身的虚构性。反模仿文本可以淡化模仿特征，张扬它们超越常规的特征。反模仿场景和人物与给定文本的模仿叙事方面的辩证关系往往最引人注目。

我们可以进一步从我所谓的非模仿（nonmimetic）中区分出反模仿：反模仿作品（反现实主义）就像贝克特的《莫洛伊》一样无视模仿（或现实主义者）表述的规约，这一规约正是《安娜·卡列尼娜》这样的作品所

---

① 这些非常不同的叙事，即使标示出每一个假设都是一致的，也并不意味着这一集群与非虚构叙事具有明显的同源性。

坚持的。非模仿（非现实主义）作品，如童话，则创造了一致的、平行的故事世界，遵循既定的写作惯例，或在某些情况下只是在对现实世界的模仿描述中增加了一些超自然的成分。① 我将提供三个例子来进一步阐明这些差异。一个普通人在普通的地面上，骑着一匹普通的马，在几小时内旅行了三十五英里②，这是模仿的故事。一个王子骑着一匹有翅膀的马，在几分钟之内飞到了王国的另一端，这是非模仿的叙述。关于飞行的非自然叙事的例子可参见阿里斯托芬的《和平》（*The Peace*）：主人公骑着巨大的屎壳郎飞上了天，还请求观众不要释放任何气体，以免误导他的坐骑。

从我的角度看，常规的非模仿作品不是非自然叙事。尽管通常的动物寓言故事早就偏离了现实主义的文学经典，但它仅仅是传统的自然叙事的常见实例。会说话和会思考的动物从史前时期的动物故事延续到《米莉之书》（*Millie's Book*）中。这本书的作者布什·芭芭拉（Bush Barbara），她通过狗的视角讲述了自己在白宫的经历。一旦作者开始超越常规的部署，动物故事就会变得不自然。我们在约翰·霍克斯的《甜蜜的威廉》（*Sweet William*）中，会发现关于马的诗学、哲学以及男性生殖崇拜的表述。在约翰·巴斯的《夜海之旅》（"Night Sea Journey"）中，一个更为极端的例子是精子在游向卵子时的独白。反模仿文本因此超越了非模仿文本，它们违背而不是简单地扩展了模仿的规约。这种差异可以被我们觉察到。在文本生产过程中，它通过某种程度的出乎意料，通过惊讶、震惊、承认差异的苦笑或嬉戏式表述起作用。非自然戏仿一个至关重要的方面是它故意违反传统的模仿或非模仿的规约。相比之下，模仿和非模仿作品的作者通常相信（至少有意让读者相信），他们所呈现的故事世界具有一般意义上的准确性〔虽然例外比比皆是，如伊迪丝·华顿（Edith Wharton）的鬼故事〕。

正如第五章所论述的，在大部分文学史中，我们都可以发现大量反模

---

① 我对幻想作品的理解明显不同于凯瑟琳·休谟（Kathryn Hume）较为宽泛的定义，她将其视为"对知觉现实的偏离"。

② 1英里约等于1609米。——译者注

仿场景和作品——从古希腊罗马文学、梵语文学、中世纪文学、文艺复兴文学、18世纪文学一直到最近的后现代主义、魔幻现实主义、先锋派的作品。尽管被文学史、批评和理论忽视或边缘化，但非自然叙事构成了整个文学史可供选择的另一历史，是另一个"伟大的传统"，而既有的文学史、批评和理论多被限制在文学模仿实践的狭窄范围之内。

在本书中，我反对我说过的模仿叙事理论范式：提出或假设存在这样一种范式，虚构故事中的事件、人物、场景设置，直接通过非虚构叙述和真实生活的体验推导出可以被充分描述和理解的概念模式。事先声明，我并没有和已完成高质量工作、得出重要结论的理论家产生矛盾。我针对的是这个模式自我限制的性质。根据定义，一个模仿的模式，不管来自现实主义小说（从笛福到普鲁斯特）还是非虚构叙事作品，都是无法理解那些违反模仿实践的反模仿作品的。超越反模仿叙事巨大疆域的限制，正是莫妮卡·弗雷德尼克值得赞扬、获得承认和理论化的开端。我想走得更远，并通过展示叙事理论如何获得扩展进行正确的定位。我建议这一范式在模仿与反模仿之间坚持一种双重的互动模式，尽管我会理所当然地强调被忽视的反模仿叙事实践，以及这些作品所践行的叙事理论。要理解非自然叙事作品，我们需要额外的诗学。我不提供替代性的范式，而是与其互补。在大多数情况下，我们并不需要拒绝现存的模式，而是需要补充它们。我们提倡不仅要超越模仿的范式，还要形成一个更为全面的模式——既包括模仿的叙事实践，也包括反模仿的叙事实践。

莫妮卡·弗雷德尼克在《走向"自然"的叙事学》（*Towards a "Natural" Narratology*，1993）中指出自然叙事研究范式具有局限性，而我的工作恰是对这一理论的延展和补充。我所进行的叙事学研究无法被纳入非虚构的自然叙事模式中。对我而言，"非自然"并不是额外产生的叙述学含义，而是产生于社会语言学的叙事学术语。我并不赞成，或者必然反对某种文化实践、个人行为、性取向——通常会被社会认定为非自然的。我意识到这些明显不同的含义可能会带来一些困惑。但是，"非自然叙事"已经广泛出现了，以至于我们必须适应其带来的后果，包括偶尔出现的明显的矛盾。

非自然的程度

应该强调的是，很多乃至大多数叙事的位置都处于平行但又偶尔相交的光谱上。普鲁斯特的《追忆似水年华》几乎完全是模仿叙事，但也在文本的关键之处包含一些特别的反模仿叙事。在文本中，令人怀疑的叙述者以反幻觉的方式宣称小说中的人物都是虚构的，只有在弗朗索瓦丝孤独无助打算离开的时候帮助她的退休百万富翁表兄是真实的。这样的申明（无论准确性如何）指出了叙事的虚构性，破坏了模仿的幻觉。这也绝不是不同寻常的，许多表面看似现实主义的文学作品都潜藏着非自然叙事的元素。玛丽亚·马克拉（Maria Mäkelä）在识别现实主义方面尤为敏锐。在讨论小说思想时，她甚至声称："我们没必要诉诸先锋派文学或者挑战认知的特殊文学去彰显非自然性，它总是出现在意识的文本表征中。"

一部叙事作品可能包含更不自然的组成部分，文本中会出现对所述故事陈规惯例的评论，并时不时嘲笑它们的非真实性。《诺桑觉寺》的开头是这样描述女主人公的出生情况的：她的母亲"在凯瑟琳出生前有三个儿子。在凯瑟琳出生时，大家以为她的出生会要了母亲的命，不过她还是活了下来，并且又生下六个孩子。她和这些孩子生活在一起，看着他们长大，围绕着她。她也为自己良好的健康状况感到欣慰"。这一陈述模拟了女主人公的母亲生下女儿后死亡的叙事惯例，就像阿拉贝拉（Arabella）在《女堂吉诃德》（*The Female Quixote*，1752）中所经历的那样。它的讽刺功能集中于以下方面：尽管18世纪很多妇女死于难产，但不可能这么多女主人公都失去了母亲，然而这却成为一种叙事惯例。这种叙述提供了大量"相当容易"的场景叙述机会，涉及身处困境的女孩，能很快营造出失母之女多愁善感的情绪。针对现存的叙述惯例，奥斯汀进行了概率上和美学上的批评，即使它表明是由叙述者而不是某个早已存在的事件决定行动相继发生的轨迹的。我们会注意到，当与持续不断的模仿框架或者轨迹交互作用时，非自然叙事策略经常是行之有效的。

非自然叙述总是位于特定的事件、人物、场景及框架之中。非自然叙事的不同形式会在整个叙事的层面上产生非常不同的效果。因此，一个文本如果将读者的注意力引向文本的虚构性，就会产生不同程度的非自然性。当特罗洛普（Trollope）指出他的叙述可以进行任一方向的选择时，非自然状态就出现了，但很快被纳入小说模仿的重心之中。然而，塞万提斯打破了模仿的幻象。他假装宣称手稿的抄录脱落了，之后为了确定故事结尾而去寻找另外一个版本。小说中这一模仿的部分完全被放置在括号内，尽管很短，但就效果而言可以说非常显著。这种效果具有更大的破坏性，事实上，约翰·福尔斯（John Fowles）《法国中尉的女人》（1969）结尾部分的革新是对本体论的冒犯，否则它在很大程度上就是以模仿的方式讲述的。由于这种策略，整个叙事变得不自然起来。

有些作品一直坚持非自然叙事，不断广泛利用反模仿的元素和措施，如安吉拉·卡特（Angela Carter）的《马戏团之夜》（1984）中的非自然部分，或者更为极端的《莫洛伊》。我们再次认识到这些作品中都有模仿的成分，并且由于反模仿元素的强大，二者本体论的基础都是变形的。这样一来，卡特的小说最终仅仅是准模仿的，贝克特的则首先是反模仿的。像萨尔曼·拉什迪的《午夜之子》这样的文本，当它绕去绕来模仿追踪贯穿印度次大陆七十年的历史时，这种玩笑似的反模仿策略也产生了很强的叙事效果。更彻底的反模仿叙述也是可行的，如卡尔维诺的《看不见的城市》（1972）、卡特的《霍夫曼博士的地狱欲望机器》（1972）以及贝克特的《无法称呼的人》，其中每一个文本都贯穿着极端的非自然叙事。

要理解模仿和反模仿另一个方面的关系，我们可以先了解一些戏剧中自我指涉陈述的范围。《皆大欢喜》中的杰克斯说："全世界就是一个舞台，男男女女只是演员而已。"在模仿的框架之下，人物表达了一种极为正常而令人舒适的情绪。当舞台上的人物格外痛快地说出这样的话时，我认为有轻微的或最低程度的不自然。当讽刺意味加剧时，随着不自然的声明的增加，正像《亨利六世》中所发生的那样（当托尔伯特得知儿子刚刚被杀时，他咒骂命运不公，极为严厉地谴责道："该死的宿命之手，导致了这出不幸的悲剧！"），模仿的理由被削弱了，或是被过滤掉了，潜在的非自然观察却在增加。费边（Fabian）对《第十二夜》场景的评论正是一种证明："如果这是一个舞台，我可以谴责它是一部几乎不可能的小说。"在上述例子中，每个人物的陈述都出于模仿的动机，但是他们以模仿为借口的话语却暗中破坏着模仿的特质。①

　　模仿错觉被彻底打破的那一点，正是非自然叙事出现的地方。例如，罗宾·古德费勒（Robin Goodfellow）作为戏剧角色，却在《仲夏夜之梦》结尾时站在观众的角度讲话（"如果我们的阴影被冒犯，想想这个，所有一切都是可以弥补的"）。大多数确凿的非自然叙事就处于表征错觉被曲解的地方。进入罗杰·维塔克（Roger Vitrac）的戏剧《神秘的爱情》（Les Mystères de l'amour）大约三十分钟后，枪声响了。一个男人来到舞台前面说，剧作家刚刚自杀了，观众应该离开剧场。经过短暂的休息，戏剧又恢复演出。其中，剧院经理也是剧中角色。当观众为剧作者的遭遇惊呼时，他很快就出现在舞台上，笑容可掬地将地上的"血迹"遮盖起来。极端的结尾出现在彼得·汉特克（Peter Handke）的《冒犯观众》（Offending the Audience，1966）中。这里所表示的概念本身就是含糊和矛盾的："演员陈述他们的行为，并没有描述事件，只说台词。他们告诉观众：这不是戏剧。舞台上发生的事情是生活中真实发生过的，只是在这里被重新呈现出来……这种再现不是虚幻的，很久很久以前，它真实地发生过。在这里，时间没有产生任何作用。我们没有演出任何一个场景。"当然，演员对观众讲述脚本台词的方式是由导演决定的。他们将夜复一夜地再现这个情节。然而，这一表演似乎是模拟他们的陈述，而不是这一陈述所涉及的内容。

　　多线式文本呈现出完全不同的特点，提出了更具挑战性的理论问题，因为它们可以同时表现为完全的自然叙事和非自然叙事，如马尔科姆·布拉德伯里（Malcolm Bradbury）的《作文》（"Composition"）。我将在第三

---

　　① 一个修辞叙事学家可能只会说这些例子的矛盾依然存在于模仿的框架之内，即使它们最显著的特征是综合性的。对此，我将做出这样的回应：综合的范畴趋向于模糊二者的差异。一是传统的策略，即仅仅让人物在文本中说话，这通常并不意味着对模仿特质的挑战。二是尤奈斯库的《秃头歌女》（1950）这样的作品，即荒唐不可能的对话所形成的非自然的综合性话语。如果戏剧以反讽的方式出现，就会让人注意到其非自然的方面，如亨利·菲尔丁的《大拇指汤姆》（Tom Thumb，1730），这些作品也就变成了非自然的。

章对三种不同的、相互排斥又可能出现的结局进行讨论。三种结局中的任何一种都是模仿的，每一种都可以成为完全模仿的故事。然而，每一个可能的故事内部都是一致的，其非自然性在于邀请读者决定事件的发展方向。这一叙事实践违背了过去时态中传统的回顾叙事的本质。事件发生后，结局就已经产生，我们不可能再从选项列表中选择事件结局。波特·阿波特（Porter Abbott）将这种叙事解释为："某事似乎总是"在它描述的事件之后，是对事件的"再次呈现"。这是对叙述事件已经过去的一种感觉上的违背，是多线式叙事最显著的特点。

超越后现代主义：非自然的疆界

或许大多数后现代小说和故事都是非自然叙事的典型例子。我们应该注意到，很多作品通常被认为是后现代作品的原因在于其文体特征而不是本体论特征。因此，它们并没被视为非自然叙事。非自然叙事的范围远远超出后现代的几种方式，甚至可以回溯到西方文学最早的时期，我将在第五章和第六章对这一点进行论述。非自然叙事的例子包括古希腊喜剧、梅尼普讽刺体、拉伯雷式文本、18世纪的"它"叙事、项狄系列小说以及罗曼司文本。它也存在于20世纪的作品中，如超现实主义小说、元小说、反传统小说、法国新小说（尽管不包括米歇尔·布托尔早期的小说）、布莱希特史诗剧场、元戏剧、荒诞剧，以及文学史上的先锋派、阴性书写、魔幻现实主义、朋克和超文本小说。

非自然叙事也出现在许多亚洲经典作品中。歌舞伎（Comic Kabuki plays）中就包含大量非自然叙事的场景〔如《禅规之下》（"The Zen Substitute"）〕。18世纪的中国小说《红楼梦》中也有许多令人叹服的变形的例子。古典梵语戏剧中也时不时出现打破叙事框架的非自然叙事策略。下面，我们要讨论流行文本和民间叙事类型所包含的非自然叙事元素。这些非自然叙事的范畴综合全面，包括历史化了的后现代主义和各种类型的非自然叙事。这些类型或已经被呈现，或正在被呈现。

我们也会注意到一些作品和非自然叙事很相似，但其深层结构却不同，从根本上说并不属于非自然叙事。在接下来的讨论中，我将详细且严格地阐释我对非自然叙事的认识，讨论其框架并解释我与一些研究者的差异。①

经典科幻小说

经典科幻小说并不属于通常意义上的非自然叙事，特别是当它尝试建构发生在未来的完全现实的故事时，模仿的脉络清晰可见。然而，伊塔洛·卡尔维诺、斯坦尼斯拉夫·莱姆（Stanislaw Lem）、厄休拉·勒吉恩（Ursula LeGuin）进行的后现代科幻叙事实践，创造了一种非现实主义写作或者在逻辑上不可能出现的世界和事件。以我的标准衡量，这才是真正的非自然叙事。我们必须认识到，已经有越来越多的科幻作品朝着非自然叙事的方向发展。例如，有作品假设南方盟军赢得了美国内战的胜利。事实上，这也符合典型的现实主义框架。可以说，建构这样一种另类的历史才是作家的主要兴趣。

超自然小说

这类小说中有魔药、巫师或者神力影响事件的发展，通常也渴望模仿诗学，尽管已经超越了经典现实主义的参数范围。作者戏剧化了可以改变事件的超自然实体，根据超自然的信仰产生一种模仿的表现。在第四章对亨利·菲尔丁作品的讨论中，我们将看到菲尔丁如何完全避开超自然内容。这些内容被我称为非模仿的代理人和事件（nonmimetic agents and events），尽管他的叙事经常包含非自然叙事的内容。同时，我们也注意到反模仿的作者会篡改超自然的框架，使它们变成非自然叙事。拉什迪在《撒旦诗篇》中重新讲述穆罕默德和撒旦的故事时，采用了许多反模仿叙述策略。在《午夜之子》中，我们会发现文字读心术、神奇的交通工具或者时间在不可思议地缓慢移动。这时，拉什迪清楚地表明，他正采用非自然的后现代叙事技巧替代相对传统的超自然叙事手段。叙述者承认在这部小说中，甘地死亡的日期是错误的，并且拒绝更正这个错误。拉什迪的另类

---

① 关于我们之间这一分歧的要点，参见阿尔贝、伊韦尔森、尼尔森和理查森的论述。

历史叙述并没有导致他成为失败的现实主义者或者超自然小说作者，而是形成了一种非自然叙事——不同历史序列的矛盾可以在文本某处被观察到。

奇幻小说

以我的观点来看，奇幻小说不能被视为完全的非自然叙事，这是由于它采用的是常规叙述。奇幻小说通常遵循熟悉的模式，以便读者快速识别。一个关于奇幻小说写作的在线指南是这样说的："开始进行奇幻小说写作的时候，作者需要记住有一个必须遵循的叙事结构。情节的向前发展可以被看成情节弧线。在奇幻小说中，就像在所有小说中一样，遵循这条情节弧线是必须的，这样才能让读者更好地接受它。"对于奇幻世界、人物、众神以及对话，指南都给出了类似的公式化建议。不难想象，反模仿的后现代小说写作指南会有多么不同。它将回避或夸大叙事常规，尤其是这类稳定的、与故事世界本体一致的隐形规则，用尽可能非传统的方式违背类型学和其他规则。二者之间的区别恰好构成了后现代非自然叙事的内容。简言之，作品如果遵循传统叙事规则，自然不会成为非自然叙事。同样，大多数童话故事都遵循传统叙事规则，既不是模仿的，也不是反模仿的，而是属于非模仿。① 这些类型的交叉仍然明显是非自然化的。我们可以就此举出安吉拉·卡特对童话故事的转写——具有后现代叙事特征。在《与狼为伴》（"The Company of Wolves"）中，女孩的红色头巾与其暗示的月经来潮之间的关系随着故事的反转而变得自然起来：年轻的女孩默许了狼人对祖母的杀戮，并与其发生了情爱关系，野兽则既无赖又富于性吸引力。

寓　言

寓言既不是模仿的，也不是反模仿的，它在叙事形式中体现出思想的结构。它的顺序既不是自然叙事发展的顺序，也不是非自然叙事发展的顺序，而是遵循逻辑思想的脉络。天真汉小说会经历更有力量的系列事件，而这些事件所呈现的观点是矛盾的，揭示我们所处的世界是所有可能的世

---

① 这一点同样适用于对那类被称为"怪谈故事"（weird tales）的讨论。对我而言，它们并不如真正的反模仿叙事那么怪异。

界中最好的一个。寓言故事遵循的是思想的发展，而不是推动叙事的通用结构的结点或可能性。《普通人》（*Everyman*）和《动物农庄》就是直接明了的寓言，其中几乎没有非自然叙事。相反，乔纳森·斯威夫特的寓言充满生命力，事件的发展具有自身的叙事逻辑，独立于寓言故事的思想。后现代寓言（如《霍夫曼博士的地狱欲望机器》和《午夜之子》）走得更远，会对经典寓言中的一套想法所表现的单一戏剧性进行戏仿，从而成为非自然叙事。

程式化

有些作品的话语是极不寻常的、碎片化的，或者事件陈述完全是原始的，虽然所有代表事件最终还是模仿的。一些现代作家就采用了这样的话语，如斯泰因、福克纳和唐纳德·巴塞尔姆（Donald Barthelme）。罗纳德·费班克斯（Ronald Firbank）的《随想》（*Caprice*）写道：

> 大钟的叮当声越来越响，在欢闹地奏出 S. 玛丽，明显抑制了 S. 马克。钟声回响，来自四面八方，很少一致。S. 伊丽莎白和 S. 塞巴斯蒂安在花朵街，似乎正大声吵闹。S. 安·奥恩"在山上"，碎裂的、消耗性的、烦躁的，除了抱怨还是抱怨。接近 S. 尼凯斯，半瘫痪和无能的，无力地握了握手。然而，胜利在飓风中呼啸，S. 艾琳掩盖了所有。又是一个星期天！

我的立场是这样的：话语并不构成非自然叙事，除了某些极为罕见的情况。这时它已经影响到故事世界，作为一种实例，我称之为"消解叙事"。话语否定或擦除虚构世界的那部分。或者沃尔特·阿比西（Walter Abish）的《字母的非洲》（*Alphabetical Africa*，1974）这样的作品会出现这样的话语——它们所能选择的字眼是有限的，受到语言的约束。①

我的定义与阿尔贝的非自然叙事阐释有着本质上的不同。我们对超自

---

① 在其他实例中，文本散漫的特性会影响故事世界，包括乌力波（Oulipo）实验，如乔治·佩雷克（Georges Perec）的《消失》（*La Disparition*，1969），一部不使用包括字母"e"的词汇的法国小说，大概还包括贝克特后期的一些作品。

然叙事和非模仿有各自的论述，其中的差异显而易见。对阿尔贝而言，如果文本包含在物理和逻辑上不可能的事件，这样的叙事就是非自然的。这一定义将包括整个奇幻文学语料库、超自然叙事以及所有我称之为模仿的作品。阿尔贝还增加了免责声明：在大多数文本中，非自然叙事实践已经彻底约定俗成化了。阿尔贝认为，荷马史诗的大部分和几乎所有的古希腊文学（除了少数例外，如米南德的戏剧）都属于非自然叙事。这一概念过于宽泛，所涉及的叙事文本的范围太宽泛，因而不能产生它可以达到的、在概念上的适用性。最为重要的是，阿尔贝的定义使这类文本包含太多异质文本，从轻度非模仿叙事一直到重度反模仿叙事，有点类似于凯瑟琳·休谟（Kathryn Hume）在讨论幻想作品时所阐释的那种过于宽泛的框架。相反，我认为，十五英尺①高的人的故事从生理学角度看是不可能的，但在性质上可能是完全不同的故事，可能出现不同意识的崩溃、混杂，叙事会被消解。此外，一个非模仿的结构可能仅仅是对模仿叙事参数的拓展，即额外展现了一个完全模仿世界——增加了魔鬼或魔力。反模仿叙事挑战了模仿叙事的逻辑，而不是对模仿叙事的补充。因此，我保留"非自然"一词。该词对作品分类而言更加紧凑，也更富有凝聚力，是明确的反模仿（涉及古代的有阿里斯托芬、琉善的作品和梅尼普讽刺体）。另一反对阿尔贝的论述来自布莱恩·麦克海尔（Brian McHale），他指出，在这个定义中，"所有的故事似乎都是非自然的，最终都屈服并归化于自然叙事范式的术语之中"。这样一种概念化损害了非自然叙事的价值，通过确认其不可避免的临时性贬低了非自然叙事的特质。

出于同样的原因，我非常赞同亨利克·斯科夫·尼尔森（Henrik Skov Nielsen）的观点："（非自然叙事）具有短暂性，多重故事世界，思维表现或叙述行为在逻辑、生理、记忆及心理上的不可能，或是真实世界中非常令人难以置信的故事。"不过，他的定义也有点宽泛——"非常令人置信"的事件与逻辑上不可能的事件是完全不同的，不应该将其混为一谈。该定义如果没有被过度分散、延展和稀释，会更具有效性和适应性。

---

① 1英尺约等于0.3米。——译者注

临界情形

　　一些临界案例可能是或部分是非自然叙事。卡夫卡呈现了一些有趣的例子，假如我们用光谱概念化中心区域来进行分析会很有效。斯特凡·伊韦尔森（Stefan Iversen）的例子或许能说明这些明显的差异：

　　　　就说我读到一个男人的故事，他发现自己的身体变成了一只巨大的甲虫，但仍然拥有人类的思想。故事的结尾，说明这一切都发生在梦里。或者说，我读到一个故事，讲的是一个聪明、优雅又脆弱的科学家在非常生气的时候殴打了超级坏蛋，最后变成了一块巨大的绿色瓷砖。或者这样说，我读到一个故事，说一个男人处于可能的世界，看起来就像我自己的世界一样。他带着人类的思想，而当他变成巨大的甲虫后醒来，正如他一直努力的那样，他发现他的体力达到了最佳状态。他的行动正好符合他对自己的期许，他不再是人类，至少外表上不再是人类的模样。

　　　　这三个例子都是相似的（在我们的现实世界中，这种身体和精神组合都是不可能的），但又各不相同，提供了相当不同的阅读材料。在我看来，某种意义上，在第一个例子中，变形并没有真正出现，只是发生于梦境之中，这就将其自然化了。第二个例子则运用了稍微不同的逻辑。在这里，思想转化是非自然的，它不可能在真实的场景中出现。但在类型学知识的帮助下，思想转化也会被约定俗成，也会看起来与我们熟知的类型相似：在某些超级英雄漫画中，瘦弱而聪明的科学家会变成愤怒的野兽。在第三个例子中，这种意识产生于生理上不可能的变形，无法将其自然化或约定俗成化。我们也无法借助文本的外部提示，在意义的层面上清除这种极其怪异的不规则，比如了解大脑是如何工作的（"始终发生于欧洲中部的销售人员身上"）、类型学知识或文学惯例（"这一类型文本可以通过讽喻意义获得理解"）以及文本内部的线索。

彼得·拉比诺维奇同样讨论了这一文本的影响：

> 卡夫卡《变形记》中的特殊变形起码来自彻底的迷茫。叙事接受者被要求接纳科学上的反事实，这并不容易（幻想作品总是要求我们这样做）。同时，我们又被要求继续坚持陈腐的、自然主义的信仰，坚持世纪之交的中产阶级的生活和信仰，它们并没有轻易陷入格里高尔的变形中。

大多数卡夫卡的作品都在非自然叙事的范围之内，但是在程度上有所不同。一些文本，如《审判》，本质上是模仿的；另一些文本，如《乡村医生》（"A Country Doctor"），则是彻底的梦境，遵循对梦境进行描写的叙事常规。余下的大多数作品明显超越了模仿和非模仿的叙事惯例，可以被视为为非自然叙事。

非自然是对谁而言的？转换或相对的非自然性

需要解决两个问题。第一，本体论状态的改变。由于科学技术的发展，过去不可能的事件变成可能。第二，不同文化对什么是可能的、什么使现实的解释不同。19世纪末，月球旅行还是虚构的超自然或非自然事件。然而，到了20世纪，月球旅行已经成为可能。关于月球旅行的叙事不再是幻想，而是成为历史。同时，在一些文化中，人们相信某些特殊个体能够到遥远的地方旅行，包括外星人。举例来说，某些印度教的追随者相信星际旅行。对他们来说，登月并不是非自然的、不可能的，甚至不寻常的。这种非自然性真的会随着时间的变化、文化的差异或文化内部群体的差异而发生变化吗？神死了，或者说人们不再相信神了，神性事件就不再是非自然的了吗？

我的回答是简单的两个字：没有。反模仿叙事标准的定义是非自然性，所以对这些作品的界定不存在模棱两可的状态。卢西恩的船员们关于航行到月球的叙述是对旅行故事夸张的仿拟，他的船不可能被台风吹到空中，然后飘行七天，直到降落在似乎是空中岛屿的地方。这个故事违背了模仿和超自然在叙事时间上预设的条件，我们将其视为非自然叙事。下面，我们继续讨论跨文化的问题。同样，无论是在我们文化中，还是在其他文化中，都没有任何先天的非自然性，没有任何约定俗成的超自然代理人、实体或事件。它们是非模仿，而不是反模仿。只有违背了模仿叙事的规约，才能让一个超自然的人物或事件成为非自然的，比如后现代主义作品中的人物就指向了自身的虚构性。因此，超自然的圣经故事（如在迦南的盛宴上，水变成葡萄酒的奇迹）是非模仿的。反模仿叙事和非自然叙事则是对那些故事的戏仿，就像《尤利西斯》中"关于开玩笑的耶稣的民谣"：

> 如果有人认为我不是神，
>
> 他就没有免费的酒喝，在我变葡萄酒的时候
>
> 他只能喝水，希望水是平淡无奇的
>
> 我又再次将酒变成水。

我们还会注意到，即使人们相信超自然事件的存在，他们也知道这些事件不会以同样的方式出现，不会像普通事件那样处于可预测结果和影响的物质世界范围之内。鲁道夫·奥托（Rudolph Otto）注意到［据托马斯·帕维尔（Thomas Pavel）的解释］："神圣的生命不仅遵循与地上生物不同的律令，而且他们的方式也完全不同。"凯瑟琳·休谟也给出了同样的观点，指出幻想作品与现实主义作品的模式存在区别，即使幻想性的元素被认为是可能的：

> 包括那些神奇的幻想故事也会被认为是"真实"的，尽管与一把椅子的真实不是一回事。最早的观看者会认为奇迹和一些怪物是存在的，包括这些作品的作者。但是，他们也承认这种真实是以一种特殊方式存在的。他们恰恰是被神化的事情，因为它们不是每天发生的，也无法操控，即便有人想去试一试。

通过揭示在不同时期和不同文化中超自然性所具有的通用的一致性，这些例子意味着模仿具有一种推论上的稳定性，似乎经常遵循可观测、可预测的自然的模式。

非自然叙事与文学史

一种反模仿叙事技巧也会停止非自然化，完全固化为传统常规。通过思考非自然叙事在文学史上的奇怪境遇，我们可以得到关于非自然叙事动力学的更为清晰的感受。那些伟大的作品往往是非常规的：它们总是忽视、否定、转换或者违背现存的文学常规。然而，我们也知道，新的技巧经过广泛复制变成时尚，最后成为老套，这是一件多么容易的事。玛丽安娜·托尔戈夫尼克（Marianna Torgovnik）指出，在"开放式结局"中，作品情节的关键问题仍然没有得到解决："一种结局的形式曾经让人感到震惊或新颖，现在已经彻底在读者预料之中，或被常规化了。"同样的事情也发生在"内心独白"上——先是令人吃惊，然后就变得耳熟能详。包括同一个作者创作的作品，每一部非自然叙事作品的变化、扩展或者否定都必须是完全不同的。①

荒诞派戏剧的迷宫可以帮助我们找出方法。虽然最初令人惊讶，让人觉得不道德，使人费解，但荒诞派戏剧的这些手法在许多年后已经为人所熟知，成为文学的重要表现手段，人们甚至呼吁更多这样的表现手法。它们大多能继续保持其非自然的特质，因为它们用一种新奇的、近似或违背人类对话和交流常规的方式进行演出。保持非自然叙事特质的秘密就是持续不断的创新。在这个领域，我们不能总是使用同样的技巧。荒诞派戏剧似乎是对最初和最原始的作品进行模仿，一些古老的荒诞戏剧还在无意识地自我嘲弄。② 其他创作技巧也一直在以惊人的规模发展着，特别是对日常经验基础的违背，如时间的单向性和人类的基本交流模式。在这些案例中，非自然叙事的程度会由于其表现的不同而发生变化。叙述"反模仿暂

---

① 我在这里借鉴或部分复述了俄国形式主义理论家特尼亚诺夫（Tynjanov）关于文学革命的论述。

② 这句话应该是说文学价值和非自然文学技巧之间不存在直接简单的对应。我们也可以这样认为：文学的价值可能在于其真正的创新，而不在于对传统的固守。

时性"〔见理查森的《超越故事》（"Beyond Story"）〕就是极端的非自然，电影的回溯则十分寻常。然而，这样一个反向的电影序列如果在舞台上演出，正像旧金山默剧团（The San Francisco Mime Troupe）所做的那样，就会成为极其明显的非自然叙事。因此，起码在较小的范围内，舞台展现了一个移动缓慢的序列。

"常规"是一个非常灵活的术语，指的是多年之中被三四个作者共同实践，甚至千百年来被成千上万作者所采用的规则。在这里，我更倾向于相对严格的定义。我肯定这里有大量的重复——重复的普遍知识，足以使反模仿叙事常规化。在这方面，非自然叙事与其他散漫型文学实践（如讽刺）是一样的。面对同样的观众重复同样的讽刺评论，这会迅速毁掉讽刺的效果。值得一提的是，文学作品是复杂的，而且在多个层面上运行。如果一部作品所形成的框架受到损害，并成为一种常规，如人物脱离了创作者，会导致多种可能的选择和事件。这将保持文本的非常规化，并且能恢复对读者的非自然叙事效果。这里的"读者"，按照我或者拉比诺维奇更为精确的说法，是"作者的读者"，他们被期望具有一些文体知识，拥有能被有意唤起的预期。

作为作者去观察传统叙事常规界限的变化是非常重要的，这样才能在其被整合之前，在当下的文学实践中保持领先。当其中一些策略变得普遍化时，如死去的叙述者在坟墓之外讲述自己的故事，这也就意味着非自然叙事的停止。当然，这种策略又可以被"再次非自然化"，或者通过创新生成新的非自然叙事策略。在胡安·鲁尔福（Juan Rulfo）的小说《佩德罗·巴拉莫》（*Pedro Páramo*，1955）中，叙述者是逐渐认识到自己已经死亡的事实的。

被同化的非自然叙事

也许正是因为非自然叙事文本具有出乎意料、令人迷惑或者令人紧张的特征，所以许多批评家试图将其嵌进一个熟悉的框架，或者强行对其进行规约。这也许是大多数非自然叙事作品最吸引某些批评家的地方：经常开始于一个模仿的框架（至少在姿势上是朝向模仿框架的），但又会或迟或早地违背这个框架。我们可以将这种状况称为"品特问题"①（the Pinter problem）。几十年来，批评家在解读"品特问题"时，常常采用一种归化的策略，使其符合现存的模式和体裁。一些批评家认为，品特的作品只是编剧的一个梦或一个寓言，是对幻想的精确描述，又或是关于杂乱无章的现实的一系列想法、生活的碎片、对炼狱的幻想等。这些解释的策略都失败了。由于过度坚持这部作品单一的方面，这些评论变得过于简单，从而使作品失去了作为整体的丰富性。

　　几乎没有人认为品特的戏剧是深思熟虑的创作，它持续违反戏剧表现的常规，而正是这一点吸引了评论家和观众。这些戏剧具有本质的非自然性，并且程度很深。这并不意味着它们没有时不时的寓言、梦幻、虚幻或者疯癫，而是说我们不应该陷于不必要的还原论，或者将阅读局限在传统常规的一两个方面。关于这一点，正如纳博科夫所说："如果我们认为杰基尔博士和海德先生的故事是一个寓言，是每个人内心中善与恶之间的斗争，这样的寓言真是乏味而幼稚。"尊重文学创作中的多义性要好得多，而这种多义性的一个重要方面可能是对顽固文本的非自然建构。分析这一类型的写作者，我们不应该用罗兰·巴特所描述的适合于传统的、功利主义作家的方法。这类作家"确定一个目标（提供证据、解释、指导），其中语言仅仅是一种手段。对他而言，语言支持了写作实践，但并不是构成部分"。

　　非自然叙事学家被分为两派，即本质派和非本质派。本质派理论家（尼尔森、伊韦尔森和我）坚持将违反模仿常规视为非自然叙事的首要特征。我们并不否认其他心理上、文化上以及意识形态上的特点，但对我们而言，最重要的在于对叙事常规的违背。非本质的研究方法，特别喜欢像阿尔贝那样寻找而不是解释非自然事件认知上的作用，以及判断它们的意义。阿尔贝似乎对在非自然叙事的识别和挪用上的解释和理解不感兴趣。阿尔贝试图"使奇怪的非自然叙事更易读"，认为："无论文本的结构如何怪异，它总是有目的的交流行为的一部分。换句话说，我们如果认为某种

---

　　① 哈罗德·品特是《法国中尉的女人》的编剧。这部电影是以模仿叙事模式开头，之后打破这一模式，特别是在结尾部分。——译者注

意图在叙事生产中起作用，也就形成了关于这些意图的假设。我们还在这些文本中运用了人类存在的总纲：即便是最怪异的文本，它们也是关于人类或者人类关心的事物的。"虽然基本同意这一总的立场，但对我来说，非自然文本的一个关键价值是创造性地运用叙事表征本身的惯例，而不是为任何其他更大的认知、功能或更明显的人类关注服务。

关于这一点，波特·阿波特在《真实的奥秘》（*Real Mysteries*）中写道：

> 就我介绍的这些例子而言，当一种不可理解的思想被视为不可理解的时候，以及我们可以栖息于被其唤起的紧张和迷惑的特殊合成物中的时候，它们的工作是最棒的。在这点上，我的立场与让不可理解变成可理解的努力是不一致的。举例来说，扬·阿尔贝致力于使不可理解成为可理解，在后现代小说"不可能的故事世界"中发展出一种"可理解的策略"。

在这里，阿波特的看法与费伦的"顽固"说是一致的：对叙事拒不服从的重要时刻就在于公然反抗遵循传统叙事常规所得到的单一的、统一的、包罗万象的解释。承认"顽固"具有不可约性，这对研究非自然叙事是非常重要的，特别是在涉及非自然叙事的人物和事件的时候，如托妮·莫里森笔下的人物宠儿所处的非正常状态（费伦和阿波特都讨论过）。有趣的是，我们看到莫里森尝试减少围绕他的奇怪事件的解释："我愿意承认引起这些事情的自然原因，自然资源明显是无限的。进入这些事件秩序的我是不够自然的。"结果却是围绕着他的世界比莫里森所能想象的更加非自然化。我们可以把这一场景（正如它很有可能是有意的）当作重要的例证，它能迫使我们承认就其本身而言的反模仿，去抵制那种改变其本质的修复冲动，或者减少其意想不到的效果。

这一争论大概可以通过两个不同寻常的作品进行澄清。特里斯坦·查拉（Tristan Tzara）的戏剧《煤气火焰》（*The Gas Jet*）是彻底非自然化的，与任何概念的框架都不可通约。没有什么特别的理由，它只包含被称为虚假人物的几行荒谬的对话，如"眼""耳""口""眉毛"等。这里没有寓言，没有现实主义，没有梦幻的特点，也不像荒诞剧，更没有持续的对人类对话的戏仿。据悉，这部剧相当无聊，上演场次之少也是完全可以理解的。这表明，在文学语境中，当非自然元素被其他模仿叙事或传统叙事元素框定，并与之结合，或与之形成辩证关系时，非自然元素所发挥的功能是最好的。通篇充满纯粹的非自然元素，这或许并不怎么有趣。类似的情况也出现在流行文化中。约翰·列侬声称他写出了毫无意义的歌曲《我是海象》（"I am the Walrus"），因为有教授专门写书解释披头士歌词的意义。列侬希望这一作品可以挑战这样的教授，同时也获得了更大范围的成功：作品尽管有暗示意义的地方，但却摆脱了大范围的、持续而具有决定性的、统一的意义。这种回收解释权的反抗应该得到批评家和欣赏者的尊重。我的结论是，当分析非自然的作品时，我们应该认识到寓言的暗示、主题的联想、幻想或梦境事件的启示、对普通人交往的戏仿，但不能把非自然的因素简化为上述一两个方面，试图将整部作品安全地置于单一的总括性解释之中。

非自然叙事的矛盾区域：非虚构、诗歌、自然的非自然主义

第四章会讨论纪实文学相当矛盾地使用非自然叙事技巧的罕见情形。这出现在《说吧，记忆》（弗拉基米尔·纳博科夫有趣的自传）、汤姆·沃尔夫（Tom Wolfe）的报道，以及传记记者埃德蒙·莫里斯（Edmund Morris）的《荷兰人：里根回忆录》中。莫里斯设置了一个叙述者，假装抄录里根的想法，形成了部分虚构的自传。有些网站也是如此。非自然叙事文本所呈现的代理人或事件都不是一般意义上的，或在我们的经验世界中可能存在的，"非自然纪实"（Unnatural Nonfiction）在概念上就是相互矛盾的。然而，我们将会看到这些作品虽然呈现了非自然叙事的场景，本质上却保留了纪实性。

布莱恩·麦克海尔（Brian McHale）提出了一个有力的论点，即所有的叙事诗歌，由于其分段排列，事实上都是非自然的。这样的论点可能很容易延伸到其他非现实和高度程式化的体裁中，如西方歌剧或日本的能乐。

我的反驳是，非自然是指故事，而不是话语。我们需要问的是，事件、人物和框架是否是模仿的，而不是那些人物和事件的表述与自然叙事或传统叙事有多少不同。因此，很多诗歌和大多数戏剧尽管高度程式化，最终仍是模仿的作品，而不是超现实主义叙事或者反现实主义作品，如菲利普·格拉斯（Phillip Glass）的《爱因斯坦在海边》（*Einstein on the Beach*，1976）。越来越多的幻想类儿童文学作品也被恰当地归入非自然叙事的阵营中。著名的例子或许是胡闹诗作家爱德华·里尔（Edward Lear）的作品《赶紧跳过障碍物》（"The Jumblies"）："他们乘坐筛子出海，他们做到了。"刘易斯·卡罗尔（Lewis Carroll）的《爱丽丝漫游奇境记》包含许多逻辑上不可能的事件（如因果关系的倒置），是非自然叙事的重要样本。［参见尊霞（Zunshine）在《奇怪的概念》（*Strange Concepts*）中关于《猎鲨记》（"The Hunting of the Snark"）的分析。］我们也应该注意到，非自然叙事存在于多种形式的民间文学和大众文学中，如卡通片，尤其是"兔八哥"系列。它们最初的场景往往相当非自然（尽管如今只是重复卡通片的常规，不再继续采用非自然叙事）。鲍勃·霍普/平·克罗斯比（Bob Hope/Bing Crosby）的"公路"电影充满了反模仿叙事的情节，常被视为剧情片的重要代表。作为一种流行文化的类型，对非自然叙事的展示至少可以追溯到吉尔伯特（Gilbert）和沙利文（Sullivan）的滑稽戏。更为夸张的是俄罗斯的"斯卡兹（神侃）"（skaz）和彻底的反模仿民歌和荒诞故事，它们同样是明显的非自然叙事。19世纪美国丹·塔克（Dan Tucker）的民谣走的也是这种路线：

> 他用马车轮梳头
>
> 死于脚跟的牙痛。

美国的篝火韵（American campfire rhymes）也体现了非自然叙事诗学，就像在开始的圣歌中一样："在那边，不远的地方，/一鸟死于百日咳。/他因百日咳而拼命喊叫/以至于头和尾巴都掉了。"这样的例子呈现出"自然的非自然主义"这一明显的悖论，即自然的故事在我的定义中是非自然的。我得尽快做些补充：这种明显的怪异只是一种口头上的融合；非自然叙事对我而言意味着反模仿。它反对非虚构、模仿或非模仿的自然叙事，而不是反对反模仿的自然叙事，因为许多自然叙事文本中都存在反模仿叙事的元素。在这种看似矛盾的情况下，马蒂·海瓦琳恩（Matti Hyvärinen）和埃尔娜·维尔贾玛（Elina Viljamaa）在分析了自然叙述性笑话、梦境和儿童叙事的反模仿故事后，提出了表面上具有误导性的术语"非自然"应该被"艺术"取代的观点。接受这个建议可能造成更大的混乱，因为这似乎暗示着优秀的口头故事讲述者或伟大的现实主义小说家都不是"艺术的"——我坚决反对这样的立场。然而，这样的推测揭示出看似矛盾的问题：一个人要完全理解自然叙事，就需要使用非自然叙事理论的工具。

最后，我们应该从假性自然叙事中区分出真的类型，也就是说，当现代社会遇到典型的中世纪神秘戏剧或在西方人看来更传统的中国戏剧时，只有那些对其遵循的传统一无所知的人才将这种叙述看作非自然的。

非自然叙事理论前史

叙事理论一直倾向于关注模仿的作品。亚里士多德的诗学主要关注悲剧和史诗模仿的特质。他不赞成自我引用，也不喜欢史诗诗人"用自己的声音说话"。然而，他不得不承认文学的一些人工特性及其与生活事件存在的差异。亚里士多德还坚持认为，单一统一的行动与一些无关联的人类生活事件是脱节的。他声明自己更偏爱那种表面上可信，实际上却不可能发生的事件，而不是那些虽然合理的但发生概率很小的事件。有鉴于此，非自然叙事学家觉得这是一种可怕的损失，因为亚里士多德关于喜剧设想的论述并没有留存下来。他对阿里斯托芬和其他早期喜剧作家作品中的无耻角色和事件谈了些什么？怎样看待对那些元戏剧的戏仿，比如那些只留下了名字的失传戏剧，如《舞台经理赫拉克勒斯》（*Hercules the Stage Man-ager*）？20 世纪 80 年代，古典主义者开始重新审视《戏剧论纲》（*Tracta-tus Cosilinianus*）这一散乱的佚名手稿。理查德·扬科（Richard Janko）认为，这是从失传的亚里士多德诗学的第二部分衍生出来的。这些文本确实有一些诱人之处。那些对于引人发笑的原因的讨论，都是对非自然叙事理论家的提示，包括以下场景或状况：（1）与预期相反的；（2）可能的和无关紧要的；（3）不可能的；（4）"当推理脱节并缺乏顺序时"。这似乎可以为亚里士多德对某些效应的描述提供基础。我们只能推测，如果亚里士多德的诗学观点都保留了下来，批判理论的整个历史可能会非常不同，就像我们对叙事历史的理解一样。

之后，菲利普·西德尼（Phillip Sidney）这样的理论家详细阐述了虚构的重要性。西德尼指出，与科学家和哲学家不同，诗人不屑于与服从大自然的文学作品和绘画为伍，相反，他们在意"自己的创造，要在另一种自然中成长，要使事情要么比自然更好，要么创造自然中从未有过的新世界：英雄、半人半神、独眼巨人、怪物、复仇女神三姐妹等"。诗人并不会被自然"封闭在狭窄的权限"中，而是自由地延展"他自己智慧的十二宫。大自然从来没有像诗人那般，创作出图景如此丰富的世界"。

新古典主义诗歌的目标是一种近乎强迫的模仿：要突出一件事情，注意明显的例子和戏剧所表现的时间，并且最好能在舞台上等时上演。正如高乃依（Pierre Corneille）所言："一场表演持续两小时，如果表演所呈现的行动时间少于它实际发生的时间，那么就会显得非常真实。""让我们把诗歌（戏剧）中的行动压缩到尽可能短的时间……这样的表演将更加类似于真实，也更加接近完美。"保持或操控戏剧的幻觉对高乃依来说并不是问题。他在著述里谈到"时间、地点和情节的三一律"，对戏剧表演模仿的本质进行了大量论述，做出相应的揭示。"如果你问我克里奥佩特拉在《罗多庚》（Rodogune）里做了些什么——她在第二幕中离开两个儿子，一直到第四幕才重新出现，我觉得没有必要进行解释。"即使是像真人一般存在的人，实际上也只是文学人物，并不会恰当存在于他出现的场景之间。这一情况在汤姆·斯托帕德（Tom Stoppard）的《斯罗森·格兰兹与吉尔·登斯顿之死》（Rosencrantz and Guildenstern Are Dead）中得到了戏剧化的呈现。高乃依补充道："第五幕通过特殊的权利加速时间的行动，以至于情节部分的呈现时间可能比其实际呈现所需要的时间更多。"他坦率地承认："在郡主和莱昂诺尔以及奇美拉与艾尔维的对话中，熙德与唐璜并没有足够的时间进行决斗。我意识到了这一点，但对这个加速仍无顾虑。"一旦观众迫不及待地想看戏剧的结尾，他们就可以接受不可能的时间。

俄国形式主义者对反模仿或非自然进行了持久的研究，提出了"陌生化"的观点。他们倾向于在语词层面上强调其字面意义上的运用，并没有在更大的事件序列中指出它的存在。我们可以补充说，陌生化是许多反模仿描述、场景或事件的典型伴随物。鲍里斯·托马舍夫斯基（Boris Toma-shevsky）主要区分了两种叙事风格，一种是典型的 19 世纪现实主义，试图掩盖其诗意的手法；另一种是公然反对传统的非现实主义，并将人们的注意力吸引到它的叙事技巧上。维克托·什克洛夫斯基（Viktor Shk-lovsky）也注意到"文学时间完全是一种常规，它的法则与普通时间的规律并不一致"，并注意到《堂吉诃德》和《玛侬·莱斯科》（*Manon Les-caut*）模糊的时序，以及斯特恩有意识地玩弄世俗的传统。他曾说，《项狄传》是世界文学中最典型的小说。他的意思是，这是一部对其他所有虚构故事的合成方法揭示得最为清楚的作品。什克洛夫斯基在一篇值得被更多人知晓并极富启发意义的文章中谈到"情节建构的技巧与风格一般技巧之间的关系"，确定了大量阻碍或独立于传统情节发展的叙事组合的方法：它们的基础是重复、平行、对照以及三元排序。①

巴赫金对拉伯雷式文本以及一些怪异时空的研究，同样与当代对非自然叙事的研究密切相关。巴赫金注意到，骑士传奇中的神奇世界，其特点是对时间和空间的主观游戏，这势必违反基本的时空关系和时空观念。在这里，人们发现："一个童话故事的典型特征是时间的夸张化：一小时被延长，或者一天被压缩到瞬间，对时间施以魔法变成可能。"

凯特·汉堡（Käte Hamburger）将出发点放在陈述史诗和非史诗术语的区分上，声称史诗小说没有任何清晰主题。根据汉堡的说法，史诗的句子不涉及现实的真实或错误的句子，而是事物凭借这些句子存在。因此，在这两个案例中，叙事世界的本体论有一个不可逾越的区别。对她来说，只有第一个案例的叙述世界属于真实小说的领域。多丽特·科恩（Dorrit Cohn）和安妮·班菲尔德（Anne Banfield）都支持某些话语可能（或有助于）具有仅仅存在于叙事性小说的独特性。例如，第三人称对其他思想内容的描述，证明了科恩所说的"小说的区别"。科恩也令人信服地讨论了现

---

① 什克洛夫斯基指出，《罗兰之歌》（*Chanson de Roland*）是由同一组场景、事件的双重和三重重复组成的。

在时态的叙述记录了那些在被写下来时几乎不可能发生的事情，比如这样的句子："我打了个盹，然后醒来。"她在《区别》（*Distinction*）中巧妙地把这些非自然的叙述称为"虚构的现在时"。

结构主义诗学倾向于回避那些令俄国形式主义者着迷的反模仿元素。因此，他们常常无意中产生一种实质上为模仿的叙事学。尽管热奈特（Gérard Genette）宣告他的研究基础是模仿的假设，然而也必须承认赘叙的重要性，虽然承认的方式有些尴尬。在那里，人物叙述者拥有关于事件的知识，而在实际情况下他是不应该知道的。当一个人物与作者进行互动时，视角越界（metalepsis）就违背了本体之间的区别标准。可能的世界理论适用于叙事研究，尤其是托马斯·帕维尔（Thomas Pavel）、卢博米尔·杜雷泽（Lubomir Doležel）和玛丽-劳拉·瑞安（Marie-Laure Ryan）的作品。它们始于对虚构世界的根本区别的肯定，与非自然叙事理论极其相关。

詹姆斯·费伦试图扩展修辞叙事学的范式，以包含人物叙事反模仿的方面。这包括费伦所说的"矛盾的省叙（paralipsis）"。在这里，天真的叙述者失去了有效讲述故事所必需的天真和"冗余的讲述"，或无意间向叙述接受者传递的信息，而那些信息是叙述接受者已经知道的内容。他还分析了"难以置信的博学"的叙述，即叙述者公开了自己不该知道的材料，以及在"交叉叙述"中，作者从对一组事件的叙述瞬间转移到对另一组独立事件的叙述。

特别值得一提的是，莫妮卡·弗雷德尼克在她的理论模型之外识别和讨论了各种文本，都是建立在与自然叙事进行对话的基础之上的。在《走向"自然"的叙事学》中，她识别了不同寻常的、非自然的叙述者并加以理论化。这些叙述者使用非常奇怪的代词，包括"你""我们""他们""他""某个"。她也探索了后现代主义叙事学，并与她审视极端的、不可读的和不可能的叙述一样具有穿透力。在《旧瓶装新酒？》（"New Wine in Old Bottles?"）中，她赞同这样一种叙事概念：并不存在一个单一的、首尾一致的人类演说家。她批评了热奈特，指出"他从来没有遇到过一个没有叙述者的故事"。对于玛格丽特·杜拉斯的《情人》等法国新小说，她认为："在原则上，热奈特否定了没有讲话者（或叙述者）的文本的可能性。"她主张摒弃这一立场，以更全面的方式重新定义"叙述者"。

其他理论家和了解相关理论的学者，他们的研究工作以新近的实验小说为中心。这方面的讨论也应该引起重视。这包括简·里卡尔杜（Jean Ricardou）和蒂娜·舍尔泽（Dina Sherzer）的研究。他们试图研究新小说作者的作品。大卫·哈曼（David Hayman）和伦纳德·奥尔（Leonard Orr）也做了令人信服的探索，分别是他们所说的"小说动力学"和"反亚里士多德小说"研究。他们都特别擅长讨论极端形式的自我反思，以及不同寻常的时间和空间。克里斯汀·布鲁克-罗斯（Christine Brooke-Rose）发展了一种"虚幻的修辞"，探索从爱伦·坡到后现代主义的非现实主义小说中许多非自然的和不可能的叙事场景。帕特里克·奥尼尔（Patrick O'Neill）在故事与叙事之间进行了精明的、持怀疑态度的调查分析，奉行"芝诺悖论"，即"叙事作为一个散漫的系统，总是具有潜在的颠覆性，既在故事表面上进行重构，也自己和自己讲故事"。J. 希利斯·米勒（J. Hillis Miller）对开端、过程及结局的传统叙事观念的解构主义叙事理论有较强的适用性，意义重大。他与奥尼尔不同，认为自然叙事与非自然叙事之间可能存在的区别最终是模糊的。在故事层面，每一个叙事都有可能被解构。关于这一点，我们还应提及卢克·赫尔曼（Luc Herman）和巴特·维沃克（Bart Vervaeck）的支撑性工作。他们通过对现存叙事理论的本质和后现代文本进行的理论分析，产生了许多独到的见解，其中一些将在下一章中被提及。这些理论家一起为非自然叙事理论奠定了基础。

我们已经完成了对非自然叙事理论的前历史批判谱系的梳理，现在，我们要继续探究为什么有必要超越现存的叙事学概念。

第二章　传统叙事理论的局限

这一章会介绍一些基本的传统叙事理论，并分析其中的严重缺陷。这些缺陷揭示了模仿理论的局限性，注意到了模仿范式缺失了什么，还有什么是没被想到的。我所讨论的理论家在许多领域都做出了重要的研究贡献，对模仿范式的看法各不相同。然而，在这些案例中，每一种理论的范围都受到过于狭窄的模仿框架的限制。我首先要讨论的是最为基础的部分，即叙事理论的基本内容和组成：叙事的定义、故事的概念，以及故事与话语（fabula/syuzhet）的区别。我要继续讨论的问题涉及对叙事模仿、人物、空间、认识论的一致性，虚构的思想、小说，对非自然叙事的隐含作者的理解。通过设定不同的情况对叙事理论进行研究，我认为模仿的偏见已造成了较大的曲解，并在它所涉及的例子中留下了较多的解释空白。正如我们所看到的，非自然叙事小说正在挑战或侵蚀那些能被我们观察到的，在事实上对模仿小说进行定义的边界。

叙　事

大多数常见的叙事概念都是以模仿为基础的。许多概念明确从对话式的自然叙事模式出发，很少远离其参数。戴维·赫尔曼认为，"日常叙事"是原型叙述，叙事是"在特定环境中，产生了特定结果，发生在特定的人身上的叙事"。杰拉德·普林斯（Gerald Princes）的《叙事学词典》（*A Dictionary of Narratology*）所提供的基本定义是："对一个、两个或多个（或多或少地公开）叙述者与一个、两个或多个（或多或少地公开）受述者形成的真实或有效交流的一个或多个表述（作品和进程、对象和行为、结构和结构化）。"詹姆斯·费伦在他著名的定义中声称："叙事是某人告诉他人，在某些场合出于某种目的，事情发生在某人或某事上。"非自然叙事拒绝被限制在这些参数里，也质疑每一个术语；叙述者可以是人或者像人一样的实体，但却存在一系列崩塌和不相容的声音；叙事的接受者很可能与叙述声音一样存在多种形式或相互矛盾；叙述的目的可能极其有限，无法复原，或者表面上是缺失的；或许"事情"本身就有问题。正如第三章将要讨论的，一些新近的作者在用各种方法测试叙事的边界；对于那些最重要和最基本的概念，如果我们能够欣赏实验者修正、挑战和扩展后的内容，那么叙事本身就必须以更广阔的方式被重新构思。原则上，一个流行的模仿理论是不能接受那些拒绝模仿约定和参数的文本的。

故事和话语

对标准叙事理论来说，区分故事与话语是其重要内容之一。可以肯定的是，在非虚构叙事和虚构叙事中，这种区别总是存在的，并且可以被观察到。但是随着大量先锋派作品和后现代作品的出现，这变得很难。正如卢克·赫尔曼和巴特·维沃克解释的那样："如果不可能重建故事事件，并梳理清楚文本中的时间线索和顺序，那么结构主义的方法是无法对其进行评估的。"在《芬尼根的守灵夜》（1939）或纳博科夫的《循环》（"The Circle"，1936）这样首尾相接的循环文本中，文本的最后一个字也是第一个字。那么，故事在什么地方结束？莎士比亚的《仲夏夜之梦》和卡瑞尔·丘吉尔的《九重天》（*Cloud Nine*，1978）有截然不同的矛盾故事线：一种是主人公的，另一种是社会及其他人的。如果你问在莎士比亚《雅典的泰门》中，最后一幕的前两天发生了什么，可能会得到不同的答案。我们还不清楚，像 B. S. 约翰逊（B. S. Johnson）的《不幸的人》（*The Unfortu-nates*，1969）这样的文本能做些什么。这篇小说被装在盒子里，包括五个文本，读者可以自行排序阅读。

对于标准的叙事模式而言，最大的问题就是要面对超不自然的文本。这些理论无法理解罗伯-格里耶的《嫉妒》、罗伯特·库弗（Robert Coover）的《保姆》（*The Babysitter*，1969）、卡瑞尔·丘吉尔的《陷阱》（*Trap*，1977）、凯特·阿特金森（Kate Atkinson）的《生命不息》（*Life After*

Life，2013）这样的作品，它们内部都是自相矛盾的。热奈特曾简略地提道："在某些极端的例子里，比如在罗伯-格里耶的小说中，时间参照被故意破坏了。"但他并没有认真考虑这些作品带来的挑战。热奈特的模式无法处理甚至想象一个如此完美地颠覆了他的秩序的叙述。没有一个单一的故事（histoire）可以从这样的叙事（récit）中衍生出来——有几十个，或许在库弗的例子中就有数百个。标准的故事语法，无论是结构主义的还是更新的认知主义的方法，在面对叙述路径中出现的多个分叉的时候没有任何用处。正如希拉里·丹嫩贝格（Hilary Dannenberg）对库弗的文本的解析："故事的时间序列如此扭曲，以至于读者无法识别其分岔点。"之前彼得·布鲁克斯对这类文本的讨论同样无益：就像库弗的作品一样，如果一个故事有五六个结局，那么是什么导致了这些不同的结局对读者而言是难以探知的。梅尔·斯坦伯格（Meir Sternberg）写道："动态话语，无论是文学的、历史的或电影的，它对预设的时间扩展提供了一个连贯的自然原则……可以从前到后，从因到果，根据事件本身所固有的发展逻辑，使叙述者构建起它所呈现的序列。"这样的叙述无助于我们分析罗伯-格里耶、库弗等人的文本。正如其文本线索的隐喻所暗示的那样，斯特恩揭示出自己和其他人一样，在很大程度上受限于模仿的预设。詹姆斯·费伦的叙述进程、叙事动力学和叙述动力的概念更为有效。他对不稳定性和紧张感进行了分类，但在这些文本中，我们仍感到彻底的不稳定性和无法克服的紧张感。如果继续使用他的"启航、航行、到达"模式，我们就必须调整这个航海的比喻，要包括启航、再启航、弃船、毁船等，甚至包括从地图上掉下来。

我所谓的"消解叙事"，就像贝克特、德拉布尔（Drabble）和拉什迪的作品一样，提出了其他问题，如故事的概念是否适用于自我否定的文本。例如，对超小说这类作品，读者会从不同的、可能的叙述路径中进行选择，违背了从单一话语表达衍生出来的单个故事的观念。即使每个可能的版本都会产生一致的、模仿的叙述，在此情况下，我们也会发现存在违反标准惯例的文本。这种标准惯例声称，它将对按已经发生的事件的固定序列进行叙述。即使叙述的语言是过去时的，读者仍然是事实上的，是自由的，会忽略或抛弃不喜欢的序列，就像这些事情从未发生过。他们会提供不同的结局，让故事形成新的"过去"。所以，依然可能存在其他故事。

以上我们所提到的叙述都超出了热奈特的范畴：除非故事和话语序列都是单一且相对固定的，否则我们无法确定它们之间的关系。正如莫妮卡·弗雷德尼克所指出的："故事与话语的对抗基于对叙事的一种现实的理解。"我将继续介绍一些严重违反了热奈特关于秩序的概念的文本。尤其与此相关的，是我所称的反模仿叙事，其中故事发展的时间方向是倒退的。颠倒的时间是故事的一部分，而不是故事的安排。马丁·艾米斯（Martin Amis）的《时间箭》（*Time's Arrow*，1984）对吃饭做了如下描述："你选择了一个脏盘子，从垃圾堆里搜出一些残羹冷炙，又专心等待了一会儿。各种东西灌进我的嘴里，在用舌头和牙齿进行巧妙的研磨后，我用刀叉和勺子把它们转移到盘子里……接下来，在让食物返回商场之前，你要面对冷藏、分割和储存等艰苦的工作。应该承认，我迅速并慷慨地为我的痛苦付出了代价。"

艾米斯的小说、伊尔丝·艾辛格（Ilse Aichinger）的小说《镜中故事》（"Spiegelgeschichte"，1952）、阿莱霍·卡彭特（Alejo Carpentier）的《溯源之旅》（"Viaje a la semilla"，1944）等都是奇怪的线性故事，即向前推进到过去。例如，卡彭特的主人公临终时返回婴儿期，遗留下曾经发生的一切。当玛尔斯特心脏病发作时，作品写道："突然，唐·玛尔斯特发现自己被扔进了房间的中央。他的太阳穴所承受的压力解除了，他以一种惊人的敏捷站了起来。"有了这样的故事，人们当然可以理解时间倒错，尽管不完全清楚它们是否应该被称为预叙或倒叙。无论如何，读者只有不断意识到正常的时间流在反转，才能理解文本。正如这部中篇小说所总结的，它的时间在加速，由此产生的描述更是不同寻常："随着米夏进入童年，家具长高了。""他想把胳膊放在餐桌上变得越来越困难了。最后，本身是颠倒的，因为因果关系似乎是反向的。""在一阵旋风中，鸟儿回到它们的蛋里。鱼凝结成鱼卵……棕榈树折叠树叶，消失在地球上。"

自亚里士多德以来，叙事研究都基于过于简单的观察，在理论上先天不足。"起点本身就有价值，不必跟随其他，但之后，它自然而然地成为一种存在，实际上却有了别的东西。"结构主义、形式主义的传统同样应该对此负责，弗拉基米尔·普罗普（Vladimir Propp）通过对民间故事的分析，认为叙事是具有明确起始点的离散实体（"国王派伊凡去追公主"）。托多罗夫（Todorov）将普罗普的分析加以形式化，声称叙事引入了一个严重的不均衡来打破初始的平衡，然后又试图重建新的平衡——与原始状态相似却不完全相同。这一普遍的立场也说明了认知方法和社会科学的研究是一样的。例如，J. M. 曼德勒（J. M. Mandler）和南希·斯泰因（Nancy Stein）都坚持认为一个故事的初始事件是没有问题的。[①] 这样的叙述必然混淆动态、移位甚至任意的叙事开端的本质。非自然叙事实践将这些方面放在一个重要的位置上，那里有选择开端的可能，是一个超小说的开放序列。希利斯·米勒是为数不多的对故事开端的可能性进行探索的理论家。当我们研究传统叙事有关结尾的理论时，也会出现类似的问题。

叙述者和叙述

对于热奈特来说，叙事学的人本主义框架是毋庸置疑的。"叙事话语的主要观点，从它的标题开始，就反映了一个假设，即有一个阐明的实例——有叙述者及受述者，虚构或非虚构，表现或不表现，沉默无言或喋喋不休，总是在进行沟通。"热奈特无法想象一个叙述者不是或者不像人类。在讨论无叙述者叙事的可能性时，他自陈从未遇到过这样的情况。此外，"如果见到这样一个故事，我想尽快逃离，撒腿跑开"。热奈特要尽快逃离的文本数量到底有多大？当代小说已经远远超越了一个像人一样的叙述者的人文观念。许多作品都存在大量不可能的、矛盾的或后人文主义叙述者。现代叙述者还包括牛头怪、不可能有先见之明的孩子、不可靠的鬼魂、钞票、讲故事的机器，以及马、僵尸和精子，每一个叙述者都不同程度地远离了人形叙述者。很明显，我们需要更广阔的视角。不幸的是，即使在新近的认知叙事学家中，那种古老的模仿范式依然存在。以下就是斯特凡·伊韦尔森在《例外》（"Exception"）中提出的概念：

---

① 可参阅斯泰因和波利卡斯特罗（Policastro）了解相关情况。

科斯米德斯（Cosmides）和托比（及其他认知学家），以及像丽莎·尊霞的认知叙事学家，他们指出了（他们所称的）小说的概念："永远无法解决的声音"似乎指向了病理学。但全世界的虚构叙事作品都包含大量文本。在叙事小说的世界里，相当多的文本是围绕着越级观念和对信息来源的质疑展开的。

一些理论家意识到了这样的问题。在《叙事学结构主义分析介绍》（"Introduction to the Structural Analysis of Narratives"）中，罗兰·巴特指出，标准概念"似乎认为叙述者和人物是真实地'活着'的人（这个众所周知的文学神话具有经久不衰的力量），好像一个故事从源头上就被其参照水平决定了"。他继续认定，叙述者和人物"本质上都是'活在纸上的人'"，将人们的注意力引向这些人物的结构特性。[1] 玛丽-劳拉·瑞安在《叙述者功能》（"Narratorial Functions"）中谈道："叙述者是一个理论上的虚构"，"任何像人类的假定叙述者都仅仅是它可能的替身中的一个"。正如前面所提到的，莫妮卡·弗雷德尼克拒绝这样一种观点，即"故事中的每一单词都必须归因于一个人类的来源"。她也批评了热奈特的观点："原则上否认存在没有讲话者（或叙述者）的这种文本的可能性。"然而，要求超越人本主义和模仿的立场的声音毕竟是少数。现在是时候承认许多最近的小说作品中传统叙述者的死亡了，继而探索其在后人本主义和非自然叙事新世界中的影响。

在分析细微的局部时，我们遇到了其他问题。正如我在《非自然叙述声音》中提到的那样，热奈特认为小说家必须进行两种叙述姿态（态度叙事）的选择："通过人物形象来讲故事"，"或者通过陌生人讲故事"。（由一个文本中的"人物"讲述故事，或者由文本外的叙述者讲述故事。）这一说法是不准确的。在很多方面，它都违反了热奈特的构想。在过去五十年里，小说已经交替产生了各种各样的叙述立场，其中包括第一人称和第三人称的霸权之争〔如费伊·韦尔登（Fay Weldon）的《乔安娜·梅的克隆体》

---

① 巴特在这里进行了过度演绎，忽视了一些现实主义的表现事实上是模仿的方面。可参见费伦的相关叙述。

（*The Cloning of Joanna May*）］。对于一个传统模式来说，构成挑战的是小说中在描绘同一个人物时交替出现了第一人称、第二人称和第三人称。就像卡洛斯·富恩特斯（Carlos Fuentes）的小说《阿尔特米奥·克罗斯之死》（*La Muerte de Artemio Cruz*，1962）那样：这样的作品是由故事中的人物和故事外的叙述者讲述的。

在这种人本主义模式中，"我们"这样的叙述人称总是充满矛盾。一个普通的叙述者使用"我们"的叙述形式遵循标准的用法，作为一个单独个体，他提到群体是偶然性的。非自然叙事中的"我们"叙述总是包含同故事和异故事的角度，叙述者占用他人来描述个人属性。在约瑟夫·康拉德（Joseph Conrad）的小说《"白水仙"号上的黑家伙》（*The Nigger of the "Narcissus"*，1899）中，一个人物叙述者清楚地表达了其他人的想法："我们怀疑吉米，还有另一个人，甚至是我们自己。"还有这样的句子：我们"带着他所有的排斥、退缩、逃避和妄想的同情"。这种集体思想的归属肯定是不准确的，也可能是虚伪的。通过让人物叙述者描述单独存在的人们的意识，康拉德进一步描述了这种不可能被认知的对象。

在我们的研究中，最有趣的或许就是第二人称叙述。我指的不是被语言学家描述的第二人称的用法（举例来说，采用第二人称对某人讲话），而是一种人工的叙述形式，指的是第二人称的主人公，就像米歇尔·布托尔（Michel Butor）的《变》（*La Modification*，1957）所表现的那样。一点也不奇怪，几乎所有的早期理论家都声称这是两种重要的叙述形式中的一种。奇怪的是，理论家还无法就它的形式达成一致。弗兰茨·斯坦泽尔（Franz Stanzel）认为："在第二人称小说中，这个'你'实际上是'我'的戏剧化，而独白盛行其间。"在讨论《变》时，米克·巴尔（Mieke Bal）认为："'你'只是一个'我'的伪装，一个'第一人称'的叙述者的自言自语。这部小说是第一人称叙事，它形式的变化与整个叙事情境没有任何关系。"约书亚·帕克（Joshua Parker）也强烈倾向这一点。然而，热奈特持相反的立场。对他来说，这种"罕见而简单的案例"很容易被认为是异故事叙述。布莱恩·麦克海尔同样认为："'你'代表着小说人物的第三人称代词，其功能就在于替代自由间接话语。"

这种混淆是不可避免的，因为第二人称叙述介于标准的二元对立之间，介于第一人称和第三人称之间，是不可通约的。或者说，它介于异故事叙述和同故事叙述之间。相应地，它是不规律地从一边摆到另一边，无法令人信服地"自然化"于传统的叙事实践。它的本质就是逃离固化。莫妮卡·弗雷德尼克准确地描述了这种奇怪的叙述状态：

> 第二人称小说打破了传统的叙事模式所提出的传统二分结构的简单假设，特别是同故事与异叙事（热奈特）之间的区别，或者叙述者和人物之间存在的同一性或非同一性的区别（斯坦泽尔）。

约翰·霍克斯（John Hawkes）的"报纸——它被叠进单人间的列表里——从你的口袋中掉出来，就像你从瓶子里喝酒一样"这样的句子，就在抗拒固定的、传统叙述者的位置。

我们可能还会注意到至少从荷马以来就出现的传统的故事手段——全知叙述——也有一种向非自然叙述的转变。在一些后现代小说中，叙述者往往在某些时候部分失去或故意放弃全知叙述。从《撒旦诗篇》中作者型叙述者的一句俏皮话那里，我们获得了这样一种可能性："很明显，我知道真相！我看到了整个事情的经过。至于无所不知和潜藏的能耐，我目前没有要求，但我希望，我能管的，也就这么多。"或者这样的句子："我什么也没有说。别要求我尽量把事情弄清楚。揭示真相的时代已经一去不返……我现在要离开了。那人也要睡觉了。"（参见道森对此叙事实践的进一步讨论）面对这样不同寻常的文本，标准叙事理论的分类没有多大用处。

人物理论

大量理论都提出了人物分析的模式。这些分析基本上都将模仿的概念放在了重要的位置上，都假定虚构的人物或多或少与人类相似。巴鲁克·霍克曼（Baruch Hochman）写道："在人的意识中，人物和人都是可以理解的，我们可以运用近似的概念来理解。"对这些定义进行思考，我们发现，对于非虚构和模仿叙事来说，它们是完全恰当的；但是在面对文学史上，特别是近年来特别突出的叙事文本时，分析那些碎片化、重组、互文性的人物却没有多大用途。

此时，结构主义对人物的描述会带给我们更多启发。结构主义尽量避免对人物进行心理学分析，并坚持将人物视为言语的建构物，但仍然保持着一种模仿的偏见。① 当把一个角色描述成一组谓词时，结构主义者很少考虑到不充分的可能性或谓词内部的矛盾性［尽管罗兰·巴特在一个脚注中赞扬了菲利普·索勒斯（Philippe Sollers）的小说《德拉姆》（Drame）"摆脱了人"］。虽然反对心理主义并且反对本质自我的概念，但结构主义者通常会提供一种行动元模式来虚构人类（如"英雄"）。和真实的人类一样，这些人物不断地在逻辑不兼容的选项之间做出选择。博尔赫斯、罗伯-格里耶、罗伯特·库弗、哈罗德·品特和卡瑞尔·丘吉尔等一系列作家的作品都表现出了这种内在矛盾叙述的可能性，但理论家通常并不会考虑以颠覆逻辑和人本心理学的方式跨越这些障碍的可能性。正如卢克·赫尔曼和巴特·维沃克所指出的那样："在后现代小说中，人物失去了许多人类的特征：他们融合在一起，他们说他们是叙述者或文本的发明家，他们突然消失，就像他们突然出现一样。结构主义几乎不知道如何处理这些非拟人化的人物，其所保留的拟人化程度也得到了证明。"

自从巴特提出他的理论以来，许多理论家也都试图将文学的非模仿成分纳入自己的人物理论中。其中，值得特别注意的有乔尔·魏因斯海默（Joel Weinsheimer）、托马斯·多彻蒂（Thomas Docherty）、詹姆斯·费伦、艾莱德·佛克马（Aleid Fokkema）、佩·克拉夫·汉森（Per Krogh Hansen）。这些研究很有价值，而且可以进一步拓展。尤其是，我们可以对人物极端的非自然状态进行更多的研究，比如那些人物知道自己是虚构的，或者是源于古老的虚构作品的互文式人物。遗憾的是，这类研究偏离了正确的方向。因此，我们看到了一种基于认知或以思维为导向的文学研究，它产生了一种新的模仿主义人物论。戴维·赫尔曼坚决地将人物定义为"人"或"或多或少是'人'的原型"。和认知学家理查德·格里格（Richard Gerrig）、拉尔夫·施耐德（Ralf Schneider）一样，赫尔曼没有在

---

① 热奈特在一个脚注里批评了"人物"一词隐含的拟人化，指出非人类实体也会在叙述中成为行动者。

文学人物的非模仿和反模仿方面留下空间。许多采用认知方法对贝克特作品进行批评的分析也是如此，它们最终将人物简化为容易识别的心理障碍的例证。这种单向度的研究有可能忽视或损害前面所提到的那些关注人物非模仿方面的、令人印象深刻的结论。① 非自然的叙事理论寻求的是扩展理论的参数，而不是缩小理论的范围。

叙事空间

在其他领域，叙事理论更加丰富灵活。可能世界理论为叙事学家提供了极其有用的理论支持，为分析不平常的世界和非模仿、反模仿文本的非自然空间提供了充分有效的工具。这些文本中的虚构内容被当作可能的虚构世界与真实世界不同的部分，甚至是完全不同的部分。在大多数情况下，多勒泽尔的研究工作都是非常有用的，但一旦接近非自然叙事中不符合逻辑的世界，一些模仿的警告就开始出现。在讨论罗伯-格里耶《幽会的房子》（*La Maison de rendez-vous*）中的矛盾故事时，从语义上说，"对不可能世界的写作是小说的倒退"。"可能存在的不存在之物转化为虚构实体是无效的，因此，制造整个世界的计划取消了。"多勒泽尔非常关心维护一个可能的虚构世界的本体论上的完整性，而我不能将一个自相矛盾的虚构世界概念化。这是一个虚构的世界，比他准备分析的虚构世界更加明显。同样，翁贝托·埃科（Umberto Eco）认为，我们除了"从不符合逻辑的世界中获得逻辑和感性遭遇失败的愉悦"之外，什么也表达不出来。戴维·赫尔曼也为这种可能性感到苦恼：贝克特的《向着更糟去呀》（*Worstward Ho*）和博尔赫斯的《阿莱夫》（*The Aleph*）似乎"不仅是为了阻止，更是为了破坏试图建立一个故事的企图——然而，世界（作品）也自相矛盾地邀请读者去建立故事"。这促使他排除它们作为叙事作品的地位。赫尔曼只

---

① 新的多重人格模型理论也很有限。亚历克斯·沃洛克（Alex Woloch）的《一对多》（*The One vs. the Many*）巧妙地探索了"隐含的人与叙述的连接形式"，然而，他的研究不太关注极端或不可能的人物。

能想象一个模仿者的故事世界，不能承认一个解除叙事或相互矛盾的故事。多勒泽尔却在《异质宇宙》（*Heterocosmica*）中承认，"设计不可能的世界"时，反模仿小说不过"对和化圆为方同样有趣的想象力形成了挑战"。正因为这种挑战，非自然叙事理论开始满怀热情地去占领可能世界理论需要囊括的不可能的叙述空间。①

认识论的同一性

许多典型的第一人称叙事都包含非自然的或不可能的观点。正如彼得·拉比诺维奇在《阅读之前》（*Before Reading*）中所指出的：

> 陀思妥耶夫斯基《群魔》中的叙述者安东，在小说开头部分提供了一个有限的视角。但是，尽管他在整个文本中是占主导地位的叙述者，但在中间部分消失了很长时间。我们得到了大量本无法获得的信息。

其他还有许多认知越轨的例子。大多数叙事学家很容易忽略这些差异，将它们视为一种尴尬的失误、无意中犯下的错误，或者作者完全遵循传统做法的一种失败。事实上，它们在叙事中广泛且频繁地引起着人们的注意。相反的情况也会发生。在《约瑟夫·安德鲁斯》（*Joseph Andrews*，1742）中，菲尔丁展现了许多人物的思想，但有时他的人物会退出全知叙述，宣

---

① 不可能的世界问题不是所有可能的世界理论家都关心的问题。托马斯·帕维尔确实注意到："夏洛克·福尔摩斯在几何约束下不受约束地绘制方形圆圈令人担忧。小说中存在矛盾的物体，有时是轻微的，有时是集中的，就像在博尔赫斯的玄学故事或当代科幻小说中一样。矛盾的存在有效地阻止了我们将虚构世界视为真实的可能世界的想法。"帕维尔继续断言："矛盾对象提供的证据对形成世界的概念是不够充分的，自此再没有什么言论可以阻止虚构理论了，它们如哲学家一样对不可能或不稳定的世界进行讨论。"露丝·罗恩（Ruth Ronen）热衷于这样的建构："在逻辑意义上，不可能已经成为核心的诗学装备，这表明矛盾本身不会破坏与一个虚构世界的联系。"它们在新的领域"具有创造力"。正如马克·柯里（Mark Currie）所说："不可能的对象，甚至是不可能的世界，当然有虚构的可能性。"

称自己并不知道某些事。正如威廉·弗尔格（Wilhelm Füger）所说："他巧妙地进行了转换，一方面假装以一个认真的传记作家的方式行事，其可信度取决于仔细筛选并对证据进行权衡；另一方面用愚弄的方式揭露这一伪装，将其视为一种虚构的策略。"在果戈理1842年的故事《外套》中，叙述者提供了许多关于主人公私人思想的细节。在某些时候，他描述了阿卡基·阿卡基耶维奇·巴什马奇金脸上的微笑，之后又夸张地询问那人为什么微笑，接着断言没法改变一个男人的灵魂，试图找出他思考的内容。实际上，叙述者已经执行了这一行动。在安娜·凯文斯的《冰》中，第一人称叙述者在第五章和第六章中，在没有证人的情况下，详细描述了他的幻觉，并没有解释这是怎样发生的。

令人惊讶的是，热奈特是少数承认存在这种不自然的叙事行为，并考虑其后果的理论家中的一个。他讨论了很多这样的例子。在讨论《追忆似水年华》时，他采用了"视角越界"这一术语，具体如下：

> 正如人们常常注意到的那样，伯尔戈特是不可能向马塞尔报告临终时的想法的，人们无法得知这一切。这是一种"视角越界"，结束了所有的"赘叙"。对叙述者信息的任何假设都是不可同约的，我们必须将其归功于"无所不知"的小说家。这也足够证明，普鲁斯特具备逾越自身的叙事"系统"限制的能力。

热奈特解释道："'第一人称'叙事偶尔使用全知叙述，这样的矛盾也使一些人陷入羞愧可耻的境地。"热奈特的表述摆脱了理论上对模仿的偏见，甚至无法想象可能存在的非模仿的参数。这种认知上的侵犯绝不是罕见的，它能使那些相信虚构作品坚持模仿非虚构作品的读者感到震惊。能够欣赏果戈理、博尔赫斯、纳博科夫或卡尔维诺诗学的读者，并不会因为文本突然违反现实参数而惊愕，因为他们知道这些参数通常是被建构出来的，而且往往是脆弱的、暂时的，或者是部分的。

申丹、亨利克·斯科夫·尼尔森和詹姆斯·费伦进一步探索这种来回摆动的叙事视角。申丹在谈到赘叙时认为："引起注意的不仅是其违反了聚焦模式的局限，也集中于与遵循传统的焦点模式之间的壁垒。"尼尔森分析认为，在这种视角越界的文本中，理论上存在两个独立的实体：叙述者

"我"和所谓的"非个人化的叙述声音"。后者"可以说叙述者'我'不可能说的话，描写那些没有人能够记得的细节，即使人物保持沉默，也能呈现人物的想法。也就是说，在第一人称叙述中，当叙述者'我'引入这个人的时候，当叙述者'我'说这个人不可能说的话的时候，这种状况存在的可能性就消失了"。正如鲁迪格·海因茨（Rüdiger Heinze）的"冒犯"和玛丽亚·马克拉的"可能性"所指出的，尼尔森认为，这种认识论的冒犯相当普遍，但在表面的现实主义叙事作品中往往被忽视。"不可原谅"的视角越界也出现在有叙述人称"你"和"我们"的叙事中，形成了同故事叙述和异故事叙述相混杂的文本。热奈特拒绝将这一点纳入其理论框架。要了解这一点，我们必须准确地认识到典型的后现代主义在认识论上的断裂和在本体论上的整合，及其在作品中的广泛呈现。更重要的是，他们排除了一种单一、简单的叙事学的可能性，并坚持把虚构性当作根本特征。

虚构思想

自从小说能够被用来全面揭示其他思想内容，半个多世纪以来，虚构文本与非虚构文本在本质上就是不同的这一点已经被广泛接受。这种看似无可非议的立场最近受到了认知和思维导向的叙事学家的攻击，其中最著名的是戴维·赫尔曼。赫尔曼否认"虚构'读者'的思想经验不同于那种他们在虚构作品文本外部所经历的思考"，并且进一步否认"只有虚构叙事才能给我们提供直接的人物思想'内部'的观点。因此，虚构性自成一格，或是一种不同于普通思想的类型"。他反对所谓的"例外论文"，坚持虚构和非虚构话语之间的基本区别，希望"发展出一幅关于各种各样的、虚构的和其他心理表征的统一图景"。这样的尝试不仅否定了多丽特·科恩所谓的"虚构的特性"，而且将虚构的头脑纳入了模仿性框架。

人物可能同时误解几个人的思想，而这也可能被无所不知的叙述者泄露出来，即使所有具有人类意识的参与者都无法知悉。在《到灯塔去》（1927）开头的晚餐过程中，读者了解到，没有一个人能真正有效地识别出"拉姆齐夫人感到缺少了什么"。"他们弯下腰聆听着思想。'天哪，我脑子里的东西可能不会暴露出来，'每个人都想，'其他人也都有这种感觉。他们为政府对渔民的行为感到愤怒和愤慨。然而，我其实没有任何感觉。'"

这里所展示的知识有一个关键的特征。正如人类通常做的那样，这些人物正在推断周围人的想法，而且正如经常发生在人类身上的那样，他们在使用"读心术"或者指定其进行更准确的练习时，完全是失败的。相比之下，叙述者确切地知道人物在想什么。人类以及模仿的人物在推断别人的想法时，可能是错误的。第三人称叙述者在阐明他们的观点时并不是错误的。这是因为，虚构的叙述是一种不同于非虚构叙事的特殊类型的言语行为。其世界及其思想内容的创造是语言表述的结果，只有通过消解叙事的行为才能被证伪。因此，托马斯·内格尔（Thomas Nage）认为，我们永远不可能知道成为蝙蝠的感觉，但卡夫卡证明，我们可以确切地知道，逆来顺受的推销员在成为巨大的甲虫后会想些什么。

认知学家所使用的"读心术"是一个比喻的说法。对于文学的"读心术"而言，无论是第三人称叙述者还是拥有"读心术"的人物，我们都必须直接去阅读小说。这类人物就像《午夜之子》里的萨利姆·西奈（Saleem Sinai），在印度独立的那一天，他能听到其他孩子出生时的想法。某些叙述者"决定"担任全知全能的叙述者，这就是一种非自然叙事，例如，阿尔塔米拉诺（Altamirano）在胡安·加布里埃尔·瓦斯克兹（Juan Gabriel Vasquez）的作品《科斯塔瓜纳秘史》（*The Secret History of Costaguana*）中坦言："现在利用叙述者的特权，饮下上帝无所不能的魔药进入头脑，进入另一个人的传记。"通过这样的陈述，正如赫尔曼所寻求的那样，一个完全统一的思维结构可能会遇到挑战。在一个统一的领域中，这样的陈述并无多大意义，因为它们悍然违反了赫尔曼试图忽视和抹杀的界限。① 在《非自然叙述声音》中，我讨论了汤姆·斯托帕德、大卫·亨利·黄（David Henry Hwang）和宝拉·沃格尔（Paula Vogel）的戏剧是如何呈现思想的。这些例子使心理事件通过演员的身体呈现出来。进一步说，任何试图统一模型的尝试都会出现问题。

① 其他非自然叙事对思想呈现问题的讨论可参见阿尔贝（"Expanded Consciousness"）和伊韦尔森（"Unnatural Minds"）。

虚构性

尤为明显的是，对被忽视的文本和分类上不完整的分析的夯实，凸显了上面所提到虚构性问题。① 虚构性是非自然叙事理论的核心。亚里士多德首先区分了虚构文本和非虚构文本。许多理论家，最著名的是俄国形式主义者，其理论建立在凯特·汉堡的研究之上。然而，两者的差异并没有得到足够的重视。

两种新的动向尤其令人不安，它们试图忽视、否认或最小化这些关键差异。一是玛丽-劳拉·瑞安所说的"泛虚构性"（panfictionality）。这是一种后结构主义的立场，否认了虚构和非虚构的根本差异。我将在"虚构性"一章中详细讨论这一立场。正如我们刚才所看到的，在与非虚构作品比较并在阅读虚构作品时，戴维·赫尔曼试图否认二者有本质上的不同，以及有不同的解释策略。如果后结构主义者试图将所有非虚构作品都简化为虚构作品，那么赫尔曼似乎同样坚定地将所有虚构作品都视为非虚构作品的变体。

这两种类型的叙述具有明显的区别，不能通过任何单一的概念进行解释。我们已经注意到它们在虚构思想方面呈现的根本性差异。我们可能还注意到，自然叙事学可能无法通过不称职的故事讲述者来获得叙事性，但一种非自然的叙述可能会有意地使文本表面上假设的叙事性成为问题或将其颠覆。一个非自然的虚构故事可能是暂时的，并且有一种不可能的序列，不可能在现实世界中存在。事实上，这些序列在现实世界中是一个错误、一个谎言，或者一种错觉。一个叙述者可能从死后开始讲述故事，或者从人物的角度讲述他在小说里的几次死亡，而这显然不是一个人在现实生活

---

① 这一术语在一般意义上指的是虚构的叙事文本，而不是广义上关于非现实的某种话语。这种有关虚构性的看法主要来自理查德·沃尔什（Richard Walsh）、亨利克·斯科夫·尼尔森及其他人。

中做得到的事情。① 我们可以知道小说中人物的确切思想，甚至是他们所使用的词汇，或者人物自我反省的内心独白。当然，我们不能真正了解任何一个人类，至多只能做出明智的猜测。

在小说中，我们有时会遇到模式化的人物。那些未成形的人的身体变成了非人类的身体，他们是早期人物互文性的体现、历史人物的化身，是具有寓言功能的人物。他们知道自己是作者的创造，会愤怒地反抗专制的作者。一个元虚构作品中的人物断言："现在我已经摆脱他的注意，能够想做什么就做什么。他认为忘记了我，我就消失了，但我太爱这个现实世界了。"当然，即使我们尝试综合人类的经验去理解非自然叙事中的人物和事件，作为真实世界中人类的一员，我们也不可能具有这种人物的经历。我们对小说中出现的历史人物的体验，也不同于对非小说中相同历史人物的体验。正如杜雷泽所观察到的那样："要使现实世界（历史）的人进入一个虚构的世界成为对应的人物，只在于虚构制造者选择以何种方式对小说进行塑造。"如果真的以人类的经历虚构人物，我们可能会像有些观众在观看过程中所做的那样，向扮演奥赛罗的演员发出警告，说他不应该相信伊阿古的谎言。

我们对虚构世界的体验是不同的，因为我们认识到在本体论意义上，它们是不同于现实世界的存在。如果我们读到密西西比州杰弗逊镇的昆汀·康普森（Quentin Compson），我们并不会去查阅百科全书、历史地图册或当代人名地址簿，去了解更多关于杰弗逊镇或康普森家族的历史。拉什迪在《午夜之子》中故意写错甘地的死期，莎士比亚可以把《冬天的童话》的故事地点设定在波西米亚的海岸边，博尔赫斯也可以创造出不符合逻辑的阿莱夫的空间。这些都是不同的叙事领域。在现实世界中发生的事情需要分析和验证，它们属于现实世界的问题。第四章会进一步论证，在虚构世界里发生的事情实际上是话语创造的结果，不能被现实世界用来证伪。如果伍尔夫告诉我们，彼得·沃尔什在摄政公园里想过达洛维夫人，那么他的确是这么做的。这个事实是由叙述它的行为创造的。

---

① 即使在表现神的死亡和复活的超自然叙述中，神一般也只复活一次。在那之后，他们就得靠自己了。

读　者

　　大多数读者反应理论都假定一个中等聪明的读者是第一次遇到这个文本，并且经常使用（至少在一开始）传统的、模仿的解释策略。作为《午夜之子》中任性的叙述者，萨利姆·西奈会对这样的读者感到失望。对于缺乏想象力和墨守成规的受述者帕德玛，萨利姆·西奈轻蔑地引用了她"接下来会发生什么"的话。她不赞成他的叙述的速度，认为"按照这个速度，你到200岁了才会诉我们你的出生"。她对后现代的言语散乱同样缺乏耐心，认为"所有这类写作都是狗屎"。与早期实验文本的遭遇一样，反对冒险的和不情愿的读者也会收到类似的警告。从《项狄传》对受述者的告诫，到在纳博科夫的《洛丽塔》中，亨伯特对陪审团的抗辩，再到在卡尔维诺《看不见的城市》中，马可·波罗对忽必烈凌乱解释的苛评，可见在每一种情况下，在更为传统并缺乏理解力的受述者和更老练、更灵活的隐含读者（他们认为可以建构出这样的叙事方式并能得到读者的理解）之间，这种对立都凸显了出来。

　　隐含的读者（或者拉比诺维奇更精当的概念"作者的读者"）在非自然叙事中需要执行几项不同的任务，担任不同的角色。其中，最突出的一种就是我们所说的"双重标准的读者"。他一方面能感知模仿的通用系统和常规的框架，另一方面能享受对这些传统所进行的反模仿攻击。因此，《洛丽塔》的读者会注意到小说无孔不入的，简直具有强迫性的侦探小说形式，同时也会注意到其衰减（对这种形式的戏仿和违反）。同样地，贝克特的《莫洛伊》或品钦的《万有引力之虹》（*Gravity's Rainbow*）的读者也会意识到不可靠叙述者的现代主义模式，以及令人困惑的时间安排，并接受贝克特和品钦都不会屈尊解释的许多现代主义的问题。无疑，他们的作品都会提出这些问题。取而代之的是，我们在现代主义小说中得到了对叙事学核心分类的非自然的破坏。

　　文本越开放，越邀请读者进行更多的合理阅读。许多格特鲁德·斯泰因（Gertrude Stein）的作品或贝克特大部分的抽象作品都提供了大量解释。这种极端的工作——我肯定他们做得比许多人多——符合罗兰·巴特对文本的描述。"在很大程度上，我们选择了（或者说读懂了）发现与创造相结合的一致性。"

还有一种非自然的阅读体验，处于以上两种模式之间。我将在下一章讨论超小说文本和多线式文本。首先要进行常规的阅读，但当他或她返回故事的岔路，去选择另一条路径时，必须不断修改甚至抛弃叙述。在这里，作品作为一个整体，有多种可能的读法，但每一种都受控于当时所选择的特定序列参数。对此，爱丽丝·贝尔（Alice Bell）说道：

> 在某些超文本中，叙事的不一致性可以通过进一步探索文本得到解决。在另一些作品中，多元线性结构用于容纳不同的声音或呈现不同的场景，但这些叙事彼此之间并不矛盾……虽然有些超文本小说叙事可以根据现实世界的参数进行协调，但斯图亚特·莫尔索普（Stuart Moulthrop）的《胜利花园》（*Victory Garden*）就将超文本媒介当作呈现一系列矛盾和模糊的非自然叙事手段。

但我认为，即使是只产生不同的、自洽的故事版本的超小说，总体上仍是非自然叙事，因为不可能在叙事的过程中把不同的、可能的叙述整合起来，毕竟叙事的意图是叙述已经发生的事情。

最后一组作品可以被区分开，它们为读者提供了多种解读的可能（实际上，的确有多种阅读方式）。在此，我思考的是之前提到的矛盾叙事，如《嫉妒》和《保姆》。在这样的文本中，读者是如何处理那些没完没了的矛盾的？首次接触这些的读者总是非常沮丧。接下来，读者会做什么呢？一些人可能试图继续寻找可识别的文本意义，将一组事件与真实的事件联系起来，而忽略其他矛盾的版本，将其当作错误、妄想或想象。简而言之，他们试图找到一种将其自然化的方法。另一些人可能会认为这是作者自由发挥的实例。为达到不同的目的，他们会将各种元素以多种方式放在一起，如将一些过度夸张漫溢的片段编织在一起（这可能是最值得讲述的部分，但又是不太可能发生的部分）。或者，他们会将最乏味和最平凡的行动放在一起（这可能最符合现实、最合理）。还有一些读者完全拒绝模仿的约定，转而寻找不同的排序原则。例如，在罗伯-格里耶那里，关键词或图像似乎生成了文本事件（参见《嫉妒》）。

在罗伯-格里耶的例子中，识别可选的排序原则是困难的或令人沮丧的。在库弗的例子中，转换到另一种不同的利用反模仿的阅读方式要容易得多。对很多作品来说，这几乎是毫不费力的。看了《罗拉快跑》的前三分之一，大多数第一次观看的观众都会为人物的意外死亡感到悲伤。经历了一些有细微变化的重复，第二次死亡往往伴随着笑声，因为观众不再将主要人物作为人来识别，而是把其行为当作努力对结果进行抗争的模仿实践。更确切地说，观众的兴趣点由中心人物转移到改变事件的建构上。大多数读者在处理马克·雷纳（Mark Leyner）的以下文本时都经历了这种转变：

> 他有汽车炸弹。他把钥匙插入汽车启动器，转动，汽车爆炸。他下车。他打开引擎盖，做了粗略的检查。他关闭引擎盖返回。他点火，转动钥匙，汽车爆炸。他走出去，砰的一声关上了门。他踢了踢轮胎。他脱下夹克，在底盘下晃动。他在周围闲逛。他溜回去，擦去衬衫上的油脂。他穿上夹克，进入车内，转动钥匙点火，汽车爆炸。碎片溅到高空，打碎了几个街区的窗户。他下车，说：该死！

很快我们就会发现，仅仅采用模仿的框架来阐释这个文本，或任何关于汽车（或者对这一爆炸事件）的脚本，从我们的阅读或个人经验来看都是无用的。这一文本有着非常特殊的表现形式。在这里，我们也看到了狭隘的模仿范式给文本叙事阐释带来的局限性。非自然叙事理论提供的额外的概念范畴和理论工具将使批判性的分析者变得更加精妙和全面。

总而言之，我们认为，以模仿为主的诗学对于理解 20 世纪以来的大量叙事实践是远远不够的。大多数工作都需要在典型的叙事理论的框架下进行，要对故事和话语、叙事开端，以及越来越难以捉摸的和多重隐含的读者进行充分描述。在第三章，我将提出一些额外的构想，以便在这些领域向前迈进。现在，我们在叙述和描述思想方面上进行了比较充分的研究。这项工作需要被保护、扩大并广为传播。一种综合的叙事理论的最大益处在于人物理论、可能世界理论以及对虚构性的理解，然而，它仍会继续受到那些倾向于更简单、更熟悉或更微妙的人的模型的威胁。我认为，叙事越复杂，越需要一种更广阔的理论来进行界定。

第二部分

应　用

第三章　非自然的故事诗学

故事、话语和序列

　　第一章概论了非自然叙事理论，第二章描述了受制于模仿范式的传统理论的不足之处。现在，当运用非自然叙事理论对故事的中心主题进行分析时，本章将阐明这一理论角度是可以增加到现有叙事理论中的。接下来，我将把重点放在明显的反模仿作品上，详细地讨论一些具有极大挑战性的作品，同时也会看到其他一些极不寻常的序列，它们以惊人的反常规的方式颠覆了既定的叙事实践。这些考察让我考虑文本更大的影响，并探索如何进行试验，如何挑战叙事本身的概念：故事构造应该一以贯之；故事（fabula）话语（syuzhet）中应该有一个开头和结尾的固定模式；叙事应该呈现一个单一故事。下述分析反过来会导致更多理论概念的产生或现有叙事理论的扩展，将促使我们全面接受当代惊人的叙事财富。

叙事性

　　对传统故事最根本的拷问就是叙事本身。词汇的特定组合构成了叙述，不过它们是构成了不同的文本，还是在叙事性的边界徘徊？新近的一些文本往往就在这一边界游走。这些作品要求我们采用一种灵活准确的叙事方式，确定它们在挑战、扩展或反抗叙事概念方面的效果。正如第二章所指出的，大多数传统的定义都拘泥于传统意义上的人本主义，据此对那些要弄这一定义的激进文本进行分析，很难收到好的效果。我们需要一种更灵活的定义。我认为，如果将叙述视为具有因果关系的一系列事件的表现，将最为有效。①

里克·穆迪（Rick Moody）的《第一手资料》（*Primary Sources*）仅仅在叙述者的图书馆中按字母顺序排列了书目清单，并分别对每本书做了一系列由 30 个脚注组成的评论。叙述者极力声明这个简略并有选择性的参考书目实际上是一本自传。我们读的脚注越多，得到的关于叙述者生活的信息也就越多。因此，第一本书中，威廉·帕克·阿贝（William Parker Abbé）对《一份日记草图》（*A Diary of Sketches*）的注释开头部分是这样的："我在圣保罗学校做艺术教师。"叙事片段累积到一定程度后，我们确实可以将其放入与因果相关的时间序列中，从而建构一个局部的片段式叙述。还有一些文本在挑战叙事实践和限制。G. J. 巴拉德（G. J. Ballard）的《索引》（*The Index*）仅仅是虚构传记的一个索引，但却揭示了亨利·罗兹·汉密尔顿令人难以置信的生活历史（例如：丘吉尔、温斯顿、与殿下对话，221；与殿下在首相别墅，235；由殿下执行脊椎穿刺，247；和殿下在雅尔塔，298；"铁幕"演讲，在富尔顿密苏里，殿下的建议，312；在下议院辩论中攻击殿下，367）。巴拉德也写了一个仅仅由一个句子组成的故事，其中对每个单词都有注解。珍妮·布利（Jenny Boully）的《身体》（*The Body*，2003）更为极端，只提供了一组注释，而这些注释显然又被注释者删除了。例如，第二个脚注显示："这不是我知道的故事，也不是你告诉我的那个故事。这是我已经知道了的、不想听你说的故事。让它以这种隐藏的方式存在吧。"

其他作家可能无法戏仿这样的叙事状态。也就是说，这些组合不能形成一个可辨识的故事。这里有大卫·谢尔德（David Shield）《生活故事》（*Life Story*）中的一个例子，它在模糊的时间轨迹上排列了一系列美国汽车保险杠贴纸。谢尔德的文本是这样开始的：

先做重要的事情。

你只年轻一次，但你可以永不成熟。我可能会变老，但我绝不长

---

① 对此定义更为深入的讨论，可参见我的《新叙事概念》（"Recent Concepts of Narrative"）一文。

大。活得太快，死得太早。生命是一个海滩。不是所有的男人都是傻子，有些是单身人士。百分百单身。不是我表现得很难，而是我真的很难得到。我喜欢成为我自己。

天堂不想要我，地狱害怕被我占有。我就是你母亲警告过你的那个人。前女友在后备厢里。别笑！你女朋友可能在这里。

文中还汇集了一系列有关活动、个人偏好和性标识的内容，包括一些非常色情的内容："女孩们想要，所有的位置都可以被训练。花花女郎、派对女孩、性感小妞，不是所有的傻瓜都是金发碧眼。"关于人类存在本质的哲学论述出现在后面："消费或死亡。赢最多玩具的人会死。赢最多珠宝的人会死。雅皮人渣会死。"它这样描述家庭生活的整个循环：从"婴儿在车上"到"我的孩子打了你的荣誉学生"，再到孙子的出生。在后来的"故事"中，读者发现"我可能变老了，但我拒绝长大"，甚至"活得足够长对你的孩子来说就是一个问题。我们在花孩子的遗产"。小说的结尾很自然地提到了衰老和死亡："我失去了所有的东西，我最想念我的心。我为独角兽刹车，选择死亡。"

目前，我们尚不清楚这种材料收集能否以适当的方式满足现有的叙述定义。这一主题似乎太分散，太矛盾，叙述的关联太少，这往往是因为它在识别对立偏好上太具体，无法与目标受众兼容。我把这看作一个伪叙事，一个模仿的收集，但不构成真实叙事的集合，尽管非常微不足道。事实上，正是这种不完美的、不规则的相似之处使得这种随意的收集向真实的叙述移动，进而被赋予奇特的力量。

萨缪尔·贝克特以不同的方式挑战叙事的边界。他的小说《呼》（"Ping"）中有一系列描述，它们在文本中不断重复，同时产生细微的变化。该作品的另一怪异之处是没有主动动词以及不规则的插入音节。读者遇到许多解释问题的挑战，一个中心问题是文本是否属于叙事。它仅仅简单地展示了一组描述，还是说这些图像构成了叙述？这些图像可以衍生出一个故事吗？空间被限制在白色围墙内："从未见过的两个一码（one yard）白色天花板组成了一平方码（one square yard）白色的墙。"中心人物是人或类人："裸露的白色身体像把腿缝了一码。"身体几乎不动，被固定在大致的几何位置上："双手垂掌，与白色的脚跟并拢成直角。"唯一的非白色实体似乎是人物的眼睛："只有眼睛还有一点几乎是白色的蓝。"

詹姆斯·诺森（James Knowlson）和约翰·皮尔格（John Pillig）甚至断言：

> 我们不可能以连续的方式阅读《呼》，我们读的是一个正在进行中的叙事语法（《尤利西斯》谈到过）。它更像一件雕塑，我们只能对其外表进行思考和观察，关注雕塑材料的形状和质地。

当这些描述再次出现时，读者就会像叙事学家一样寻找生命和运动的迹象：如果没有变化，就不会有叙述。贝克特开玩笑地提供了一些可能性的碎片，有些是非常小的变化。光有时被描述为"几乎是白色的浅灰色"，这可能意味着光源的改变，或者仅稍微修改了原始描述。这里似乎有一种声音："也许不到一秒钟的低语就可以让我们不再孤独。"我们第一次看到时间的流逝。这些杂音大概来自仰卧的身体。还有一个不规则的词"呼"，它可能是在故事世界中反复出现的机械声音，又或者属于某种奇怪话语。蓝眼睛似乎变黑了，稍纵即逝的记忆可能会重现，正如"呼"这个音节的高频出现一样："呼也许不是唯一一秒，带着同时画面，黑色的眼睛黯淡，半闭的白色长睫毛几乎从不暗示那么多记忆。""暗示那么多记忆"（如果是一个单句）的意思（人物有足够的记忆力，可以进行暗示）并不能立刻被理解。"暗示"和"记忆"这两种说法短暂而痛苦，可以被当作暂时的一段时间。这一读法似乎在最后一句话中得到了证实。"白眼睛抬头盯着前方的呼，最后一声低语一秒钟，也许并不是独自一人，眼睛不理是黑是白，半闭的长睫毛恳求呼赶紧沉默，以及赶紧结束。"[1] 这段文字在叙述的边缘戏耍，暗示着一个固定不变的人物带着回忆和恳求，在痛苦中产生了可能性极低的叙述。然而，我们无法确切地说，这一文本实际上已经跨越了叙事的边界成为叙事，即使它使用了一系列与因果相关的事件。正是这种既不

---

[1] "Head haught eyes white fixed front old ping last murmur one second perhaps not alone eye unlustrous black and white half closed long lashes imploring ping silence ping over." 此段无法进行汉语意译，直译也极不通顺。这是作家故意为之的，旨在打破句子逻辑结构，设置阅读障碍。——译者注

确定是叙事也不确定是非叙事的模糊状态，吸引着爱冒险的读者和类似叙事学家的读者对其进行解读。

罗伯-格里耶从另一个极端挑战叙事性，提供了更多自相矛盾的例子。他的《幽会的房间》似乎呈现了对同一场景在不同时间的几段描述。有时，它们似乎是一系列相互关联的行为，时间被打乱了。在另一些人看来，这篇作品描绘的可能是类似绘画的视觉图像。这些绘画可以形成叙事，或者仅仅是一个主题的变化。这两种解释都部分正确和部分错误。人物被描述为移动的，说明虽然其他形象被描述为绘画，但也存在叙事性。读者似乎被邀请从文本的片段中构建出一个哥特式谋杀和凶手逃脱的叙述。然而，由于对环境的描述存在矛盾，它仍然是一个准故事（quasi-story）：故事素材不会被固定下来，不能代表事件。换句话说，如果读者接受相互矛盾的事件，并以更积极的方式增加叙述性，把这些事件变成一个故事就成为叙事出现的唯一方式。人物管理（或生成）就是旋涡，表现在许多作品的叙事空间和叙事时间中。很明显，文本并不是世界上可能发生的一系列事件的真实再现，而是一种独特的虚构创作。它具有矛盾的时间序列，而且仅在文学中存在。这既激起又挫败了我们想要建立文本类型观念的欲望，让我们无法确定正在阅读的作品的类型，并揭示出我们必须粗暴对待作品，使之不再成为单一的叙事或一组固定的图像。

故　事

叙事理论中的一个基本认识就是故事和话语的二分，或者我们可以从文本中推导出的故事和文本本身所呈现的叙述之间有区分。这一区别，是由俄国形式主义者建立的，已经存在了近一个世纪，并以多种方式被提及，如法国结构主义术语"故事"（histoire）、"叙述"、"英语对"（English pair）、"故事和文本"（story and text）。我将在这一章中保留俄国形式主义术语的精确度。在模仿的文本或现实主义小说中，我们努力向这些话语类型靠拢，如果做不到，对于文本中出现的矛盾，我们还知道很多自然化的解释，如忽视了细节、错误的记忆以及撒谎不够熟练。然而，仍有许多不同的非自然故事素材避开了模仿的模式，叙事理论需要对其进行分析。叙述是一个循环，最后一个句子会成为第一个句子，永远没有结束的时候。有些故事是无限的。对于不同的人群来说，时间传递的速度也是不同的。因此，在莎士比亚的《仲夏夜之梦》中，对生活在有序城市里的贵族来说，四天过去了；与此同时，对处在魔法森林里的人来说，只过去了两天。在弗吉尼亚·伍尔夫的《奥兰多》（1928）中，主人公只过了二十年，但在他周围的人和事已经过去了三个半世纪。同样地，在卡瑞尔·丘吉尔的《九重天》中，人物的二十五年过去了，其他人的时间却过去了整整一个世纪。这些情况会导致双重或多重的故事。

正如我们所注意到的，有些文本有几组相互矛盾的事件序列，如罗伯-格里耶的《嫉妒》、安娜·凯文斯的《冰》以及罗伯特·库弗的《保姆》。卡瑞尔·丘吉尔的《陷阱》，包括它的前言尤为巧妙，因为它清晰地表现和解释了在非自然故事世界里发生了什么，没有发生什么。在剧中，所有动作发生的房间都会改变位置。一些人锁了房间的门，另外一些人将锁打开，但任何人都没碰过门锁。我们看到，希尔和丈夫艾伯特在抱怨了他们的婴儿造成的麻烦后，用几分钟时间讨论了最终要孩子的可能性。随后，杰克宣布，他和希尔最近结婚了。一个角色在这里经历了两次相同的、可识别的场景，性格也会改变。艾伯特自杀了，其他人都在思考他的死亡。之后，艾伯特又回来了，好像什么都没有发生，其他人对此则并不感到惊讶。在第一幕中，瑞格给克里斯蒂和德尔带了一盒巧克力。他说希望他们从来没有从乡下搬来城里。在第二幕中，巧克力被吃掉，人们在这个国家中幸福地生活着。

与罗伯-格里耶不同的是，丘吉尔呈现了一系列非常日常的行为，并在保持其他线性叙事的同时颠倒了一些进程的顺序。这就产生了一系列矛盾，排除了单一的、自我一致的叙述的可能。个体序列的逼真性与它们的反模仿并置产生了深刻的冲突。这种矛盾表现在舞台上，往往比由个人进行的沉默阅读更震撼，也更具说服力。所有观众都在观看真实世界中无法发生的一系列事件。丘吉尔不厌其烦地阐明《陷阱》这出戏的反模仿特质，同时确保她的作品会保留这种非自然性，而不是简单地将其归结为一种常规化的解释策略。在前言中，她肯定了这出戏：

> 就像一个不可能的物体，或者埃舍尔的一幅画，在那里，物体可
> 以在纸上存在，但在生活中是不可能的。在戏剧中，时间、地点、人
> 物的动机和关系都无法调和。它们可以发生在舞台上，但没有其他的
> 现实性。戏剧中的人物可以被认为是同时出现在生活中的许多可能性。
> 没有闪回，没有幻想，和戏剧一样，所有的事情都是真实而稳定的。

这段丘吉尔对她的戏剧的描述可谓对更极端的非自然叙事进行解读的
典范。

在库弗的《保姆》中，多重故事线的可能变体仍然具有显著的戏剧性。
无法兼容的结局出现在文本中：保姆不小心淹死了孩子。雇佣她的孩子的
父亲提前返回，与她做爱。邻居家一个害羞的男孩来拜访她。两个邻家男
孩看到保姆和父亲在一起。父亲惊讶地发现男孩们和保姆在一起。保姆赶
走了男孩。保姆被男孩们强奸了。全家恢复完好的状态。母亲回到家发现
这三个男性和保姆在浴缸里。母亲从电视上得知，孩子被谋杀，丈夫走了，
浴缸里有一具尸体，她的房子被摧毁了。厄休拉·海斯（Ursula Heise）观
察到，这样的小说"进入了叙述的呈现和一种的过去时间经验，通常只适
用于未来：时间的区分和分割、分叉，不断地分化为多种可能性和选择"。
没有一个事件能够排除所有其他可能的选项，我们看到，它已经具体实现
了一些不兼容的可能性。

在本节所举的例子中，没有一个可以很容易地从固定的话语中提取出
单一、一致的故事。① 阿兰·罗伯-格里耶在《嫉妒》中讲述了自相矛盾的
故事，他说："在小说中提出这样的建议是荒谬的……这里存在一种清晰而
明确的事件顺序，这并不是书中的句子，就像我把一个预先设定好的日历
混合在一起，以一种洗牌方式来改变我的生活。"他继续说，对他而言，在
文本之外，没有任何可能的顺序。这个文本并没有模仿现实主义叙事做法，
用话语呈现单一的故事框架；在这部作品中，人们只能从话语中得到一个

---

① 关于这些形式的更多讨论，可参见海因茨的文章（"The Whirligig of Time"）
和我的文章（"Beyond Story and Discourse"）。

不确定的、矛盾的故事框架。

也存在其他种类的非自然的故事。洛丽·摩尔（Lorrie Moore）的一些故事模仿了自助手册，提供了可能发生的事件序列："开始在一个班级、一个酒吧、一个清仓拍卖会上遇见他。也许他教六年级。管理一个五金店。是一个纸箱工厂的工头。他会是一个好舞者……一周、一月、一年。感觉被发现，被安慰，被需要，被爱，开始以某种方式感到无聊。"马特·德尔康特（Matt DelConte）认为这样的文本"没有传统意义上的故事：整个行动由话语构成，因为规定的事件是假设的/有条件的；没有任何事情确切发生"。对德尔康特来说，这类文本没有真正的故事。不过，虽然有限的变量表明时间在白白流逝，如一周、一月、一年"，但并不等同于"十秒钟后"或"三十年后"。完全不同的时间参数会产生非常不同的故事。我们也应该注意到，故事的收获犹如最初假设的事件事实上发生了，因为可能的未来事件变成了无可争议的过去。事件的具体细节仍然是不确定的，但这一事件使可能发生的事件成为可能。

还有两种实验技术运用了话语的特征来创造或破坏故事，这就是叙事生产和叙事消解。① 这两种方式在罗伯-格里耶《在迷宫中》（*Dans le laby-rinth*，1959）的开头部分表现得很突出。首先，读者得知："外面下雨了……风在裸露的黑树枝间吹着。"在接下来的句子中，这个场景被消解了，读者被告知："太阳在外面发光：这儿没有树，也没有灌木投来阴影。"房间里充满尘埃，尘埃覆盖了一切，反过来又与屋外的天气形成明显的类比："外面正在下雪"。同样地，在故事世界里，其他表面图像在内部生成写作对象：开信刀变成了士兵使刺刀的印象；矩形产生了士兵携带的神秘盒子的印象；桌面台灯成为外面雪地里升起的一盏路灯，反过来又展现了一名士兵靠在上面，手里拿着一个盒子的印象。一幅写实绘画的印象——《在赖兴费尔斯的失败》（*The Defeat at Reichenfels*）——给生活带来了这样的军旅场景。这里的描述呈现了这一事件，就像话语创造故事一样。在这个消解叙事的例子中，话语废除了场景，改变了故事。

---

① 我的《非自然叙述声音》讨论了叙事消解，《超越情节的诗学》（"Beyond the Poetics of Plot"）一文则对叙事生产进行了拓展。

在有的作品中，故事和话语都是变量。在"选择你自己的故事"的文本中，如雷蒙·格诺（Raymond Queneau）1961 年的《你喜欢的故事》（"A Story as You Like It"），读者可以在一系列选项中进行选择。故事和话语都是多线的和可变的。但一旦事件被选中，它就会固定下来。这是许多超虚构作品的组合原则。安娜·卡斯蒂洛（Ana Castillo）《来自米斯克华拉的信》（*The Mixquiahuala Letters*，1986）就遵循了类似的原则。这本书由一系列信件组成，但并不是所有的信都能被读者理解。相反，作者根据读者的类型设置了三种阅读顺序。遵奉习俗者被告知从第二封和第三封信读起，然后到第六封信。愤世嫉俗者可以从第三封和第四封信开始读，然后再读第六封信。堂吉诃德式的阅读者有另外的阅读序列：第二封、第三封、第四封、第五封、第六封。重要的是，每个序列都会产生不同的故事。因此，话语产生了部分变化，变量一旦被选中，就会产生不同的故事。

话　语

在一个自然的、现实主义或模仿的叙事中，作品的话语总是线性的。用什洛米斯·里蒙-凯南（Shlomith Rimmon-Kenan）的话说：

> 文本元素的安排……必然是单向度和不可逆转的，因为语言本身具有一种文本信号既定的线性结构，因此形成了关于事件信息的线性叙述。我们一个字母接着一个字母、一个词接着一个词、一个句子接着一个句子、一章接着一章地进行阅读。

对于大多数情况来说，她是正确的：文本的话语仅仅是读者手里的几页纸和在文本中所经历的事件。但是对于事情发生的顺序既是非自然的、违背自然叙事的，又是准非自然的、为了反抗传统叙事法则而存在的作为事件的模仿设置来说，这一陈述并不适用。我们可以举一个乔伊斯·卡罗尔·欧茨（Joyce Carol Oates）的例子。她的《螺丝在拧紧》（"The Turn of the Screw"）通过改变标准印刷页面的物理布局，创建了"同时效应"，即通过使用两个平行序列来揭示不同个体在同一时间内的想法。库切的

《凶年纪事》（*Diary of a Bad Year*，2007）增加了另外一个维度。在文本开始五段之后，每一页都被分成了三个部分。中间类似日记叙事的部分记录了叙述者对一个年轻女人的迷恋。最后一部分包括这个女人第一人称的叙述。两条叙事在几个点上达到了同时叙述，至少从不同角度讲述了刚刚发生的同一事件。对于作品的主体而言，这两种叙述是分叉的，一个向前继续，另一个在揭示故事的不同侧面。读者的阅读进程通常是从左到右，从上到下。但是很快，他们就会被诱惑。随着情节越来越具有戏剧性，读者不得不继续阅读故事的这一个或另一个叙述。

米洛拉德·帕维奇（Milorad Pavić）的《茶绘山水》（*Landscape Painted with Tea*）是一部模仿纵横字谜游戏的小说。开篇，它给出读者两种可能的情节叙述：一种是线性的，即字谜游戏的"横向"形式；另一种是对"纵向"序列的模仿，当读者跟随其中一人的情节线时，就会跨越文本的各个部分。叙述者一边说一边用修辞学的方式思考这两种阅读："因为所有新的阅读方式都在反对时间的矩阵，推着我们去面对死亡。这是一种徒劳却诚实的努力，以抵抗这种不可阻挡的命运，至少在文学作品可以这样，即使不会发生在现实生活中。"埃莱娜·西苏（Hélène Cixous）的《部分》（*Partie*，1976）也有另外一种话语。这本书由两部分叠加而成，每一部分都是颠倒的，与另一部分相关。读者可以从任意一个方向开始阅读，最终两个文本会汇合在一起。这部作品可以被看作西苏对与男性霸权相关的传统叙事手法的攻击。

有些文本走得更远。在《作品第一号》（*Composition No. 1*）的前言中，马克·萨波塔（Marc Saporta）邀请读者将书中没有编号的独立书页当作扑克牌随机洗牌："请将这些书页当作游戏卡片来阅读。"这个序列部分决定了故事走向，从而决定了人物的命运。正如作者所指出的，主人公会在婚姻开始之前或之后遇到情人，人物命运随之会有很大的变化。因此，作者得出结论，时间和事件的顺序控制着一个人的生命，而不是事件本身。在这里，故事改变了，话语同样产生了变化。

罗伯特·库弗的《红色桃心》（"Heart Suit"，2005）印在十三张超大尺寸光滑的扑克牌上，形成了扑克牌的文学隐喻。作者指出，可以打乱卡片的顺序，随机阅读。不过要先读介绍性的卡片，最后读小丑牌。每张卡片的结尾都有一个不完整的新句子，会提到一个人名。每张卡片都以句子的延续开始，这个句子描述了一个未命名人物的冒险经历。红心牌的第五张是这样开头的："压抑住怒火，打断了红桃 K，他在一个厨房女仆身上睡着了，抱怨有人在公共厕所里对他进行了下流的控告。"这部作品的建构（如同这个王国）表明，这一声明可以由任何一个男性领导人提出。当一个人拿到第三张红心卡片的时候，这种身份的变异特别成问题。卡片是这样开头的："……是真正偷水果派的贼。"这一陈述可以被分配给任何一个人物，但是不可以被证明，因为证据是不确定的——扑克总是被重新洗牌。

开始和结尾

在自然叙事或传统叙事中，开头和结尾对于划分故事本身的界限，制定故事框架，引入产生兴趣的不稳定因素，然后解决这些不稳定因素都是至关重要的。许多非自然叙事都热衷于将这些界限问题化。萨缪尔·贝克特就特别热衷于解构这样的人为限制，一些作品在开篇就带有对结尾的唤起。例如，《结局》（*Endgame*）始于"完成，完成了，几乎完成了，它必须完成"，《呻吟》（*Fizzle*）始于"独自一人在黑暗中结束了自己的生命"。单一的思想、明确的开端经常遭到嘲笑：弗兰·奥布莱恩（Flann O'brien）的叙述者吹嘘《双鸟游水》（*Swim-Two-Birds*）中有三个开端（布莱恩·麦克海尔指出实际上有四个）。雷蒙德·福德曼（Raymond Federman）的《双或零》（*Double or Nothing*，1971）的开端是从标题开始的："这不是一开始"。卡尔维诺的《寒冬夜行人》主要由几部不同的虚构小说开头的章节构成。在每一部小说的开头，叙述者都渴望一种纯粹的可能性状态。他"想写一本书，那仅仅只是一个开端，它始终保持着开始的潜力"。许多超小说都给读者提供了不同的可能的起点。迈克尔·乔伊斯的《下午：一个故事》（*Afternoon：A Story*）的开始是"开始"一章的结尾。"你想听听这个故事吗？"提供了两条不同的叙事路径，取决于读者选择"是"还是"否"。

传统叙事或自然叙事的结尾通常被认为代表着情节圆满。在这里，所有秘密都得到了揭示。它提供了某种诗意的正义，解决了最初产生故事的主要问题。事实上，根据彼得·布鲁克斯（Peter Brooks）等理论家的观点：“最后才能决定意义……结尾写的是开始，形成了中间的过程。”① 相比之下，许多现代主义小说都拒绝为事件提供明确的结尾，坚信生活永远不会得到如此便捷的结论。人物的想法必须以不同的方式呈现出来，通常是对最顽固的模仿事件和描述进行质询。非自然叙事的作者走得更远。正如已被指出的，终点回到了起点，如衔尾蛇一般。故事的开始（《芬尼根的守灵夜》）和结束取决于读者对文本序列的选择（《来自米斯克华拉的信》）。令人愤慨的是，结尾否定了自身，提出了另一个同样可能的结局（如约翰·福尔斯的《法国中尉的女人》）。这一文本策略与固定的、预先存在的故事概念不一致。② 极其激进的变革传统的结局发生在超小说文本中，它们经常没有办法确定故事是否已经结束。迈克尔·乔伊斯在《下午：一个故事》“工作进行中”的单元里解释了自己的理论和实践：“在任何小说中，闭合结构的质量都是可疑的，这一点在这里得到了显现。当故事不再发展，或者形成了循环结构，又或者你厌倦了这样的路径时，阅读的体验就结束了。”

多重结尾也可以提供几种可能的结局。马尔科姆·布拉德伯里的《作文》讲述了越战期间一所中西部大学的新助教的故事。在完成了作文课程之后（期末考试之前），助教受邀参加两个女学生的聚会。虽然被拍摄了一些看似亲密的照片，但那晚他并没做什么。第二天早上，他收到了一张照片，并收到一个高年级学生要求得到更高作文分数的请求，因为他们为了充分参与政治活动而忽略了作文课。助教必须做出选择。一旦这些照片流传开来，他肯定会失去职位。作品共五个章节，最后一节提供了三种解决方案：5A、5B 和 5C。在第一个选项中，助教悄悄地提高了学生的成绩，保住了工作。在第二个选项中，助教纠正了信的语法，把信还给了勒索者，

---

① 其他理论家也对布鲁克斯的立场有不同看法。詹姆斯·费伦谈过这一点（*Reading People*，*Reading Plots*）；爱德华·萨义德觉得是开端而不是结尾限制了叙述的轨迹；D. A. 米勒对此也有自己的观点。

② 费伦在讨论福尔斯的小说文本时，阐述了如何改变结局的功能而产生恰当的结论（*Reading People*，*Reading Plots*）。

并且拒绝修改分数。在第三个选项中，助教同意学生的观点，即分数是垃圾，所有文字都没什么用。他毁了成绩表，放弃了教职，并投身于个人生活和爱情。该文本没有说明可能性将会是什么（或已实现），但每个选项都有一定的合理性。我不认为这是一个解释性的测试，让读者决定哪一个是最可能的结果，读者被含蓄地邀至其中做出选择。教师被告知："你必须自己写结尾。"在这里，我们有一个故事，但它在末尾分出了不相容的方向。这是一种在逻辑上不可能的情况，因为一旦被这三种叙事的过去时态暗示，结局就会产生。

同一故事的多样叙述

我们可以继续使用布拉德伯里的例子，即使我们回到了这一章开始的地方，需要考虑如何在它们一起出现时将相同故事的不同叙述版本理论化。我们的一个例子是汤姆·泰克维尔导演的电影《罗拉快跑》。影片一开头就揭示出两难的境地：罗拉必须在 20 分钟内获得 10 万马克，否则男友就会被杀。罗拉开始奔跑。然后，这部电影提供了同一故事的三种版本。在每一种情况下，都有事件发生轻微的改变，比如在楼梯间躲避一只恶狗会产生完全不同的结局。第一个版本，罗拉无法拿到钱。她跑去找男朋友，想抢劫银行，被警察开枪打死了。第二个版本，她抢劫了一家银行，并把钱给了男友，男友随后被救护车撞死了。在最后一个版本中，罗拉靠赌博赢了钱，男友的钱也失而复得，他们一起走向幸福的未来。

观众被要求从这个序列中得出结论。一个可能的答案是，根据文化逻辑，最后一版是最优版本，我们可以将最后一版视为定本或"真实"的故事，而把其他版本看作定本的"草稿"。这也符合喜剧的逻辑（很难想象不同的版本会以不同的顺序排列），从而暗示不同的脚本有目的的进展。《法国中尉的女人》的叙述者在描述这种情况时说道："我不能同时给出两个版本，但不管第二种是哪一个，最后一章的控制力都非常强，最终的才是'真实'的版本。"在对"小径分叉"的电影令人信服的研究中，大卫·博德威尔（David Bordwell）认为，所有的道路选项都是不平等的。最后一个版本承担了两种假设中剩余的那一个，是最不具有假定意义的一个。他认为，强制性的具有首要地位的最后版本表明罗拉似乎在某种程度上，从之前可能的未来中汲取了经验。（我还要补充一点，故事结构本身是非自然的设定，因为后来出场的人实际上无法知道在另一个版本中什么会导致其死亡。）博德威尔指出："如果将'首因效应'当作形成第一个未来的基准，那么'近因效应'就是我们所看到的最终的未来。""小径分叉"的叙述表明，最后的未来是最终的草稿，是真正发生的事。但是，这样一种关于罗拉行为的判断似乎采用了轻率的方法，偏心地将激进的作品加以自然化。实际上，电影并没有为这样的假设做过担保。在一些多线式故事中，特别是在布拉德伯里和库弗的作品中，最后一种结局恰恰是最有争议的。在《罗拉快跑》中，曼尼与拿钱的人极不合理地重聚了，甚至比罗拉在赌盘上获得了近乎奇迹的好运更不可能发生：在球再次掉落到正确的位置之前，它似乎受到了罗拉超自然的尖叫的影响。我想知道，博德威尔是否会将观众的满意度与更大的"现实效应"进行异文合并。我抵制这样的举动，也怀疑泰克维尔是否会为了满足人们对幸福结局的普遍渴望而不太现实地让最终版本变得不现实。我更喜欢把这部电影看成单一事件的三种可能的版本。它们是非等级的，没有哪种版本居于本体论的首要地位。在同一物体的一系列绘画中，我们不需要努力奠定某一画布的首要地位，以及由此产生的其他从属关系。所有这些都是同一个场景中具有同等地位的不同变体，即使是一种有意义的变化序列。更有针对性的也许是，这部电影就像一个玩了好几次的视频游戏。即使玩家能通过练习让成绩变得更好，但每一次游戏都是真实的，而正在进行的游戏是让人感觉最真实的那个。

结　论

　　叙事理论应该成为一种更广泛、更综合的理论，因为它需要解释那些不同寻常的和反模仿的叙事实践。要做到这一点，就需要对叙事有灵活的定义，既可以包括非自然的叙述实验，也可以提供有限的定义，让我们清楚地表达一个给定的文本是如何挑战或玩弄其叙事性的。我会提出以下几点：叙述是具有因果关联的，是若干大小不一的系列事件的表现；我们还迫切需要大大扩展故事的概念。我说过，非自然的叙事理论让我们超越了单线式故事，添加了多线式故事概念。一个故事可能带有一个或多个分叉，能够导致不同的事件链。尤卡·提瑞尔（Jukka Tyrkkö）解释称，这样的叙述提供一种"可替代的路径，对事件或剧集进行访问，使所建构的情节跟上读者的选择"。这一章中的许多例子都采用了这种或那种形式的多线式结构，无论是确定结束（布拉德伯里），故事的主要参数（卡斯蒂洛、泰克维尔），或贯穿全文的叙述的可能性（如格诺、超小说）。

非自然叙事理论为叙事学家提供了更多的概念。这些概念包括无限的故事、年表不同的有双重或多重叙事线的故事、内部矛盾的故事、解构叙事的故事，以及同一基本故事的多个版本。同样地，非自然叙事理论还扩大了话语的概念，包括部分和完全可变的话语模式。通过极大地扩展故事和话语概念，我们将能对正在改变和扩展小说可能性的文本进行公正的评价。

第四章　当代叙事的虚构性边界测试

　　最后一章为了进行新的理论建构和概念拓展，会展示怎样对非自然叙事进行分析。我们将从理论上研究一些质疑虚构性之本质的非自然文本。正如我在与本书不同的观点进行争论时所显示的那样，非自然叙事极大地取决于虚构和非虚构之间的区别。矛盾之处在于，挑战所有传统边界的非自然叙事也是自然的，包括虚构/非虚构类的区别。这一悖论导致了虚构和非虚构之间的许多交叉或争论：一些相当有趣，另一些则极其严肃。在最有趣的案例中，我将研究一种非自然的非小说作品。从我在本书中所使用的非自然叙事的定义来看，不可能存在非自然的非小说：如果非自然叙事违反了模仿的规约，非虚构的叙事又如何违背其非虚构状态？我们将尝试对这一奇怪的混合类型进行研究，并试图对这些作品的功能进行理论分析。由于对"虚构"性质和地位的争论形式多样，因此，我将这一章当作当代叙事实践的目录，然后简要地讨论每一类型溢出行为的状态和影响。为了给调查提供一个重点，我会把注意力集中在可能的情况上。在这些案例中，创造者以这种或那种方式与他们虚构的创造物融合。

　　要想了解这场争论的利害关系，可以先看看一部虚构作品中的人物出现在另一部虚构作品中，这显然会与非虚构事件的真实性相抗衡。胡安·加布里埃尔·瓦斯克兹在《科斯塔瓜纳秘史》中提供了一则"真实"故事，涉及康拉德在《诺斯托罗莫》（*Nostromo*）中进行的虚构。瓦斯克兹的作品讲述了哥伦比亚的何塞·阿尔塔米拉诺的故事，他的家族受到巴拿马运河建设以及巴拿马新州分裂的影响。主人公去了一个科隆港的酒吧，那里没人认识他。海员约瑟夫·康拉德和科西嘉人多米尼克·科泽尼也在，后者是《诺斯托罗莫》中一个人物的原型。许多年后，叙述者在伦敦遇见了正在写《诺斯托罗莫》的康拉德，并讲述了自己在哥伦比亚的经历。这种叙述延续并扩展了对拉丁美洲的腐败、流言蜚语、浪漫主义和新闻敲诈的批评。更令人信服的是，该文还讨论了历史小说的本质。阿尔塔米拉诺读到

《诺斯托罗莫》的第一部分时，感到非常震惊。他告诉康拉德："这是假的。这不是我告诉你的。"康拉德回答："亲爱的先生，这是一部小说！"

阿尔塔米拉诺进一步抱怨他的个人生活也被写成了故事。康拉德强调了科恩所说的实际生活与小说的区别，不为所动。他解释道："现在，就像你和我说的，有很多人在读关于那个国家的战争和革命的故事，那个省因为银矿而分崩离析的故事，而故事中的南美共和国是不存在的。关于这一点，你根本无能为力。"阿尔塔米拉诺相信，这一真实材料的主导地位激发了对它进行虚构的重新创作："这个国家确实存在。""我回应道，或者更确切地说是恳求他：'这个省确实存在，但银矿其实是一条运河，一条两大洋之间的运河。我当然知道，因为我出生在那个国家，我住在那个省份。'"最终，叙述者没有继续纠缠，而是写了自己关于哥伦比亚的历史的叙述，并试图以这种方式恢复事件的原貌。小说留下了一个开放性问题：谁是正确的？我们接下来的策略试图跨越阿尔塔米拉诺和康拉德争论的边界。

转　喻

转喻是一种最有趣的混杂种类。在那些被称为皮兰德娄（Pirandello）的模式中，我们发现人物能穿越他们所存在的虚构世界，遇到其创造者或其他"真实世界"的人。人物试图打破框架，改变自己的命运，这被热奈特称为"转喻"。早期著名的例子是皮兰德娄的《六个寻找剧作家的角色》（*Six Characters in Search of an Author*，1921）以及一个特别有趣的文本，即格诺的《在空闲的日子》（*Le Vol d'Icare*，1968）。弗兰·奥布莱恩的《双鸟游水》出现了一种极端的情况，小说人物杀死了他们的创造者得摩特·特里斯（Dermot Trellis）。同样的情况也出现在胡里奥·科塔萨尔（Julio Cortázar）的《公园序幕》（"Continuidad de los parques"，1956）中。小说中，一个看小说的人被书中人物跟踪，并被其杀死。关于这样的实践，博尔赫斯在《堂吉诃德的部分魅力》（"Partial Enchantments of the Quixote"）中提出了严肃的本体论问题。他问道："为什么我们会烦恼堂吉诃德是堂吉诃德的读者，哈姆雷特是哈姆雷特的观众？我相信我已经找到了答案：那些反过来观点可以认为，如果故事中的人物可以是读者或观众，那么我们，他们的读者和观众，也可能是虚构的。"但这种情况并不像博尔赫斯认为的那样严重。几年前它在超小说的标题下引起了相当大的关注，但它们都存在于小说中，而且确实只能存在于小说中。虚构的特里斯可能担心笔下人物的阴谋，如果是法瑞斯克（Furriskey），而不是真实的多米尼克·奥布莱恩［O'Brien，或者他的笔名布莱恩·奥诺兰（Brian O'Nolan）］能够熟睡，就没有虚构的人物能威胁到他。在这些例子中，小说与非小说的边界只是在虚构的世界中被打破了。否则，这一边界是无法逾越的。

非虚构的虚构化

将这一边界问题化的有效方法是将虚构的技巧和场景融合到非虚构的作品中。"新新闻主义"（New Journalism）就以此著称，许多后现代作家也是如此，其中最著名的 W. G. 泽巴尔德（W. G. Sebald）就非常喜欢这样做。对于叙事理论来说，这是一个特别能引起共鸣的问题。包括多丽特·科恩在内的著名理论家都发现作品中存在这样的做法：代表他人的意识进行写作。这被认为是虚构的独特标志。一旦这些标志物被放置在非虚构的作品中，会发生什么？它们会把文本变成小说，还是会挑战小说与非小说的边界？有一个例子说明了汤姆·沃尔夫所写的高度程式化的时间叙述，即肯·凯西（Ken Kesey）和她"快活的恶作剧者"（Merry Pranksters）："如果他坐着一动不动，急流进入他的耳朵，他能够集中全部注意力，甚至整个世界都会注入。没有对过去的恐惧，不期待将要到来的恐惧，只有这部电影的此刻与鱼竿的震动并行，他能感觉到他们卷入流涌之中。"这已经不是虚构与非虚构的融合，很明显，这是一种创造性的、假定的对他人意识的消遣。沃尔夫在注释中指出，"我不仅告诉恶作剧者做了什么，而且说明要重新创造心理氛围，或者它的主观现实"，以及继续用材料证明和记录这种叙述的来源。

在这样的背景下，我们应该要反思一下《荷兰人》，即埃德蒙·莫里斯撰写的罗纳德·里根传记。这部作品使用了大量典型的虚构作品，包括印象派散文、时间跳跃、虚构的人物报告其他人的思想，以及虚构的叙述者——和作者并不是同一个人。在这里，叙述者似乎进入了里根的头脑，叙述了发生在六十年前的事件。

> 一种温暖的光芒包围着他，消除了他的紧张。现在他已经完全被光的墙包围。他听到一个男人的声音从远处传来。他没有看到任何面孔，也没有错过他们。他喜欢墙壁的隐私感。墙壁让人感觉到安慰，也让人觉得安全，当它消失时，他感到难过。

尽管这部作品受到严厉的谴责，但还没有任何人提出小说和非小说这种纠缠不清的关系，及其具有的相同的本质。相反，人们攻击莫里斯的"层次捏造"及使用伪造的脚注虚构来源，导致读者难以确定哪部分是虚构的，哪部分不是。在这种情况下，小说和非小说的区别并没有受到挑战。我们可能会同意热奈特的观点，即科恩所说的虚构指数并不是必需的、一致的以及排他的，非小说可以对其进行借用。非虚构文本只能是一个非虚构的文本，哪怕它使用了一些通常在虚构作品中出现的策略，但文本基本的非虚构状态并不会改变。这在《荷兰人》中表现得尤其明显。作为传记，除了虚构材料的插入（其中大部分是显而易见的猜测），它仍然遵循非虚构作品的原则。最重要的是，它符合史实材料的编撰原则，即连贯性及可证伪性。即便里根并没有莫里斯所叙述的想法，这也并不重要，因为这些段落是小说艺术性的炒作。但如果他把主要日期或政治家弄错了，他就可能被认为犯了历史性的错误。

不可能的类型

更激进的冒犯是一个人写另一个人的"自传"，就像格特鲁德·斯泰因写的《爱丽丝·B. 托克拉斯自传》（*The Autobiography of Alice B. Toklas*）。虽然在这里，传记基本上假定以第一人称形式进行写作，但是与第三人称叙述的真实回忆录或生活故事并没有太大区别，就像恺撒的《高卢战记》（*Gallic Wars*）或《亨利·亚当斯的教育》（*The Education of*

Henry Adams)。① 它们会有一定数量的不寻常的对话，特别是在表达主人公的思想时。诺曼·梅勒（Norman Mailer）在《夜晚的军队：历史作为小说/小说作为历史》（*Armies of the Night：History as a Novel / The Novel as History*，1968）中就有很多有趣的表达。这本书众多的口头语中，有一句颇带不屑的台词："尽管如此，梅勒的头脑还是很复杂。就像后来的一代，他们的大脑在高速运转中被烧出了一些洞，形成了瑞士奶酪的质地。"这样的代词转换并不会影响传记或自传的地位。尽管作品提供了暗示，但小说和历史仍然牢牢占据着各自的轨道。更激进的是诺韦尔托·富恩特斯（Norberto Fuentes）撰写的自传《最后一个游击战士：卡斯特罗传》（*The Autobiography of Fidel Castro*，2010）。这是一本假自传，国会图书馆将其列入历史类。书店老板比图书管理员精明，将其正确地放置在虚构类作品的书架上。与《荷兰人》不同，《卡斯特罗传》完全是投机的作品。

斯特凡·伊韦尔森对非自然非虚构作品语境的研究调查获得了相当大收获。在分析关于纳粹死亡集中营的叙述时，伊韦尔森指出，许多幸存者的叙述都有错误。他认为，在这种情况下，创伤性事件可能会导致人们无法抓住意识，并正确理解所叙述的事件。这种叙事挑衅、挑战或违背了经验主义的核心特征，也涉及弗雷德尼克和戴维·赫尔曼的相关理论。伊韦尔森于《在燃烧的火焰》（"In Flaming Flames"）中解释道："从大屠杀证据着手，捕获叙述者过去的经验。它们往往源自围绕无中介的叙述，但在当下又是非常矛盾的前进，破坏叙事及其结构。"

自传虚构类

近期具有挑战性的流派是自传虚构类作品。这个词由赛尔日·杜布罗

---

① 美国 S.C. 纽曼（S. C. Neuman）指出："因为要探索叙事作为'别人的观点'，所以斯泰因用爱丽丝的身份写自传并不是一个玩笑，甚至应该说是让本书进入畅销书排行榜的聪明之举。《爱丽丝·B. 托克拉斯自传》是一种叙述的建构，将所有叙述，尤其是自传的内部和外部的观点进行歧义化处理。它以文字呈现了'从外部看内部就像从内部看外部'，自动指称穿着自传的礼服。"

夫斯基（Serge Doubrovsky）1977 年引用自《儿子》（*Fils*），表示自传和小说的融合，通常指用虚构的技巧创造、装饰和叙述自传的核心事实。它在法国很受欢迎，也出现在其他地方，尤其是美国。与这个新流派相关的作家包括克里斯汀·安戈（Christine Angot）、凯瑟琳·库塞特（Catherine Cusset）、安妮·埃尔诺（Annie Ernaux），以及卡米尔·劳伦斯（Camille Laurens）。

对于作者来说，挑战小说与非小说边界的极好的方法是融合两方面的材料。在当代自传虚构类小说兴起之前，我们可以从现代小说中找到例子。这些小说都是虚构的，但具有明显的自传性质。在很多情况下，作品的某一部分（可以分开的部分）要么是虚构的，要么是非虚构的，而作为整体的作品可以同时涉及这两种类型。在早期作品中，塞琳（Céline）通过一种传统的现代主义手法，创造了叙事人物巴旦木（Bardamu），后者清楚地叙述了对抽取自作者个人生活的事件所进行的虚构化处理。他的生活越来越令人失望，作品的自传性随之增加。随着时间的推移，我们获得了"非虚构小说"《另一个城堡》（*D'un château l'autre*，1957）和《北》（*Nord*，1960）。这些小说充斥大量的自传元素，包括叙述者出于自卫反应而攻击"塞琳"[1]。亨利·米勒也属于这一群体。正如韦恩·布斯（Wayne Booth）所讲述的那样，当埃德蒙·威尔逊（Edmund Wilson）对一种特殊类型的美国人在巴黎游手好闲的讽刺画大加赞赏时，米勒愤怒地回应道："主题是我自己，叙述者，或者像你的批评者所说的英雄，也是我自己……如果他意味着叙述者，那么它就是我。"当米勒继续写作时，他更加有效地跨越了这个界限，特别是当他寻找某些个性和潜在的戏剧性时。它们可能会提供良好的对话和场景，然后被米勒转录。然而，作品最终还是具有虚构性的证据是，这些人物的名字不同于原型的名字。

在当代作家中，W. G. 泽巴尔德是在这方面最有成效的作者。他擅长模糊小说和非小说之间的界限，可以从个人回忆录滑动至完全虚构的小说，

---

[1]　"路易斯·费迪南德·塞琳"（Louis Ferdinand Celine）其实是路易斯·费迪南德·德图什（Louis Ferdinand Destouches）的笔名，但我相信，这并不影响我们对这一基本问题的探讨。

再到历史人物和场景的散文式叙述。帕特里克·马登（Patrick Madden）指出，泽巴尔德的英语出版商将其作品称为小说，虽然泽巴尔德自己并不喜欢这样的称谓。他继续引用苏珊·桑塔格（Susan Sontag）的描述："《移居者》（*The Emigrants*）是我这些年来读的最非凡、最激动人心的书。它是我从来没有读过的类型……它是一本无法分类的书，它是一本自传、一本小说、一本编年史，还是一本散文小说？"这种跨越模式和类型的运动不着痕迹地运行着，读者常常对已转变为明确的虚构的过渡毫无知觉。《土星环》（*The Rings of Saturn*）中就有关于约瑟夫·康拉德的母亲被遣返放逐时的想象：

> 塔多兹·卡维基和约普叔叔关闭马车门，后退一步。马车蹒跚前行。朋友和亲人们从康拉德的视野中消失了，透过小窗口，当他望向另一边时，他看到远处的大门口，警察司令官的灯光，打开的陷阱，正用俄国人的方式套着的三匹马。

对年轻的康拉德视野和情感的详细描述是一种看似合理的重构，但又会让人产生怀疑，认为它是明显的捏造。①

凯西·艾克（Kathy Acker）也归纳了在自己文本中重要的自传事件，尽管她在进行自我写作时总是带有明显的纠缠："我想探索自己对于'我'这个词的使用，因此采用直接的自传材料，而日记材料与伪装的日记材料其实是相邻的。我试图指出我不是谁。"安妮·埃尔诺在《简单激情》（*Passion Simple*，1991）这一有关爱情的自传叙述中，指出了这种写作的悖论：

> 在整个这段时间中，我感觉自己不再处于一种小说创作方式的激情之中，但又不能确定当前这种与我的写作有关的热情：一种证词的风格，甚至可能是女性杂志中的那种自信的类型，一项宣言或声明，或者一种批评式的评论。

文学理论只有进行拓展，才能处理这样的案例。多勒泽尔承认，这两个领域之间存在"开放边界"，断言"小说和历史之间的关系"主要是"语

---

① 同一卷中非自然叙事的例子见于叙述者与译者迈克尔·汉堡的交谈。汉堡称他记不起童年时在柏林生活的场景，叙述者却详细地叙述了相关地貌。

义和语用对立"。"可能的世界语义学与开放边界的概念没有任何冲突，但情侣们出于好奇，都想知道当边界被跨越时，到底会发生什么。"玛丽-劳拉·瑞安同意这种"开放边界"的说法。正如泽巴尔德在其他例子中所表明的，自传小说及其毗连的形式都特别热衷于在边界上游弋。

次级虚构

另一种测试边界的方法是让作者同时执行这两种方法。我把一类文本称作"次级虚构"（urfictional），这种文本既可以被当作虚构，又可以被当作非虚构（"纳博科夫的实验"）。按格式塔心理学家倾向于采用的形象，这样的构成可以被称为叙事的"鸭/兔"。这样的文本并不少见，至少可以追溯到 20 世纪早期。弗吉尼亚·伍尔夫的一些短篇，如《墙上斑点》（"A Mark on the Wall"，1917），既被当作小说，也可以被当作散文。《伍尔夫短篇小说全集》中叙述人的声音并不一定来自作者，这已经由编辑苏珊·迪克（Susan Dick）所证明。这是菲利普·勒热纳（Philippe Lejeune）小说虚构标准的另一版本，尽管这只是一种必要的暂时性的运用。伍尔夫自己也许可以观察到，她对作品的状态并不太确定，也不知道是否已将其处理为自传，"或将其称为小说"。在阅读伊萨克·巴别尔（Isaac Babel）的自传体小说时，如果不通过那些将它们指定为虚构作品的文类标识，读者根本没法区分作者与叙述者。丽贝卡·斯坦顿（Rebecca Stanton）指出，这些故事尽管是虚构的，是一种"伪装"，却通过各种线索证实它们是自传：

> 通过设置一个第一人称叙述者/主人公，他把他的名字当作自传的重要细节，在自己和读者之间建立一种巴别塔的关系（或"自我"?）。这是与久经时间考验的信誉和信任约定好的关系：菲利普·勒热纳在四分之一世纪以前创造了这个词——"自传体公约"（autobiographical pact）。①

① 由于创造出一些"自传体"事件，而个人的历史被用来证实故事的准确性，斯坦顿认为巴别塔的案例仍然充满矛盾。

纳博科夫的两个短篇就既是自传又是小说。《O 小姐》（"Mademoiselle O"）和《初恋》（"First Love"，第一版标题为"Colette"）都出现在他 1958 年出版的短篇小说集《纳博科夫十二篇》（*Nabokov's Dozen*）和《故事集》（*Collected Stories*）中。《说吧，记忆》中也有这两个短篇，分别是自传的第五章和第七章，稍有改动。这样的实践马上就引出了一些问题：写作一部可以用两种模式阅读的作品意味着什么？将其分别出版的结果又是什么？

在这些问题上，勒热纳提供了有用的理论指导。对他来说，自传和第一人称小说的关键区别是，前者必须让作者与叙述者、主人公的身份等同，而后者作为虚构小说，其叙述者必须与作者有所区分。这也适用于其他形式的非虚构的生活写作，如回忆录和日记。此外，勒热纳还指出，这一标准是绝对的，但并没有等级性："这里没有过渡或程度之分。要么身份等同，要么不等同，没有不同程度的可能性，任何疑问都会对其作为自传的地位产生否定的结论。"勒热纳的标准几乎适用于所有情况。它们也可以被当作理解文本的声音指南，或者第一眼就能看到的简单分类。他甚至讨论了固有的模棱两可的例子：第一人称文本中，当我们并不能确定是否这个"我"就是作者，或者说无法知道叙述者是否是作者时，这将被视为虚构的作品。但纳博科夫的例子似乎在逃避勒热纳的系统：它们同时是虚构和非虚构的，反对勒热纳的设定，具用独特性。

我们可以从《初恋》这个虚构的和自传体的版本开始研究这一问题。故事略短，替换了两个词："理疗师"（"naturopath"，《说吧，记忆》）成为"医生"（"physician"，《故事集》），"蝴蝶"（"butterflies"）取代了一种蝴蝶类型称谓"克里奥佩特拉"（"Cleopatra"）。这都是用更一般的术语代替更具体的词汇。在其他地方，职业的称谓也受到压制或进行了替换：自传中"她的女仆娜塔莎"和老师"林德沃斯基"在虚构版本中变成了"她的女仆"和"我的老师"。也就是说，故事去除了不太重要的具体名称。额外的个人经历和历史的细节适合于回忆录，在小说中却可有可无，可以被适当删减。应当指出，这些变化都没有对文本作为小说或非虚构类作品的地位产生影响，只是使小说版本更经济，同时使自传提供了更多事实。①

---

① 因此，这些变化（更有效也包含更多信息）反映了不同类型文本各自的修辞偏好。

有趣的是，这一重要分歧凸显了两种模式的区别。纳博科夫写道，他的姐妹们愤怒地抗议说，在自传《说吧，记忆》的原始版本中，他把他们从铁路之旅带到了比亚里兹（Biarritz）。在修改后的版本中，纳博科夫亲切地提示他们还在那里，搭乘了下一辆车。在虚构版本中，他们仍然是缺席的，对作品情节来说并非必不可少。这些修正强调了这样一个事实，即非小说是可证伪的，小说则不是，没有人能抗议他实际上出现在了虚构的场景中。同样地，我们在自传中了解到"科莱特"（Colette）是一个笔名，这个名字出现在书的索引中。虚构故事不需要这样的条件：在那里，女孩仅仅是科莱特，不需要考虑任何索引。

我们可以得出这样的结论：《初恋》这个文本就像《O小姐》一样是一种罕见的混合类型，我们可以将其当作虚构作品或非虚构作品。也就是说，它遵守两种模式的规则，哪种阅读方式都可以获得支持。这个自我指称为"我"的人物既可以是纳博科夫，也可以是一个虚构的叙述者，这取决于我们对这种不同寻常的双态文本进行语境化处理时的不同选择。[1] 然而，它们之间的区别仍然是本体论的。[2]

作为人物的作者

也许，最引人注目和广为流传的戏仿或测试虚构边界的策略，是将作者放入作品之中，让人物拥有创造者的名字，影响其虚构作品。例如，博尔赫斯许多故事的叙述者都是一个叫博尔赫斯的人，保罗·奥斯特（Paul Auster）的《玻璃之城》（*City of Glass*，1985）的中心人物遇见了一个叫保罗·奥斯特的作家，理查德·鲍尔斯（Richard Powers）的小说《加拉迪亚2.2》（*Galatea 2.2*，1995）的主人公是一个名叫理查德·鲍尔斯的小说

---

[1]　詹姆斯·费伦指出了由传记作家创造的不可靠的叙述者的例子，参见他对《安琪拉的灰烬》（*Angela's Ashes*）的研究。

[2]　目前，对勒热纳观点进行修正和拓展的尝试见于尼尔森（"Natural Authors"）。他那涵括多种因素的分类特别适用于这些表现为次级虚构的案例。

家，等等。针对这些例子，热奈特有一个很好的指导意见："事实上，博尔赫斯是作者、阿根廷公民和差点成为诺贝尔文学奖得主的人，在《阿莱夫》上署名的他，与作为叙述者和故事主人公的博尔赫斯在功能上并不等同。"在上述例子中，作者并不等同于叙述者，在非小说中也是这样：历史上的博尔赫斯并没有在布宜诺斯艾利斯找到一个阿莱夫。①

这样的情况虽然在后现代主义出现之前较为罕见，但并不是一种全新的方式。我们可能会想起《坎特伯雷故事集》中的乔叟和《凡尔赛宫即兴》中的莫里哀。在大多数情况下，这很容易被现有的叙事学理论和批评理论解释：这些都是虚构的人物，他们的名字碰巧与作者的名字相同。不管在什么时候，一旦作者作为一个人物出现在虚构作品中，其地位都与其他真实的历史人物完全一样。这是一个虚构世界里的虚构创造，因此，他们不多不少地拥有与其他人物相同的虚构性。虚构人物可能或多或少地与作者近似，就像那个笨手笨脚的"乔叟"总是说着"瑟巴斯爵士的故事"，是对其创造者的戏仿。同样地，一个虚构的拿破仑可能离我们所知道的他的真实生活和个性更近，也可能更远（托尔斯泰的更近，萧伯纳的则是漫画）。存在于虚构作品中的本体始终是相同的。每一个这样的人物都只是一个虚构的人物，任何与历史人物的对应关系最终都与其本体的地位无关。② 虚构的叙述者和加布里埃尔·瓦斯克兹小说中的康拉德，二者都是真实的。用多勒泽尔的话来说，即"真正的拿破仑可以有无数的虚构化身，其中一些本质上区别于现实世界中的人物原型"。或者就像多丽特·科恩所解释的：

> 当我们谈到小说的非参照性时，我们并不是说它不能指向文本之外的真实世界，而是说它没必要引用真实世界……它对文本之外的世界的引用不一定要准确；它并不是只能指向文本之外的真实世界。

---

① 博尔赫斯最著名的戏仿实践是在《博尔赫斯和我》（"Borges and I"）中，用不同的方式将作者身份问题化了。文本摆动在公众人物"博尔赫斯"和博尔赫斯这个人之间，形成了蕴含作者与真实作者关系的有趣比照。

② 然而，我们很快就会看到库尔特·冯内古特如何避开了这种几乎不可侵犯的规则。对这个一般关系的扩展讨论，可参见兰瑟的研究（"Beholder"）。

代表作者本人在虚构的作品中出现的最极端的例子无疑是米歇尔·维勒贝克（Michel Houellebecq）的小说《地图和疆域》（*La Carte et le Territoire*，2010）。在这部作品中，作家不仅外表夸张，而且被可怕地谋杀了。腐烂的碎尸出现在房子周围，像二流的杰克逊·波洛克（Jackson Pollack）的作品所描绘的那样。在这里，我们不仅见证了死亡，还见证了作者被分尸。引人注目的是，故事聚焦于一个常常想知道维勒贝克想法的人物。不用说，这种情况凸显了小说与非小说的区别。不管多少次在小说中写下自己的死亡，真实的维勒贝克都仍充满活力。

作者和叙述者之间、小说与非小说之间的特别有趣的游戏出现在戴维·李维特（David Leavitt）的中篇小说《学期论文创作艺术家》（"The Term Paper Artist"，1997）中。作品开始于叙述者的抱怨：

> 我遇到了麻烦！一个英国诗人（现在已经死了）起诉了我写的一部小说，因为小说的部分内容源自他的生活经历。更糟糕的是，我在美国和英国的出版商已经向诗人让步，下架了这部小说，并将数千册图书付之一炬。

这部接下来很快就出现的小说是《当英格兰沉睡》（*While England Sleeps*）。叙述者的名字是戴维·李维特，而真实的戴维·李维特的确写过一本叫作《当英格兰沉睡》的小说，部分内容基于诗人斯蒂芬·斯班德（Stephen Spender）的生平。斯班德也确实起诉过英国出版商的剽窃行为，并要求下架这本书。李维特的罪行是写了一篇与生活过于相近的小说。这部影射小说（romanáclef）其实只有很少的影射。

李维特做出反馈，把整个事件从生活中提取出来，进行非虚构化处理，使其进入自己的中篇小说。他把材料填充进小说的框架，从而自由地脱离真实的事件。大部分可能的索赔都是关于小说人物戴维·李维特的，作者本人并不会冒收到国外诉讼的风险。《学期论文创作艺术家》本身就是一个关于作者身份和责任的故事。一个年轻人读过叙述者的一本小说，希望叙述者为他写学期论文，条件是为他提供性服务，"就像你的书一样"。他写了，所有人都很满意。然而很快，其他学生也向戴维提出了同样的建议。他毫不犹豫地把他们都捎带上了。他怀疑自己的鬼才写作是否要找回"作者的所有感激之情，同时避免因签上自己的名字而担负隐含责任"。戴维对话题的讨论越来越深入，这也引发了一场危机。这是一篇关于"开膛手杰克"的身份的历史课论文，叙述者认为这是他一生中最好的作品。而且，"唯一使我写下这些文字的原因是我知道他们不会知道我的名字"。很明显，这个学生不可能写出他交的那篇论文。教授找学生谈话，学生坦白并退学。后来，叙述者在意大利再次遇见了这名学生。他现在是一个公开的同性恋者和初露头角的作家，暗示戴维"他们的冒险故事可能会成为一个很棒的故事"。戴维认同这是一个好主意，解说道："作家常常试图把他们的生活伪装成小说。他们几乎绝不把虚构的故事伪装成他们的生活。"在这里，我们可以得出这样的结论：这种伪装的自传体小说看起来离实际生活更远。作者戴维·李维特想必也吸取了教训，在某种程度上，他要让小说呈现出所谓的"合理虚构"。如果缺乏这种特征，小说会在第一时间让作者陷入麻烦。

库尔特·冯内古特（Kurt Vonnegut）的《五号屠场》（*Slaughterhouse Five*，1969）提供的例子更极端。小说的开头始于自传式的沉思："所有这一切都或多或少发生了。无论如何，战争的部分都是非常真实的。"冯内古特似乎在这里提出了一个真实的声明，虽然本身是模糊的。第二章是从虚构的比利·皮尔格林的故事开始的。作为作品中的一个人物，和冯内古特本人一样，比利是1944年德国空袭德累斯顿期间的战俘。二者的不同点在于，一个是真实存在的，另一个是虚构的。叙述者描述了一个美国人对比利做出了黑色幽默式的评论，接着说："那是我，那就是我。我就是本书的作者。"在这里，我们发现了一个有趣的纠缠，即作家创造出虚构的人物，让这个人物拥有自己的名字。这是传统做法。显然，这种情况是虚构的，因为历史上的冯内古特是否在那个时间点上说过这些话并不重要——夸张地说，它不可能是假的，就像任何小说对任何事件的记述都不可能是假的一样（何况在现实世界中，作者在写出某个人物之前不可能遇到他）。在这里，虚构与非虚构是完全不同的，后者可能而且往往充满虚假陈述。不管怎样，自传文本的规约在某些方面是有效的，特别是叙述者和作者的身份（正如第一章所证明的那样）和列支敦士登的"荣誉签字"规则起到的效果。而这恰恰是冯内古特作为作者在小说中坚持存在的功能：建立和确认他的目击者证明盟军在德累斯顿进行平民大屠杀的历史准确性，尽管小说中有很多虚构的人物和想象的场景。这时作者已经渗透到小说世界中，并以作者的身份在小说中说话。

创造者进入他们创造的虚构世界

其他这类叙事实践的扩展具有更多的矛盾，如作者人物进入小说，改变故事的进程。这种做法可以部分追溯到米盖尔·德·乌纳穆诺（Miguel de Unamuno）的元小说《涅夫拉》（*Niebla*，1914）的结尾。约翰·福尔斯《法国中尉的女人》的结尾也出现了一个奇怪的新人物。"这个人……是第一个人，也是唯一的代名词"，超越了对一个一般经理人的描述。布莱恩·麦克海尔写道："作者在第六十一章开始时，在第一个结局之后进行了干预，使我们回到分叉开始的那个点，走向另一条岔路，而不是最初选择的那一条。"我们可以打个折扣，将其仅仅视为一个虚构版本的作者。更引人注目的问题发生在库切的小说《福》（*Foe*，1986）的结尾。叙述者/主人公苏珊·巴顿越来越不被认为是一个人，而是一部小说中的人物，她周围还有其他人物。最后一章，一个新的第一人称说话者接替了苏珊的位置，认为小说中的人物几百年前就已死去，但却留下了一个值得被讲述的故事。我们该如何命名这个奇怪的、存在着的人物，并且如何看待他与刚刚创造出这个场景所产生的叙事的作者之间的关系呢？在这里，我们似乎也有一个不同的二元层面上的虚构人物，他可能与作者相似，也可能与作者有着根本性差别。

令人信服的策略出现在纳博科夫的《庶出的标志》（*Bend Sinister*，1947）中。这一叙事同其他许多小说一样，分为作者的序言和作品叙述者所叙述的第一人称文本。二者的边界保持了惯常的明显区别，就像亨利·詹姆斯或约瑟夫·康拉德的作品那样。当它们被篡改，霍桑《海关》（*Custom House*）中的片段出现在之前的作品《红字》中时，我们可以简单地说，小说内容可以延伸到序言材料及其余文本中。也就是说，它不是真正的作者序言，而是虚构叙事的一部分。《庶出的标志》提供了另一种穿插，威胁到将明显不同的小说与序言纳入小说与非小说的区别的问题。这些领域在本体论上被认为是分开的。介绍性的导言属于非虚构，是作者写的，在理论上可以证伪，而小说本质上是虚构的，由叙述者进行叙述，是不能证伪的。

《庶出的标志》还表现出其他一些特殊的情况。主人公克鲁格（Krug）感到非常痛苦，他最终得到暗示：他仅仅是小说中的人物，并要面对即将到来的死亡。这仅仅是"风格的问题，仅仅是文学的手段，体裁的辨识度"。某些时候，在下一版本（1963）的介绍过程中，克鲁格能感觉到上一级人物的存在。纳博科夫将这个人物视为"一个拟人化的假扮纳博科夫自己的神"。纳博科夫在一篇非小说的文章中，认为这意味着小说具有模糊地感知自我的能力。同样，在讨论主人公"纳博科夫"的死亡时，文本进行了这样的陈述："克鲁格回到他的创造者的怀抱。"这似乎是一种边缘情况。在这种情况下，克鲁格所感知的一切，同样可以被合理地认作创造了纳博科夫这个人物的作者或真实作者的虚构版本。这似乎说明作者作为创造者（不是作为一个人物），应该能够进入他所创造的虚构世界。贝克特在后期的作品中就是这样做的。正如我在其他研究中发现的，作者可以同样通过一个虚构的实体的声音插入他们的真实观点。纳博科夫给我们带来了一个巧妙的悖论：非虚构的副文本会破坏小说，在这一点上成为虚构性的，或者作者凭直觉感知到小说中的人物与实际的作者难以区分，甚至二者之间的区别根本是不存在的。

自传性的在场

在有几位作者身上，我们可以发现这种进入小说的作者的自我影射。罗伯-格里耶新近的小说就是如此，犹如熨斗在衣服上待了太长时间，产生了一件"格里耶长袍"①。我们可以举出很多应用这一做法的例子。② 在

---

① 相当于形成了一种套路。——译者注
② 莱斯利·希尔（Leslie Hill）提供了一个例子，即贝克特的名字隐秘地藏在《莫洛伊》及其他贝克特的作品中。

《洛丽塔》中，维维安·达克布卢姆（Vivian Darkbloom）是一个小说人物，但他的名字也是一个与"弗拉基米尔·纳博科夫"（Vladimir Nabokov）具有同样字母的异位拼写词。同样的情况也出现在其他作品中，如薇薇安·布拉德马克（Vivian Bloodmark）和薇薇安·卡布博德（Vivian Calmbrood）。这些名字的主要作用，甚至唯一作用，是将作者的名字符号注入小说文本中。这与希区柯克的大多数电影都包含一个导演形象一样，让人难以信服地塑造出一个编外人物或一个最不可能的"路人"形象。

　　乔伊斯为我们提供了更复杂的例子。在《尤利西斯》中，斯蒂芬·德达勒斯断言，莎士比亚巧妙地将自己融入自己的作品中："他隐藏了威廉这个名声很大的名字，在戏剧中成为一个超级英雄，一个小丑，就像一个旧时代的意大利画家把自己的脸放在画布的一个黑暗角落里一样。"这也是乔伊斯经常做的。有许多原型与后现代合并的作者和叙述者隐藏在文本中。斯蒂芬保证他要在十年间写一些实质性的报道（可以对应于乔伊斯1914年出版的《都柏林人》和《肖像》，即在艺术家年轻时提出这一主张的十年之后），这是他在国家图书馆讨论《哈姆雷特》时进行的自我劝告（年轻的乔伊斯事实上也做过）："看这个，记住！"迈尔斯·克劳福德要求斯蒂芬写："给他们点东西吃。把我们都投入进去，该死的灵魂。"然后，莫莉在来月经时发出了著名的元虚构式的祈祷："喔，詹姆斯，让我从这团臭气里出来。"在这里，作者再次出现，暗示他进入了叙述。他在文本中缺席式的在场是非常明显的。在某一点上，布鲁姆试图记住那个把女王的证据变成了不可战胜的人的名字："彼得·凯里，是的。不，彼得·克拉弗，我想。丹尼斯·凯里，他纠正了自己。"他正在寻找的名字其实是"詹姆斯"：詹姆斯·凯里是提供了证据的人。乔伊斯忍不住请人们注意他的名字，尽管他并不喜欢与一个告密者联系在一起。

　　几十年来，批评家们都很好奇为什么《尤利西斯》的时间是1904年6月16日。现在我们知道了，很明显，这个日期是经过挑选的，因为这是他第一次与诺拉·巴纳克尔（Nora Barnacle）相遇的时间。她与乔伊斯一直生活在一起，直到他去世。正如理查德·艾尔曼（Richard Ellmann）所观察到的："《尤利西斯》的这个日期是乔伊斯间接地向诺拉进行的最热烈的表白，以确定她对他的生活的影响和他对她的依恋之情。"乔伊斯围绕着自己生活中的重要日期构建了他的虚构叙事，就像作者非自然地穿透了他的小说叙事。

总　结

在大多数情况下，小说和非小说的基本区别仍然是绝对的。它们是两种截然不同的话语模式，执行不同的功能，并以此确定自身的存在（以及本体论地位）。多勒泽尔解释道："散文指向真实世界，小说指向可能世界。"我认为，这两种模式之间的关键区别是"可证伪性"。如果有史书或传记记载拿破仑·波拿巴在1831年去世，那就是错误的。这与记载他死于1821年的所有历史证据都矛盾。

但当牵涉自我指涉的虚构作品时，形势就发生了逆转。在《战争与和平》中，我们无法就托尔斯泰对拿破仑的描述进行证伪。托尔斯泰的拿破仑和他的圣彼特堡，说到底都是在一个虚构的宇宙中进行的建构。无论他是否像我们所了解的历史上的拿破仑，人物的本体论状态都是非物质性的。（当然，出于许多其他的目的，反映的程度也很重要。在实际的接受行为中，作者通常不可能架构起某人全部的历史。在希特勒等例子中，虚构的人物可能会被所谓的"真正污点"玷污，因为我们的心理反应与逻辑原则是相悖的。①）如何看待《战争与和平》中的娜塔莎在战争中失去了未婚夫，因此反对历史上的拿破仑？瑞安指出："虚构的属性不适用于个人实体的属性，但可以指向语义范畴。《战争与和平》中的拿破仑是一个虚构的对

---

① 道德代表也会在这里发挥作用。需要再次重申，以冷血的历史人物命名，或者对希特勒这样的独裁者进行的明显模仿，似乎是在粉饰他们的罪行，因此是值得谴责的。但从本体上（并且只能在本体论意义上）来说，任何公开的虚构的描述，无论是否接近历史记录，是否积极，是否讽喻或后现代，都属于一个可能的虚构世界，不属于我们所居住的世界。一个虚构的人物永远不可能改变历史事实，对前者的判断在逻辑意义上对于后者而言无关紧要。（当然，通过假设虚构形象是可信的，会导致不知情者做出错误的判断。）

象，属于一个虚构的世界。"① 多勒泽尔进一步澄清，小说王国中没有伪造的东西。重写并没有使标准的"前世界"（protoworld）失效或被消除。安娜·怀特塞德（Anna Whiteside）同样在哲学上研究了虚构话语的逻辑状态："文学参考是存在错误的参考，幻觉引用具有强大力量，它是那种设法去创造的幻觉。"②

这个位置及其结果可以有效地说明简·阿努伊（Jean Anouilh）的情况。他曾拿起一本奥古斯汀·蒂埃里（Augustin Thierry）的《诺曼人征服英格兰史》（*History of the Norman Conquest of England*），津津有味地讲述了关于托马斯·贝克特、撒克逊大主教坎特伯雷和他的盎格鲁-诺曼敌手亨利二世的那一章。他把材料变成了一出戏，名为《贝克特》，并把它交给了一位历史学家。当他们再次相遇时，历史学家捧腹大笑，指出五十多年来，他们已经证明了贝克特不是撒克逊人，而是来自鲁昂的诺曼好人。因为这部剧的大部分情节都是围绕着被征服的那群人的，所以必须完全改写，这样才可能准确无误。但是，阿努伊更喜欢现在这样的结构。他写道："这部剧比贝克特不再是撒克逊人的剧要好一千倍。""我什么都没改，这部剧三个月后将在巴黎演出。这是一个巨大的成功，我注意到除了我的历史学家朋友，没有人意识到历史发生了变化。"

小说和非小说类之间的一般关系很好地铰接在爱莎克·丹尼森（Isak Dinesen）《命运轶事》（*Anecdotes of Destiny*，1958）里的《不朽的故事》（"The Immortal Story"）的中心主题中。富有的老人想起了许多年前他遇到的一个水手讲的故事：一个不能生育的老男人提供了一顿丰富的晚餐，给他钱，要求水手与他的妻子同房，目的是拥有一个继承人。他把这个故事讲给职员听，职员不在意地说，他知道那个故事，所有的水手都知道，但所有水手都说这不是真的："它从来没有发生过，也不会发生，这就是为

---

① 可以比较多勒泽尔的声明（"Fictional"）。一旦被放置在小说里，历史人物就转变为"虚构的对应物，因此成为与虚构人物进行交互活动和沟通的参与者"。

② 她还指出："当司汤达指向拿破仑，波德莱尔提到巴黎，契诃夫说起莫斯科……他们指的不是那些被提及的关于他们自己极富言外之意的互文和文本内部的文学创造的文本外的引用。"

什么它会一直流传。"老人很生气，决定让故事成真。他安排一个女人扮演他的妻子，然后去找一个可能就范的水手。前两个水手拒绝了他的提议，第三个有所保留，但最终顺从了。最后，他认为，他所经历的夜晚完全不同于水手所讲述的故事，因为真实经历与水手们的奇谈并不相符。①

我们可以看到，小说和非小说叙事实践的确存在一些争论。始于法国的自传体小说，其自传性在不同位置上是可以被虚构化的，特别是当个体遭受个人的或历史的创伤时。雪莉·乔丹（Shirley Jordan）描述了两种自传体小说之间有趣的法律争斗：

> 一个激烈的争吵说明了第一人称写作的投入强度，以及什么是利害攸关的真相/小说的断裂线。2007年，这个问题在达瑞斯塞克（Darrieussecq）的《汤姆死了》（*Tom est mort*）出版时爆发了。卡米尔·劳伦斯认为对这个令人痛心的（虚构的）母亲失去婴儿的描述，是对自己（真实的）哀悼之书的侮辱。《菲利普》（*Philippe*）指责达瑞斯塞克具有"剽窃心理"。达瑞斯塞克辩护道，这是一种广泛的探索，很多出版物中都有对在第一人称写作中拥有与想象的经验的详细阐述。有趣的是，这场争斗的后历史渗透到劳伦斯之后的自传小说中。同样有趣的是，它也与有关创伤的自我虚构联系在一起……写完《菲利普》后，劳伦斯就避开了小说和自传，开始精心创作自传虚构类作品。这一举动极大地证实了自传虚构类作品中"我"的策略充满魅力。

术语的交换强调了我在这里所捍卫的反对派。达瑞斯塞克宣称小说是与众不同的。劳伦斯的反应（和斯蒂芬·斯班德一样）是实际的、公开的系列事件，并没有成为小说。如果简单地将其称为小说，法庭可能会卷入这样的争论。相反的案例来自詹姆斯·弗雷（James Frey）这样的作家。他在《百万碎片》（*A Million Little Pieces*）中把自己的生活故事改编成小说，并将其作为回忆录出版。随之而来的诉讼丑闻揭示了小说与非小说真实性上的差异。我们在回顾时发现，弗雷并没有简单地使用"自传小说"

---

① 对于文本从虚构到非虚构类型之转移的一种可能性的有趣讨论，可参见凯·米卡诺（Kai Mikkonen）的论述。

这样的词来描述自己的书，这似乎极为可惜。这样的举措本来可以避免所有的丑闻，尽管它很可能极大地影响图书的销量。

我们可以重申小说和非小说的根本区别，同意瑞安和多勒泽尔反对的"泛虚构"原则——否认虚构话语和非虚构话语的根本区别。这些词指向了完全不同的存在领域，没有任何一个关于历史人物的虚构写作会迫使我们修改一个历史主张。我们可以走得更远。大卫·戈尔曼（David Gorman）总结了两种关于虚构的一般理论之间的重大争论。一方面，约翰·塞尔（John Searle）和其他学者提出的实用主义理论认为，没有哪一种纯粹的语言或文字叙述的性质可以被当作虚构性的标准。重要的是这种作品正在试图表现的那种语言行为：如果它把自己呈现为一种虚构的作品，就会遵循一套惯例，即"中止与言语行为和世界有关规则的正常运行"。乔伊斯在小说中称，1904 年 6 月 16 日，布鲁姆住在都柏林艾克尔斯街，与他做的相同的非小说声明相比，小说中的叙述表现出一种不同的言语行为（"使相信"）。另一方面，以语义学为基础的方法肯定了语言和内容的区别，界定了一部作品的虚构地位，如自由间接话语或无所不知的叙述者。因此，如果我们从中找到一个句子，如"他曾想过的生活，他想这样过，尽管没有人会知道这些"，我们会知道这是小说，因为这类语句在认识论上是不可能的：在我们的经验世界中，没有人能知道另一个人未曾交流的想法。正如我们所看到的，"非自然的非虚构"这样的风格会诞生，但是它们不改变非虚构文本作为一个整体的状态。它们只是简单地指出，这样的手法通常局限于小说。语义上的差异并不足以建立虚构性，语用理论则更为准确。这也就与热奈特、费伦和理查德·沃尔什等人的结论一致。

同样地，我必须对多丽特·科恩的推论提出异议，她认为普鲁斯特的小说有一种处于小说和非小说之间的不确定状态。除了著名的附加评论，她断言除了弗朗索瓦表兄弟，书中所有的人物都是虚构的。这是简单而深刻的事实：小说是不可证伪的。如果我们查看这一时期的出生和居住记录，会发现根本就没有查尔斯·斯万、夏吕斯、贝戈特等人存在的证据。当代的地图册也不会显示一个叫作贡布雷的小镇。（伊利耶并不重要。作为书中小镇的原型，在普鲁斯特去世多年后，它改名为伊利耶-贡布雷镇，以此向作家致敬。）

虽然很多作者都试图或声称跨越了小说或非小说的界限，上述研究证明这样做实际上比通常我们所认为的更加困难。这一划分常常是绝对的，但正如勒热纳申明的那样，它也并不是一成不变的。瑞安和多勒泽尔承认，这些作品都存在于灰色地带或边界开放之处。有趣的是，我们只有认识到二者的区别，才能欣赏这种跨越。在大多数情况下，非自然叙事作品的作者很可能会挑战这一边界，而且往往挑战失败。上面讨论的例子告诉我们，一些文本可以被合理地当作小说或自传阅读，有些文本仅仅调整了框架和虚构之间的界限，有些则跨出了界限或模糊了分歧。自传小说已经成为一种写作类型，它可以有效地沿着非虚构的边界起舞。一些数量极少的文本，如冯内古特的作品，甚至可以将可证伪的非虚构的话语注入小说文本中。这些作品结合在一起，显示出不寻常的书的作者与小说中的叙述者可以通过非自然叙事融合在一起，从而扭曲或违背文学批评和叙事理论的既定原则。

第三部分

历　史

第五章　面向非自然叙事的历史

　　非自然叙事具有丰富、多样和广泛的历史（至少两千五百多年）。接下来，我会确定一些多个世纪以来突出的反模仿叙事的例子，通过必要的缩略呈现非自然叙事文类的历史。我还将对《麦克白》中的时间和因果关系的非自然构造提出更为合理的解释。在这里，我的主要目的是引起人们对广泛存在的各种非自然叙事文本的注意（许多文本都值得关注但实际上却不太为人所知），并找出非自然叙事的特征。我还将指出一些作品表现出的非自然特征，而我们通常并不这样研究这些作品。这样做可以形成历经时间考验的、更为全面的对非自然叙事范围的了解。我将把问题留给后来者去拓展和讨论，填补文学史上非自然叙事研究的空白。①

　　考虑到我的研究主题不可避免地具有空间局限性，这一叙述必然会是片段式的。它有时更像一部编年史，而不是一个持续的关于叙事历史的研究。我希望通过指出许多作者所讨论的不同层次的关系来对抗这种影响。因此，我会提到斯威夫特所熟知的卢西恩、拉伯雷和塞万提斯的作品，并注意到这些作者所构成的清晰的文学谱系。同样地，我也会讨论几乎所有作者都熟悉的阿里斯托芬的作品。然而，我最重要的讨论并不依赖于对这些作品的文学影响进行详细阐说。尽管卢西恩的作品会在拉伯雷、斯威夫特、乔伊斯等人的作品中转世，但其本身仍然是一个变量，而非持续影响之后的非自然叙事传统。

　　非自然叙事会自发地独立产生。我们在梵语叙事文学和中国古典叙事文学中看到，这些作者与西方传统没有任何接触，也没有接触到来自世界各地的民间故事，如英国的"面具哑剧"，就像"里夫斯比剑戏"或"圣乔

---

① 对文学史上的非自然叙事的论述，可参见阿尔贝的文章（"Diachronic"）、玛丽亚·马克拉的著作、斯蒂芬·摩尔（Steven Moore）的研究（*The Novel：An Alternative History：Beginnings to 1600*）。

治剧"（St. George play）。牛津郡的"圣乔治剧"表演包括老国王科尔、一个巨人、一条会说话的龙，以及无数的突然复活。在此背景下，我们可以观察到，巴赫金指出了拉伯雷民间文学之时空体的基础。他从理论上推断出它的存在。不需要建立一个固定的谱系，因为它可以轻易地无中生有。模仿类小说的概念本身就存在否定自身的可能性。反模仿叙事手法总是准备进入或突破特定的文学传统。结果，下面的叙述将在大卫·珀金斯（David Perkins）的文学史研究中摆动，他的文学史研究将被当作叙事历史和百科全书式历史。我的目的是辨识出相关文本，而不是把它们修补进一个单一、广泛和相互关联的叙事中。很明显，我拒绝那种更严格的，试图将文化实践及其周围的历史事件联系起来的方法。第六章会对此进行更多的讨论。我认为，文学史的一部分实际上通常与围绕它们的历史事件完全无关。抒情诗和悲剧可以追溯到古希腊时代，并延续至今。它们在大部分历史时期都能得到很好的体现，尽管人类已经远离了早期的城邦社会。詹姆斯·费伦在他的著作《阅读美国小说（1920—2010）》（*Reading the American Novel，1920—2010*）中讨论了历史与文学的转移和可变关系，是很有用的方法。他的推断尤为特别："艺术与艺术外的领域明显不同，在不同的领域中，时间变化的关系也经常是不均匀的。"费伦还论述了因果之矢插入这两个领域中的情况。

在接下来的章节中，我将把这个故事带到 20 世纪早期，概述乔伊斯不同寻常的叙事和非自然叙事特征，并讨论后现代主义与非自然叙事之间的关系。我还将简要论述 21 世纪非自然小说的地位和那些围绕着它们产生的历史叙事的评论，如"可变的现代主义"（altermodernism）。通过注意非自然叙事分析方法如何帮助识别和避免一些周期化的固有问题，我将对这两章的文学史研究进行总结。

必须注意到非自然叙事的标准。虽然我会讨论各种各样的作品，但关键的标准总会打破模仿的错觉。它可能采取任何形式，它可能是反常的、不可能的事件，反幻觉的陈述和叙事实践，破坏框架、戏仿的极端结构，超越一般模仿范式的创新实践、寓言，超自然的传统表达或超自然的环境、人物、行动。纯粹的自我意识是不够的。作品必须打破关于真实世界的真实故事的幻觉。反模仿不仅存在于话语中，也存在于故事中。本章所讨论的作家，如阿里斯托芬和狄德罗，他们的作品显然处于非自然叙事研究的中心位置。其他作家相对外围一些，但我相信，他们之间仍然具有很大的相关性。

阿里斯托芬

阿里斯托芬的演出经常挑衅地违反模仿表现的惯例。他典型的非自然叙事场景包括欧里庇得斯和埃斯库罗斯在冥府中的比赛，他们希望通过比赛证明谁才是更好的剧作家。为了衡量谁写的诗更重，他们把诗放置在天平两端。每一次，获胜的都是埃斯库罗斯。在《和平》中，廷达瑞俄斯（Tyndarus）骑着名为"珀伽索斯"（Pegassus）的巨大屎壳郎飞到天上，请求神结束战争。

他很快就到了天上，告诉道具管理人变换场景时不要移动过快，否则他可能会无意中发现自己正在喂坐骑。阿里斯托芬打破常规的戏剧框架，让合唱队员直接说出自己的想法，要求评审员在剧院里授予他一等奖：

> 为了你和这个岛屿的安全而战，我进行了英勇的战斗并取得了胜利。
> 我从来不在运动员学校与男孩做爱。
> 当我获得了戏剧奖，我收拾行李准备离开，
> 给你带来巨大的快乐和一点小小的烦恼，
> 以及发自内心的真挚愉悦。

在这些戏剧中，语言直接揭示隐喻，词语代替了事物，事实上几乎所有的非通俗语言都成了戏仿。

《地母节妇女》是一个特别彻底的非自然叙事范本。归纳这部作品的中心主题是困难的，甚至在舞台上进行模仿也是不可能的。正如弗洛马·塞特林（Froma Zeitlin）所写："《地母节妇女》想要的是所有的方式：它戏剧化和利用模仿的概念极端混乱——无论是'现实'的模仿，还是现实的'模仿'；无论是以逼真的方式隐藏它的艺术手段，还是在它自己的幻觉中暴露它的虚构。"这部戏剧的情节集中于一场妇女集会，妇女们要公开谴责

和惩罚欧里庇得斯，因为他的戏剧中有歧视女性的陈述、人物和场景。欧里庇得斯提前得到风声，试图设计一出戏来转移妇女们的愤怒。这部戏剧始于大量的片段对话，将普通的演讲与经典的悲剧措辞的艺术性进行了对比。欧里庇得斯去找戏剧家阿伽通，希望他替自己求情。阿伽通被视为"娘娘腔"，似乎更合适在集会上发言。当我们看到阿伽通时，他实际上穿着女人的衣服，背诵着为女性角色写的台词。他坚持认为这种极端的组合性模仿是进行恰当的性别对话的必要条件。然而，他拒绝帮助欧里庇得斯。

欧里庇得斯又请求堂兄尼斯卢卡斯乔装潜入集会，代表他说话。为了伪装得更好，欧里庇得斯刮去了他的胡须，给他穿上了女装，烫卷了头发，修改了他在体貌上与女子不同的地方。对于观众来说，这是特别突出和极其幽默的行为，因为古希腊舞台上的所有角色都是由男演员扮演的。也就是说，欧里庇得斯试图让一个男人扮演一个由男人扮演的角色，但又完全不像故事世界里的"真实"女人，虽然这些"女人"也都是由男人扮演的（可能穿着更令人信服的衣服）。阿里斯托芬假设、消除和重新调整了剧中的性别差异。这不仅仅是一种自觉的玩笑，也是一种性别建构失败的表演，因为男性角色无法逃避自身的性别认同，男演员扮演的角色并没有超越他一贯的男性角色。

乔装后的堂兄是唯一支持欧里庇得斯的人。他的情感而不是他的外表使人怀疑他的性别。他很快就暴露了，并且成为妇女的俘虏。他想办法让欧里庇得斯帮他逃走，记起欧里庇得斯的戏剧《帕拉梅德》（*Palamede*）中的一个办法，即被囚禁的主人公通过桨叶传递消息。只要把消息传递出去，他就可以获救。尼斯卢卡斯把他的请求写在许愿板上，又把它们扔出去，但并没有产生作用。接着，他认为要制定不同的策略：

> 我紧张地盯着；但我的诗人，
> 他没有来。为什么不来呢？就像他感到
> 羞愧，为自己陈旧而无情的《帕拉梅德》。
> 这出戏能拿什么让他来？哦，我知道了；
> 是他全新的海伦吗？我将是海伦。
> 我有女人的衣服，还有其他所有的东西。

第二次尝试产生了更接近的陈述，戏剧内部的表演更符合尼斯卢卡斯的情况。好像是为了验证这种复制的近似性，欧里庇得斯出现了。不幸的是，这没能促成逃脱。一个赛西亚人上来了，负责看守尼斯卢卡斯。

接着，他们根据欧里庇得斯的《安德洛墨达》（Andromeda）重新演绎了拯救场景，欧里庇得斯扮演了珀尔修斯的角色。可以说，这与《地母节妇女》中的情况相似，也最为接近。但即使是在这样的场景中，营救也失败了：赛西亚人根本不相信《安德洛墨达》中的事件设定。讲述和现实仍然不匹配。虚构的戏剧无法影响舞台上的世界。欧里庇得斯和堂兄只好放弃这种舞台表现的策略，转而进入现实的表演中。欧里庇得斯让一个跳舞的女孩引诱了赛西亚人，怂恿他离开，两人最终得以逃走。可见，虚构性的框架不能包含它试图包含的事件。实际的经验不能在制造的虚构故事中完整再现。

古代小说

非自然叙事在古代经常出现，最明显的是梅尼普讽刺小说。我们发现在佩特罗尼乌斯（Petronius）的《爱情神话》（Satyricon）中，夸张的多重类型的戏仿含有鲜明的非自然叙事元素。亨利克·斯科夫·尼尔森指出了阿普列乌斯公元2世纪的作品《金驴记》（The Golden Ass）中的非自然元素。在罗马剧院中，人们经常忽视"第四堵墙"，有很多例子可以说明框架的破裂。例如，在《一坛金子》（Aulularia）中，普劳图斯（Plautus）笔下的吝啬鬼恳求观众告诉他谁偷了他的钱。事实上，所有针对观众的旁白都是非自然的。丽莎·尊霞还指出："赫利奥多罗斯（Heliodorus）的《埃塞俄比亚传奇》（An Ethiopian Romance）写于250年至380年之间，是对因果序列进行操控和使故事嵌入故事的极端实验，结果读者感到相当困惑。"

这一时期最彻底的非自然叙事无疑是卢西恩的夸张故事，其为人所知的后现代标题是《维拉的历史：一个真实的故事》（Verae Historiae or a True Story）。它通常被认为是对神奇航行故事的极端戏仿。卢西恩用夸张的手法，将历史、游记、哲学小册子、宗教作品和史诗等体裁中不可能发生的奇遇放在了一起：79天的海上风暴；访问葡萄酒产地；月球航行；如阿里斯托芬的戏剧《鸟》（The Birds）中的情节那样通过仙境降落（"他是一个聪明人，把真相告诉了我们"），在150英里长的鲸鱼的肚子里待了20个月；一个扩展的地狱之旅；与骑海豚的海盗战斗；访问牛头怪岛屿和半男半女。在被诅咒的小岛上，他了解到，那些生活中的骗子或者在书里不说实话的人会受到最为严厉的审判。卢西恩也对希罗多德进行了极为荒谬的描述，被包括在这个大的集合中。

卢西恩处理荷马作品及其多层次的自反性设置是我们特别感兴趣的部分。《维拉的历史：一个真实的故事》是对《奥德赛》的戏仿，以夸张的形式呈现了许多核心桥段。例如，与莱斯特律戈涅斯人的冒险以及与喀耳刻的相遇，变成了在那格岛与阿斯灵思的相遇，后者是有驴腿的吃人魔女。卢西恩还指责荷马的写作是彻头彻尾的夸张，写的是虚假的旅游故事："荷马的《奥德赛》倡导了这类愚蠢举动，并且成为模本。它讲述了埃诺斯的风袋、独眼巨人、食人族、野蛮人，甚至多头怪物和把水手变成猪的神奇药物。通过一个又一个这样的故事，他让单纯的费阿克斯人吃惊地睁大了眼睛。"在这个文本中，他重复或模仿了荷马所叙述的事件。他质疑了荷马的描述。关于梦岛，荷马就因过于简短和不充分的描述受到批评。除了著名的角和象牙制造的大门之外，卢西恩的叙述者还补充了两种大门，一种是铁制的，另一种是陶制的。荷马本人也作为小说人物出现。卢西恩的叙述者在访问地下世界时询问了荷马。荷马解释说，他并没有出生在任何声称是他的出生地的城市里，而是一个被当作人质送到希腊的巴比伦人。他被要求解决各种古老的争端，并被迫承认写了许多夸张的句子，提出了许多虚假的说法。当被问到为什么在《伊利亚特》的开头用"愤怒的歌唱……"这样的诗行时，荷马似乎毫无考虑，此事才刚刚进入他的头脑。

荷马的史诗在他死后给他带来了麻烦，被忒耳西忒斯（Thersites）指控诽谤。荷马明智地让奥德修斯做他的律师，最终被宣判无罪。经历了地下世界的一场大战，荷马创作了另一部史诗。不过，卢西恩的叙述者将其丢失了，只记得荷马式的开场白："这一次对我唱诵，哦，缪斯，战争英雄的幽灵。"卢西恩还扩展了荷马的人物性格和历史记录：在佩涅洛普看不见的时候，奥德修斯找到荷马，请他帮忙给卡吕普索写一封信。信中他承认对离开她感到遗憾，并承诺如果有机会，他会回到她身边。看信的时候，卡吕普索哭了，并且委婉地问了几个关于佩涅洛普的问题。

这一文本与荷马的故事世界交织在一起，有时确认，有时纠正，对其进行了扩展。有人将其谴责为谎言，这是对某些桥段的戏仿。卢西安模仿荷马的诗句，嘲笑对它的批判性讨论。荷马和他创造的人物一起吃饭，讽刺他的作家也加入了盛宴。最后，荷马称赞卢西恩确证了他非凡故事的真实性，含蓄地暴露出荷马式的夸张：

> 卢西恩，这个男人得到珍贵的永生的祝福，
>
> 见证了这里发生的事情，然后回到了他非常热爱的故乡。

作品也叙述了被滑稽地夸大的一系列神奇冒险，以及具有史诗风格的事件。《奥德赛》所展示的许多航海史诗的基本特征，在这里都被放大、夸张和歪曲了。其中，《奥德赛》式的特性包括海上风神的风暴，主人公—叙述者关联了与他的冒险相关的伴随组合，参观地狱和卡吕普索的岛。这些场景中的主人公都接收到同样的预言，这与奥德修斯收到喀耳刻的预言产生了关联。卢西恩的叙述者偶尔会纠正荷马的说法，并提出另一种解释。例如，他认为天下血雨标志着萨尔珀冬的死亡。这是一种具有高度自反性的文本，一直在违反它所戏仿的传统文体的参数。

古典梵语戏剧

古典梵语戏剧通常有一种祈祷，一种微缩的戏剧，功能相当于开场白。两个故事世界之间会产生有趣的关联或者明显的转喻，比如相互影响的开端或者一个故事对另一个故事的渗入。在迦梨陀娑最著名的戏剧《沙恭达罗》中，开场是对湿婆的献诵诗，然后导演出现在舞台上，让女演员出来准备戏剧表演。为了即将来临的表演，女演员唱了一首歌。导演道："唱得好，夫人！你优美的旋律已经打动了观众。剧院寂静得就像一幅画。我们应该表演什么样的戏让它欢腾起来呢？"女演员感到震惊，问道："你刚才

不是正指导我们表演一出叫《沙恭达罗》的戏吗?"导演快速恢复记忆,并预想到失去的记忆会成为这部戏的核心情节:

> 你歌曲旋律中的情感,
>
> 这力量已经把我带走。
>
> 正如快速逃走的黑羚羊,
>
> 吸引了国王豆扇陀。

伴随着这些诗句,戏剧开场了。国王豆扇陀坐着马车,正在猎捕一只黑羚羊,故事世界与接下来的故事内容融合在一起。

我们找到的更为极端的故事世界的异文合并在几个世纪后毗舍佉达多的戏剧《指环印》(*Mudrarakshasa*)中。演出始于一个演员高声唱诵祝福。紧随其后的是设定好的开场白,扮演导演的另一个演员进入,重新提及了祝福,高声叫道:"够了! 够了!"然后,他开始介绍即将演出的戏剧。他对着月亮朗诵了一首诗,说"月神"即将被蚀,或被"推翻"。这时一个人在后台大力抗议。他是剧中的一个角色,无意中听到(和误解)了对话,发誓要保卫皇帝钱德拉·古普塔·孔雀王,反对任何想要推翻他的人。他出现后,故事就开始了。很明显,歌德借鉴了这一传统。他通过阅读迦梨陀娑的戏剧,尝试创作"剧院前奏"段落,以此作为《浮士德》的前奏,正如埃克伯特·法阿斯(Ekbert Faas)所指出的那样。

中世纪晚期和非自然的文艺复兴

《神曲》中有许多不同寻常的场景和人物都处在非自然叙事的边界上,或者进入了非自然叙事。许多例子都预示了之后的实验主义作家从浪漫主义到后现代主义的转变。在第二十五章中,几个小偷的表现就是这样的:

> 前三个引入了人的特征。钱法像蛇一样飞跑,缠绕着阿格内洛,并与他结合成一种难以形容的怪物——"就这样步伐渐渐变得缓慢"(e tal sen gio con lento passo)。于是,格里乔也以蛇的形象出现,咬着博索,渐渐地和他交换了身体。格里乔变成了人,博索变成了蛇。

这创造性的一幕是如此强大，以至于胜过了超自然的和讽喻的叙事，因为它预示着或者说包含非自然的人物和事件，后来的作者也对其进行了借鉴。身份的融合和交换远远超出了大多数传统的身份转换故事，并可能会引起可能的表征本身的限制（"就这样步伐渐渐变得缓慢"），这也是拉什迪和其他后现代主义作家的作品里出现的类似变形的先声。另一种后现代主义策略，即事件的口头生成，发生在第三十章。老人唱起颂歌"我的配偶和我从黎巴嫩一起来"，产生了一百个天使的合唱，接下来，这似乎又引出了贝阿特丽采。我相信，这里的一个普通的超自然事件，即人物和事件由语言产生，被进一步转化为一种特殊的文学技巧。

巴赫金说，拉伯雷的方法包括"对所有普通联系的破坏，对事物和思想的习惯模式的破坏，以及对意想不到的模式和关联的创造，包括最令人惊讶的逻辑上和语言上关系的联结（拉伯雷的特殊词源、语言形态和句法）"。巨人高康大的身高在一章与另一章中有很大的不同。在法庭上，他能够适应房间的状况，并为自己的案子进行辩护。在另一章节里，他似乎是从卢西恩的叙事中衍生出来的——叙述者进入高康大的嘴里，发现那里有一个国家。如果空间允许的话，我会给出一个适当的例证，如高康大家族，以证明其非自然状况。实际上，《巨人传》的每一页都能够提供几个非自然叙事的例子。在第一册第三十六章中，高康大的马撒尿，马尿流了二十英里，淹死了敌人。拉伯雷经常运用夸张手法描述和夸大事件。在这一时期的话语中，巨型主义都是通过对话语和事件的夸张进行一种反模仿。

塞万提斯经常被认为开现实主义小说先河，毫无疑问，《堂吉诃德》就是不遵循罗曼司文学惯例浓缩的系统。但任何一部聚焦于阅读效果的小说都包含着许多非自然的场景和效果。其中最突出的例子是，在《堂吉诃德》第八章的末尾，叙述者突然宣称，他在讲述堂吉诃德和另一个人的争斗，但并不知道战斗如何结束，因为他所查阅的手稿中没有一篇涉及这一故事。他心烦意乱，走了出去，在镇上四处搜寻相关信息。有一次，他买了一份阿拉伯语手稿，要求一个摩尔人告诉他手稿的内容。神奇的是，这就是堂吉诃德的故事。他让摩尔人住在他的房子里，雇佣他翻译这些材料。一个半月之后，他能够继续讲述这个故事了，尽管他表明了对摩尔人所翻译的阿拉伯人贝嫩赫里（Cid Hamete Benengelis）作品的精确性的怀疑。另一个非自然场景发生在第二部分的开始。桑丘和堂吉诃德了解到周围许多人都读了他们的冒险故事，并就故事的某些方面进行了讨论。他们还发现并严厉谴责了阿维利亚内达未经授权的写作。约翰·H. 皮尔森（John H. Pearson）指出："从前言到第二部分，塞万提斯用人物自身的证明确证（在其他事物中）文本的真实性。"

文本中出现了大量反模仿事件，包括持续不断的与贝嫩赫里文本的互动。罗伯特·阿尔特（Robert Alter）指出：

> 贝嫩赫里的编年史参考了三部编年史。其中最突出的是……第二作者（也就是说，这个人抄写了那些材料），他对贝嫩赫里文本的真实性有很多看法。作为一个有献身精神的历史学家，他梳理了"贝嫩赫里情节缠绕的线索"。然后，这位阿拉伯历史学家或者亲自介入，或者通过西班牙作家的报告对他所记录的事件感到惊奇……即使是明显属于从属地位的摩尔人也加入了这一行动，偶尔对贝嫩赫里的写作发表评论，宣称其中一章是杜撰的。

阿尔特进一步指出，存在一个囚犯萨瓦德（Saavedra）的文本："当然，萨瓦德是塞万提斯，他是这部小说中的俘虏和故事的发明者，是所有其他明显的和狡猾的叙述者。"这就像是非自然叙述者用头尾衔接的方式展开的循环叙事。

一些文艺复兴时期的作家建构的非自然的或不可能的年表经常被忽视。例如，罗登·R. 威尔逊（Rawdon R. Wilson）指出，埃德蒙·斯宾塞（Edmund Spenser）拒绝协调平行情节的时间框架。《红字》里的人物在监禁中苦熬了很长一段时间，在文本中却能被迅速解救。斯宾塞制造了一些非自然事件，这些事件后来也被莎士比亚利用。比如说，他创造了一种双重时序，即在一个神奇森林里经过的时间，并不等同于在城市里度过的同一时间。

克里斯多夫·马洛（Christopher Marlowe）用著名的望远镜记录下了一小时的故事，不间断地通过对逝去的时间区间的暗示，在舞台上用 57 句台词进行表现。浮士德则悲叹生命的最后几分钟，悲叹无法拦住时间的脚步：

静静地站着，你那永恒的天堂，

时间会停止，午夜永远不会来临。

自然之眼，上升，再上升，使

白昼永恒；或者，让这时间成为

一年，一个月，一个星期，或一个自然的日子。

他并未获得自然的或非自然的额外一天。恰恰相反，几行诗之后，时钟敲击，浮士德哀叹道："啊，半个小时过去了；不久之后，所有一切都过去了吗？"16 行诗句之后，钟声再次响起，他被带到了地狱。观众能够直接体验主人公非自然的快速死亡，主人公对如此短暂的最后一小时的感知，实际上在舞台上得以再现。

本·琼森（Ben Jonson）是一个因为特别拘泥于细节而备受诟病的作家。他在悲剧和喜剧中小心翼翼，就像一切都是真的。他曾经说过，他从没写过关于双胞胎的戏剧，因为他从没发现哪两名演员能令人信服地扮演这样的角色。在假面剧里，他创造性的想象力得以自由发挥。事实上，《令人愉悦的美景》（*The Vision of Delight*）呈现了充满幻想和惊奇的人物。时间随着夜晚、时间和季节的流逝而非自然地变化着，冬天突然（而且戏剧化地）就变成了永恒的春天：

那里的空气突然变得如此澄明，

为何那一刻所有的事情都变得那么温柔？

在这里，艺术明显具有征服纯粹自然的力量。

类似的事情也发生在卡尔德隆（Calderón）的《奥托》（*Auto*）中，这部剧将世界誉为由一位神圣的作者进行排演的舞台。在这里，时间以不同的时序同时被表现出来。戏剧内的时间持续了五十分钟。剧中人物只活了两天，却有着几十年的经历。整部剧寓意着人类在地球上短暂的生命。其他时空坍塌在短暂的表演时间中，提供了一个从永恒的角度看待人类生存的隐喻。

非自然的莎士比亚

在后现代主义文学之前，莎士比亚是文学史上非自然的场所、事件和序列最伟大的制造者。一部充满迷人色彩的作品很可能就存在于莎士比亚的非自然叙事中。在《冬天的故事》中，莎士比亚转化和超越自然世界的写作得到了清晰的表达和体现。这部戏的部分场景设置在波希米亚海岸。本·琼森责备他，认为这在地理空间上是不可能实现的。琼森在这种情况下往往表现得过于执拗。莎士比亚并不打算复制现存的地理特征，而是在一个虚构的故事世界里肆无忌惮地重新进行配置。他并没有像在《第十二夜》中所做的那样创造一个新岛屿，而是故意为一个内陆国家提供了海岸。除了公开冒犯"统一时间"的信条，把十年半的时间放置在两幕场景中，莎士比亚还将时间人格化，并解释道：

> 对我来说，不要把时间归咎于犯罪。
>
> 在我的时光隧道，我快速通过
>
> 并在十六岁以后，不要尝试去生长。
>
> 去推翻律法，在我的能力范围内，
>
> 去打破习俗，在我出生一小时内长大。

时光老人大胆主张推翻律法和打破习俗，指出并证明了这部作品中时间和空间的夸张表现。我们在莎士比亚其他戏剧中发现了更极端的时间设置，远远超过了这里的时间飞跃。

最具反模仿特性的戏剧高潮是死者赫尔迈厄尼的雕像复活。在这里，艺术超越了自然的限制。就像这个不可思议的冬季故事的高度文学化版本，通过奥托里克斯所吟唱的荒谬歌谣对非自然事件的叙述，莎士比亚呈现的舞台也是在物理上不可能存在的空间。例如，有一种鱼"在 4 月 80 日星期三，出现在海岸，在水面四万英寻[①]之上，唱着这首歌谣，抵抗女佣内心

[①] 1 英寻约等于 1.83 米。——译者注

的苦楚"。我们可以发现，这种非自然叙事在从高到低的文献中同样存在并同样有效。

《李尔王》中有一个有趣的玩弄时间的例子。傻瓜说了一个预言，然后向观众解释这种预测会在诸世纪后重复："墨林也预言了，因为我活在他的时代之前。"在《哈姆雷特》中，当哈姆雷特在午夜第一次遇到鬼魂的时候，他问："你篡夺夜晚时间采用什么样的艺术？"这一场景不间断地被打破或省略，持续了几分钟，直到黎明到来，鬼魂离开，似乎夜晚的时间确实已经被篡夺了。接下来与鬼魂相遇产生了同样的矛盾：这里的叙事时间很矛盾，在几分钟不间断的对话过程中，整个夜晚似乎都蒸发不见了。哈姆雷特更有先见之明，在那一幕结束时，他说道："时间是不协调的。"《仲夏夜之梦》中有很多时间变形，其中最严重的是双重叙事时序：两个主要情节是城市法院里的四天和在森林里假扮恋人的一个晚上。正如我曾解释的，时间失去了协调。

众所周知，《麦克白》和莎士比亚的大多数戏剧一样有很多年代上的古怪之处。布拉德利后的批评者普遍忽略了这些差异，并把它们当作惯例，但詹姆斯一世时期的时间结构通常是非常流畅的。观察者并没有察觉到明显的矛盾，争论通常在于，剧作家所做的一切是否都是被期望去做的事情。这种推理倾向于阻止仔细的分析。因此，时间的异常在观众看到之前就已经得到解释，一气呵成的写作被认为是一种古怪而应当被废弃的惯例。我认为，《麦克白》的时间年代的变形似乎是有意无意间形成的非自然叙事实践，目的是反映这一时期戏剧创作的核心问题。时间不仅仅是设定或框架的一部分，也是莎士比亚以挑衅的形式重组流行的原始素材，体现出戏剧的中心规则。《麦克白》中奇怪的时间运动甚至可能被解读为一出单独的戏剧，或被当作戏剧的问题来理解，而这就与戏剧行动形成有规律的复调对位关系。具体而言，《麦克白》中违反自然命令的行为都是在相应的叙述时间内表现出来的。这在被淹没的"戏剧时间"中最容易得到揭露，即文本明确的时间顺序和舞台表现所必需的持续时间之间的对立。这种方法导致了一种奇怪的、典型的莎士比亚式悖论：通过研究表达时间陈述的一种抽象的比喻性语言，人们可能会发现一种隐藏的、字面意义上的术语。这是莎士比亚的作品中反复出现的现象。《麦克白》是莎士比亚在故事结构上进行的激进实验，它甚至从严格的线性序列中分离出来，实际上颠倒了因果。

《麦克白》中的女巫在第一次讲话时，被视作奇怪姐妹或者命运女神：谁"能思考出时间的种子"。在整个过程中，人们发现了一种有趣的语言，它描述了伪装或变形的时间：麦克白夫人收到了丈夫的信，"超越无知的当下，我现在感觉到未来的瞬间"。麦克白夫妇计划隐藏当下。麦克白决定"用最好的表演隐藏时间"，他的妻子则断然选择"去打发时间，让时间看起来像时间"。

麦克白夫妇的决策通常基于一个关乎过去与未来的似是而非的辩证法。时间的错乱伴随着因果的混乱。这被 G. F. 沃勒（G. F. Waller）敏锐地记了下来："一旦相信自己拥有未来的某些知识，他就似乎病态地无法等待，因此不可避免地试图创造未来。这是预先设定的，充满了同时性和矛盾性。"有时，麦克白可以推断出更为确切的原因，尽管时间在这些点上发挥了重要作用。在考虑谋杀邓肯时，他反思道："如果完成了，那就完成了，然后很快就完成了。"在权衡了可能的未来之后，他暂时放弃了。暗杀不会影响后果，而"时间的浅滩和河岸"是更大的河流的一部分，从未停止过。他知道，即使一个事件进入过去，它也可能在未来产生致命后果，回来纠缠作恶者。然而，这种明智的非自然主义推理不足以应付即将发生的非自然事件。最发人深省的是麦克白对班柯幽灵的评论：

> 时间一直这样，
> 当大脑耗尽，男人会死，
> 这就是一个结束；但是现在他们再次重生
> 二十项谋杀罪嵌在他们的冠冕上，
> 推着我们从椅子上起来。这种事情
> 比这样一种谋杀更奇怪。

麦克白觉得他生活在不可思议的时间中，即使死亡也无法让生命终止。可以肯定的是，他周围发生了一些奇怪的事情。就在邓肯被杀之后，伦诺克斯带来了关于空气的哀鸣、"死亡的奇怪尖叫"、"可怕的燃烧"和"混乱的事件"的预言，以及新策划的悲惨时刻。正如许多批评家所观察到的，大自然正常的进程被打乱了，这反映出麦克白伦理上的悖谬。

那个夜晚还存在更隐蔽的时间冲突，其中一个涉及叙事的本质。在谋杀邓肯的夜晚，在班柯的死亡之夜，莎士比亚似乎创造了不符合逻辑的叙事序列，反映出夜晚的混乱。事件按照以下顺序展开。第二幕开始的时候，他问儿子："孩子，今晚过得怎么样？"这可能指的是夜里某个时辰发生的事情，也可能指的是地球转动的实际进度。莎士比亚要玩弄的就是最后这层异常的字面意义。弗勒斯回答说月亮已经落下，但时钟还没有敲响。然后，班柯观察到月亮在十二点下降。弗勒斯回答说："我不介意，迟一些，先生。"这是个逻辑性很强的假设，在其他剧目中，或者其他任何夜晚，都是正确的。麦克白走进来，与他们交换了意见，吩咐他们好好休息。独自待在舞台上的麦克白自言自语，在听到一声钟响后杀死了邓肯。然后，他回到舞台上，告诉妻子事情已经发生。当有人敲门的时候，两人离开，去清洗血衣。敲门声继续，搬运工登上清理过的舞台，打开大门，告诉麦克德夫"我们一直在欢宴欢，直到鸡叫二遍"，也就是凌晨三点。但是事情必须晚于那一刻，因为麦克德夫继续陈述国王"要求我及时叫他：我几乎已经推迟了时间"。不仅是这个时候，整个夜晚都从观众席上滑了下来。由于更多的原因，这一场景可能比人们想象的更有意义。现在已经接近早晨了，伦诺克斯用过去时谈论过去的夜晚，说："夜是不守规矩的。"麦克白又回来了，小心翼翼地附和道："这是一个艰难的夜晚。"接着，谋杀被发现，睡着的人被唤醒了。

　　下面的场景包含了莎士比亚在时间上最大胆的《剧院政变》（*Coups de theatre*）的戏剧表演。在浪费掉四五个小时的叙事时间后，舞台上的三十分钟被拉长了，场景的间歇没有被打断，也没有显示可能逝去的时间。作者让一个老人评论了时间在夜晚不自然的流逝。然而，他的言论并没有针对不同寻常的节略，而是针对时间反常的漫长的持续。他说道：

> 人一辈子我还能记得清楚；
> 在时间的卷册里我已经看到
> 时间令人害怕，事情如此奇怪，
> 但是这令人痛心的夜晚之神嘲弄前者的知识。

　　洛斯的光辉体现在这些话里：

现在应该是白天，

然而，黑夜绞杀了空中运行的明灯。

是不是夜晚已经统治一切，因为白天不屑露面，

黑暗难道是坟墓的代言人，

当生命之火吻亲吻大地的时候？

    莎士比亚在这里进行了双重记录的写作：他用无法结束的夜晚表现了道德沦丧的时代。与此同时，他对这些事件的陈述违反了时序。讽刺的是，他在对话中描述了倒转的自然奇迹。也就是说，这个故事的神秘时间被其表演的实际持续时间破坏，正如莎士比亚同时展示并解构了这种超自然的入侵。然而，正如老人所观察到的，无论是文本还是舞台表现，时间都是"非自然的，甚至像已经完成的行为"。

    麦克白违反自然秩序的行为并没有随着邓肯的死亡而结束，莎士比亚对时间的操纵也没有结束。麦克白会再犯夜间杀人罪，而那个夜晚的长度将更加扭曲。宴会场面的时空矛盾中，一个耐人寻味的地方是它们没有任何其他功能。在对话中，场景开始和结束的时间是明确的，没有必要进行特定的暗示。我们可以很容易地用羽毛笔把它们划掉。它们的唯一作用就是制造矛盾。换句话说，我们似乎被告知了准确的时间，但这样的时间根本不可能发生在自然界。

    随着暗杀时间的临近，麦克白对黑暗的召唤被证明是非常有效的。他召唤说："来吧，蒙上黑夜之眼，把可怜日子的眼睛蒙起来。"两行台词之后，句子完成了，它的效果展现出来："时光变厚，乌鸦振翅飞向白嘴鸦的树林。"这种夜间加速的现象毫无道理。这个夜晚的竞速通行不仅会重复邓肯的杀戮，速度也至少快了一倍。麦克白已经下令："让每一个人都是自己时间的主人，直到晚上。"晚餐时分，我们有充分的理由相信这顿饭是按时开始的。但在上百行的连续对话中，没有任何符合常规或其他时间的省略号。客人们离开了，麦克白突然问："黑夜是什么？"他的妻子冷静地回答："几乎和早晨差不多。"这时差不多就是黎明时分。大约十小时的故事时间在二十分钟不间断的行动中飞逝了。谋杀再一次扭曲了时序，时间成为主人而不是恰恰相反。我希望强调的是，应该明确时间指示的任意性——没

有人解释宴会为什么应该在七点开始，或者为什么应该在黎明前结束。它可以很容易地从一个不确定的时间开始，并以一个无法确定的时间结束。但莎士比亚似乎下定决心，拒绝考虑一个模仿的故事世界，正如通过描述对称的扭曲来表征这出戏通过戏剧中的非自然时间反映了它所记载的骇人听闻的事件。

现在是时候去探索颇受争议的"伦诺克斯与另一个主人"的场景了。这个场景困扰了评论家一个多世纪。在谋杀班柯的那个异常的夜晚，麦克白决定"明天"送麦克德夫拜访女巫。第一幕的第四场，大概是第二天，他按计划与古怪姐妹交谈。在这两个场景之间，伦诺克斯和同伴讨论，称麦克德夫傲慢地拒绝了麦克白的一件事——这一事件还没有发生。在同样的场景中，正如梅布尔·布兰（Mabel Buland）指出的那样，"消息已经到达了苏格兰，麦克德夫在英格兰寻求帮助。据说，麦克白听说后非常生气（他还没有听到），做了一些战争准备"。

这一场景公然展现了时间的自相矛盾。本节是如此明目张胆，包括大量的假设、贴错了标签的讲话者、文本调换和虚假的场面。所有从自然主义出发的猜测，都认为莎士比亚不可能有意制造这样的时间混乱。另一些人则毫不在意地认为，这是作者操纵宽松的戏剧惯例的一个特别离谱的例子。然而，不可能的时间安排大胆体现在这部剧的核心主题中。编辑肯尼斯·缪尔（Kenneth Muir）在《特洛伊罗斯与克瑞西达》中指出，莎士比亚"为了某种戏剧效果故意偏离了时间顺序"。人们可以合理地认为，在这一场景中，作者使用了同样的策略来达到审美的效果。在一个完美地描绘了反模仿行为目的的短语中，莎士比亚虚构的时间性将"现在的恐怖"与"现在正适合它的时间"联系在一起。

这个场景，就像我们说的那样，肯定会破坏作品其余部分的线性序列。然而，以时间顺序的反演暗示时间的文本陈述是非常恰当的。应该记住，剧本包含另一种跨进未来的非线性叙事：先知队伍还未出世，苏格兰国王就向麦克白显示了预言。他可以超越这部戏剧的结尾部分，抵达百年后，甚至延长到詹姆斯国王演讲的时刻。如果国王是过去的幽灵，那他手里就握着一面镜子，可以用它来反映本人的特性。时间位移是莎士比亚戏剧的一个重要手段，它也通常被视作现代剧作家共有的非线性时序的技巧。

《麦克白》中还有更大胆地耍弄因果关系的做法，而剧中主角也模糊地意识到了。很多排序上的矛盾，都源于麦克白夫妇之间一次奇怪的交流。麦克白认为在事实发生之前，麦克德夫拒绝了他的召唤。对此，从王后的回答看，与其说他们是同谋，不如说是在对文本进行编辑。"先生，您给他送去消息了吗？"麦克白的回答是："我顺便听到了他的拒绝，但我要送出消息。"也就是说，他提前知道了尚未发生之事的结果。伦诺克斯也提到了思维混乱、时间流逝。他知道麦克德夫已经快速地向英国寻求帮助，祈祷道："一些神圣的天使飞到英国的宫廷，在他来的时候，他的信打开了。"毫无疑问，自然的因果顺序是颠倒的。在他到达时，麦克德夫告诉他："在你的英雄到达之前，古老的西沃德就有一万名勇士……为苏格兰整装待发。"因此，在请求援助之前，就有人提供了援助，如同伦诺克斯夸张的祈祷得到了回应。在此期间——如果这是正确的说法，麦克白学会了麦克德夫的飞驰，并在与他的谈话中停顿了一下，说出了富于深意的旁白："时间，你期待着我的恐惧的壮举。"他现在开始理解自己的终极对手是超自然的力量。麦克白随后发誓，一旦想出办法，就会立即行动，尽管这将在很大程度上被证明是徒劳的，因为在他们策划阴谋之前，时间仍然可以否定因果关系，抵消事件。总之，这部戏剧在很多方面都违背行动的"统一性"。

麦克白关于时间的著名独白，出现在他得知妻子的死讯之后。恰当地说，一连串的"明天"延伸到记录时间的最后一个音节，等同于演员表演的时间。这是一种存在主义和元戏剧的陈述，也暗示了戏剧中时间的收缩。最终的战斗结束后，麦克德夫真诚地说："时间解放了。"秩序——时间、政治和自然——在马尔科姆的最后一次演讲中得到恢复，这是戏剧的结局。"时间"这个词在三种场合被提及，即礼仪、种植和合奏。时间回归自然的节奏，悲剧也结束了。

斯威夫特和菲尔丁

除了劳伦斯·斯特恩，人们在18世纪发现的最残忍的非自然叙事作家还有乔纳森·斯威夫特。他和亨利·菲尔丁通常被认为是典型的现实主义者，但他们的小说中也有一种与众不同的反模仿倾向。此外，还有一种不同寻常的"它小说"（it-novel）。正如乔纳森·兰姆（Jonathan Lamb）所详述的，这类小说始于查尔斯·吉尔德（Charles Gilden）的《间谍吉尔德》（*The Gilder Spy*，1719）。作品从一枚金币的视角展开叙述："无生命事物的自传开始扩散，如金币、饰物、器皿、土地、服装、汽车、家具以及动物，如狗、马、昆虫和身体的不同部位等。"阿尔贝专门描述了此类作品叙述者的非自然特性，举出了一些更极端的例子：针插、开瓶器、出租马车、沙发，甚至原子。

乔纳森·斯威夫特创作了许多作品，它们非常调皮地戏弄了模仿叙事的惯例，最突出的便是《格列佛游记》（1726）和《一只桶的故事》（*A Tale of a Tub*，1710）。后者的标题就是当时流行的"它叙事"。虽然我不认为寓言是非自然的，但我要强调的是，斯威夫特已经超越了单纯的寓言。他的故事是通过遵循自己的反模仿逻辑来发展的。我们在《书的战争》（*The Battle of the Books*）中能看到这一点。在古代和现代作家的比赛中，正如叙述者所指出的，墨水已经用尽了。斯威夫特提供了以下注解：

> 现在它必须被理解，即墨水是伟大的信件武器，它在战争中通过一种被称为鹅毛笔的引擎传达。无数士兵冲向敌人，两边都非常英勇，具备同样的本领和力量，就好像两只豪猪在订婚。科学家发明并合成了这种恶酒，它含有两种成分——五倍子和绿矾。它包含怨恨和毒汁，适合在某种程度上煽动参战者的才华。

这里的寓言与非自然事件半自主的进程密切相关。

从非自然叙事理论看，菲尔丁是极为辩证的作家，提供了一种坚决的模仿诗学。不过他也经常讨论反模仿的语言。例如，在《大伟人江奈生·魏尔德传》（*Jonathan Wild*，1743）的结尾，慷慨的哈德福瑞突然发现他的死刑被废除了。叙述者坚持认为他已经放弃了令人愉悦的巧合，并证实了他对现实主义的忠诚。他向读者保证："这一事件无疑是真实的，至少和令人愉快的自然一样。我们向他保证，我们宁愿遭受人类一半被绞死的痛苦，也不愿拯救一个与最严格的写作和概率相违背的原则。"因此，模仿动机被揭示为从几种可能中做出选择。文本既肯定了事件的实际发生，同时也表明了这是来自巧妙的作者的经过深思熟虑的选择，是作者建构了"真实事件"。

在《汤姆·琼斯》（1749）中，菲尔丁讨论说故事组合方式与故事模仿的保真性假定经常有规律地交替并列。有时，它们甚至威胁污染、破坏彼此，正如下面的章节标题所揭示的："描述将读者的脖子带进了险境，（之后）逃跑了"；"作者让自己的形象出现在舞台上"；"包含两种对批评家的反抗"；"最可怕的章节：很少有读者会在晚上冒险，尤其是独自一人的时候"。叙述者警告批评家不要在读完之前就对这本书下判断："事实上，这部作品可能会被认为是我们自己的伟大创造。对于任何一个批评家来说，他们都认为作品的每个部分都有错误，却不知道整体是如何联系在一起的……这是极其专横而荒谬的。"接近尾声的时候，叙述者甚至说，他不愿意把他的角色从悲伤的命运中拯救出来，虽然这些人显然在等待拯救。可怜的汤姆·琼斯"之所以如此贫困，是因为无论是现在的朋友还是迫害他的敌人，都没有给他任何好处"。再一次，这种模仿的逼真性要求被叙述者构建的转录事件的暗示颠覆了。从这些元虚构和元批评的评注到劳伦斯·斯特恩坚持的颠覆性话语，只有一步之遥。

狄德罗和项狄传统

1759—1967年出版的《项狄传》激励了后来的许多创新作家。《项狄传》一个有趣的方面是，它的内容、事件和故事世界是完全模仿的，小说中提到的历史事件与已知的历史事实并不矛盾。对于非自然叙事实践来说，唯一的例外是叙述语言的生成。特里斯特拉姆的父亲沃尔特·项狄其实写了一本书，试图证明一个人出生时的名字会强烈影响一个人的命运。或者，用他的话说："好或坏的名字具有魔法的偏向，可以抵消我们的性格和行为带来的影响。"在整个文本中，名字和单词持续生成着它们所描绘的人物和事件。斯洛普医生把入口对准项狄大厅，让他的马陷进了淤泥中。沃尔特·项狄想给儿子取一个伟大的名字，以确保他拥有优越的生活，并告诉仆人苏珊娜在他儿子施洗礼把他命名为"Trismegistus"。他把她称为"漏斗"，怀疑她会记不得这个名字。苏珊娜的确部分地忘记了这个名字，最终孩子被错误地命名为"特里斯特拉姆"（Tristram）。之后，特里斯特拉姆经历了他的名字为他带来的许多悲伤的事件。特里斯特拉姆·项狄的这一特点并不广为人知，也很可能并没有被现代读者注意到。尽管如此，它有助于激发一些有眼光的作家进行更大的叙事实验，预示着"新小说"的作者将运用语言来生成事件。

"项狄"传统中最激进的后期作品是德尼·狄德罗的《宿命论者雅克和他的主人》。这篇作品写于狄德罗晚年，但直到1796年，即他死后十二年才出版。在那之前，狄德罗的作品已广为人知，被歌德、席勒等人赞美。虽然《项狄传》具有高度的自我意识，有一种完全混乱的年代学，充满了离题的内容，但它本质上是模仿的：人物具有看似合理的人类表征；事件可以被重新整理为一致的、不矛盾的故事；其评论也是对其结构的反映，没有显著改变它的构造。它就像是一个完全逼真的叙事，只不过是以一种前所未有的方式被叙述出来的。狄德罗的文本走得更远，打破了斯特恩通常不愿侵犯的本体论壁垒。

狄德罗在文本的开头就宣称拒绝遵循模仿小说的惯例："他们是怎么认识的？碰巧的是，和其他人一样。他们的名字是什么？这跟你有什么关系？他们打哪儿来？从最近的可能的地点来。他们要去哪里？我们知道我们要去哪里吗？"在这些文字之后，人物谈话的主题才被点明，相关对话才开始展开。很快，我们就可以听到雅克的爱情故事了。此时，叙述者进行了反模仿的干预，对受述者说："你看！读者，我还在路上，雅克的爱情故事完全取决于我是否想让你等待一年、两年或者三年。我喜欢的爱情是将他与他的主人分开，让每个人都去经历沧桑。"叙述者表明，他可以很轻易就让她嫁给主人，然后给他戴顶绿帽子。雅克的船到了"岛屿"（凭借传统传奇故事不可思议的装备），叙述者指导主人和雅克乘坐同一艘船，把他们带回了法国。"这是多么容易编造的故事。"他洋洋得意地说道。

叙述者还指出："如果我将这次冒险放进你的脑袋里去戏弄你，那么它会变成什么样啊？""我应该让这个女人成为重要的角色……我应该煽动他们村子里的乡下人；我应该准备各种各样的斗争和爱情故事。"大多数早期元叙事的评论都保持了一种模仿性的借口，即被述事件确实发生过。然而，这本书几乎一直在戏弄读者，彰显了作者创造事件的能力。这一事件正如其所述，的确是已经发生的事件。这似乎是一个特别极端的例子，杰拉德·普林斯称其为"解除叙事"（disnarrated）。或者说，它与故事中没有发生的事件相关联。这种做法与更标准的解除叙事的案例截然不同，就像"如果约翰抬起头，他就会看到那个人"。后者预设了一个固定的故事世界，而前者否认了它。

随着文本继续发展，故事也变得更为可塑，有了更多变量。叙述者从讨论文本事件的顺序和事件出现的可能，移动到更加非自然类型的叙事："他们抬起头看到一群人手持长棍和干草叉，以极快的速度向他们冲来。"叙述者惊呼："你会认为这一小股军队如果落在雅克和他的主人的手里，就会产生一场血战。"然而，他又开玩笑地宣称，无论发生还是不发生，人物都有自己的智慧，并继续说："我们的两个旅行者根本没有被跟踪。"这是一个很早期的例子，我称之为"消解叙事"（denarration）。在这种情况下，无所不知的叙述者会证实事件（鉴于虚构描述的表述性，事件必须发生），然后事件被抹去，就像从未发生过一样。这是一种极端的反常行为，因为否定了文本所创造的虚构世界的实质内容。在这里，用里卡尔杜的话说，就是故事的叙述开始屈服于叙述的故事。

《宿命论者雅克和他的主人》还戏弄了叙述空间。上面引述的开场白拒绝提供文本环境，违反了叙事惯例："他们打哪儿来？从最近的可能的地点来。他们要去哪里？我们知道我们要去哪里吗？"即将来临的风暴迫使他们继续上路："哪儿？在哪儿？读者，你有一种最令人尴尬的好奇心！这到底关你啥事？或许我会说它朝向蓬图瓦兹，或者圣日耳曼，或者罗莱特圣母院，或者圣地亚哥德孔波斯特拉城堡，不过你能再高深点吗？"狄德罗拒绝在历史世界中固定文本的位置，讽刺了其他作者在空间设置上的随意。他继续邀请读者确定人物来自哪里："从我在上面列举的不同地点中，选择最适合当前情况的一个。"最终，地点确定了，叙述者声明道："如果我没有告诉你，雅克和他的主人已经通过了海螺海滩，那是因为我以前从未想到过。"

正如前面的讨论所表明的那样，狄德罗收放自如地操纵着读者的反应。

"读者"经常被调用，被唤起可能的欲望，这些欲望又经常被解除或被推迟。被制造出来的受述者经常有我们完全可以理解的期望，比如想知道作品的环境。这里的受述者与《项狄传》的不同，偶尔会因为对文本做出不恰当的回应而受到苛责。小说特别有趣的地方是，狄德罗通过对话的方式讲述故事。在超虚构文本中，在对读者作用的可能猜想中（或者在口头表演中对预想听众的回顾），叙述者做出了这样的评论："假设，不幸的是，你就像一个我被派到本地治里的诗人一样呢？——这位诗人怎么样？这诗人……读者，如果你打断我的话，如果我每次都打断自己的话，那雅克的爱情故事将会怎样呢？"想象中的读者仍然坚持，并要求诗人的故事也是相关的。叙述者再次继续讲述之前的故事。对故事的想象的需求使它融入小说的躯体，成为小说的一部分。

浪漫主义

许多作家很快学会了使用项狄式的技巧、设置和情境，正如浪漫主义将证明斯特恩诗学的回归。让·保罗·莱希特（Jean Paul Richter）的作品尤其如此。他经常深入地探讨非自然叙事。例如，E.T.A. 霍夫曼的《雄猫穆尔的生活和观点》（*The Life and Opinions of Kater Murr*，1822）讲述了一只能够进行自我教育的猫的故事。由于印刷错误，这篇作品与另一部作品，即作曲家约翰内斯·克雷斯勒的传记混在一起。在其他作品中，霍夫曼以超自然的方式进入了非自然叙事的领域。《金罐》（*The Golden Pot*）包含视角越界，有着艺术创作的寓言功能。正如多丽特·科恩解释的那样，在他决定完成诗人安瑟尔谟（Anselmus）进入仙界后留下的作品时，这位故事外的叙述者就成了故事的主角。"叙述者此时转换成一个虚构人物，不再持有对叙事的权威。"

例如，歌德《浮士德》的第一部分就涉及非自然叙事。如前所述，"剧院的序曲"（序曲）回到了古典梵语戏剧框架破碎的开场白上。这一部分本身就存在本体论上的问题。序曲的诗人应该是创作这部剧的作者（或作者的一种版本）吗？他被要求快速提供一个剧本："开始酝酿，不要拖延。今天没有完成，明天就晚了。"几行诗之后，戏剧演出开始了。这真的是导演要求演出的吗？

在常规的超自然故事和将其超自然性视为非自然性的表现之间，整篇作品似乎呈现出一种紧张关系。靡菲斯特解释了他看起来为什么不像一个传统的魔鬼：

> 全世界所流传的文化，
> 魔鬼所提供的东西，
> 北欧幽灵现在不看了；
> 你在哪里看到犄角和爪子？

> 文明，粉饰我们都知道。
> 对魔鬼也有摩擦。
> 北欧幽灵已被放逐；
> 那些爪子、角和尾巴都消失了。

在沃普尔吉斯之夜中，一个名为"妄想症"（procophantasmiac）的人物出现了，他谴责了超自然生物的信仰，尽管他在舞台上被超自然生物包围。故事的世界是由两个互不相容的因果系统控制的。一个是自然主义的本体论，知道相信鬼魂和女巫是轻信和没受过教育的表现；另一个是虚构世界，人物在其中生存，并战胜了无神论者。当浮士德向格雷琴指出，他无法接受上帝的传统信仰时，这种二元对立的极端情况发生了，靡菲斯特正好站在他的旁边。最不自然的是变幻无常的沃尔普吉斯之夜中梦的场景，人物包括会说话的风向标、时间之神、小精灵，以及一颗流星。这些作品中不自然的方面是如此明显，以至于人们不得不假定，读者是熟悉并喜欢激进的戏剧，赞同戏弄传统手法的人。

德国浪漫主义最彻底的非自然叙事作品可能是路德维希·蒂克（Ludwig Tieck）的元戏剧《穿靴子的猫》（*Puss in Boots*，1797）和《颠倒的世界》（*The Land of Upside Down*，1797）。后者在构成上更激进，所以我把重点放在它这里，尽管《穿靴子的猫》中的非自然成分（皮兰德娄声称受其影响）同样值得分析。为了忠实于其标题，《颠倒的世界》是从结尾开始的：一个人物走上舞台，问观众是如何欣赏这部戏剧的。在第一幕中，反转发生了：演员退出演出，观众加入其中，成为演员。传统的喜剧演员斯卡瑞玛卡（Scaramuccio）成为饰演严肃角色的演员，尽管剧作家抗议创造了角色，但观众却很高兴，他们站在了演员这边反对作者。逆转和叛逆模式持续下去：当被问及作品是否是悲剧时，一个演员透露，参与者已事先同意拒绝死亡，即使剧作家试图杀死他们。第二幕中出现了一个旅馆老板，他哀叹现代戏剧中总是没有旅馆老板。他害怕自己可能会成为律师，不能继续活跃在当前领域。他遇到了一个很难被安排位置的陌生人，这个人怀疑自己是一个被写出来的人。该剧就以这样的脉络表演下去，直到结束。它最后的开场白是："为了尊重观众，你将会看到看起来有点奇怪、有点好玩的一幕……"

在德语世界之外，非自然叙事的浪漫作家可能主要是拜伦勋爵。《唐璜》（*Don Juan*，1819—1824）中就有很多项狄式叙事的回响，如许多山神的回声，但它最广泛的非自然工作还是在别处。埃克曼（Eckermann）记录了歌德的惊讶，即拜伦会坚持新古典主义统一的时间、地点和行动的规则。"歌德嘲笑拜伦臣服于这些原则，他永不屈从于自己生活中的法律的监管，却最终遵从于如此愚蠢的规定。"事实上，拜伦的戏剧实践远比歌德想象的激进。在《该隐》（*Cain*，1821），当撒旦带着该隐环球旅行，并将其送回伊甸园后，艾达大为感谢。因为根据太阳的运动，时间只过了两小时，但他已经回来了。可以想象，该隐非常困惑，他答道：

> 我已经接近太阳，看见
> 世界被太阳普照，但绝不应该
> 变得更亮；太阳没有点亮世界：据我看来
> 岁月在我缺席的时刻已经发生翻转。

这里显示了两个不同的、不相称的时序的叠加——不违背所谓的"时间的统一"。果戈理同样会安排一系列非自然的生物和事件，如从故事中寻找失踪的鼻子，到叙述者在《外套》中陡然拒绝全知叙事，再到《死魂灵》中项狄式的人物扮演和虚构世界。纳博科夫说：

> 做完详尽的解释，果戈理不再进行命名，因为不管取了什么名字，

它都可以很确定地出现在我们王国的某个角落，极大地满足一些人的要求，但它肯定也是致命冒犯，等于宣布作者偷偷溜进去表达意图，嗅出了每一个细节。果戈理不能阻止两个健谈的女士喋喋不休地讨论乞乞科夫的秘密，泄露他们的名字，好像他的人物实际上逃脱了他的控制，脱口说出了他想隐瞒的东西。

在美国，埃德加·爱伦·坡是三种叙事方式的杰出实践者：模仿叙事（《莫格街谋杀案》）中彻底的现实主义世界、非模仿叙事［《丽姬娅》（"Ligea"）］中超自然的朦胧世界和反模仿叙事。以死亡讽喻故事《千万不要和魔鬼赌你的脑袋》（"Never Bet the Devil Your Head"）为例，在这篇作品中，叙述者确定："这种指控是没有根据的，完全出于无知——我根本没有写过道德故事，或者更准确地说，我没写过带有道德寓意的故事。"作者提供了当下的故事："一个关于某人的明显的道德的历史。一切问题都是毫无疑问的，甚至可以从大写字母中读出来。"毫无疑问，这个关于一个名叫托比·达米特（Toby Dammit）的自夸者的故事，实际上比道德寓意更具有讽刺意味。在费德里科·费里尼（Frederico Fellini）将故事改编成电影时，这一重要事实也没有消失。

19 世纪，各种各样的非自然叙事形式出现了。简·奥斯汀的作品中就包括自我反射的段落。完全非自然叙事的小说《诺桑觉寺》（1817）是一个具有讽刺喜剧效果的女性故事。女主人公毫无批判地阅读和接受了哥特式传奇小说。在小说的结尾，读者"将看到之前被压缩隐藏的内容，我们一起来加速这完美的幸福"。对于这一符合自然法则的作品的元虚构评论与叙述者假设的必然幸福的结局是叠加的，但在反传统的开端之后，细心的读者很可能已经为额外的意外或非自然的事件做好了准备。

一些年后，我们遇到了卡莱尔（Carlyle）的晚期浪漫主义大杂烩《旧衣新裁》（*Sartor Resartus*，1834），作品试图像散文一样进行虚构与非虚构的混合。文本将自身呈现为对服装来源和功能进行客观描述的一种极端拓展的文献回顾。在本书的第二部分，文献回顾与作者所写的自传片段组合了起来。这部作品通过其主人公，将自身坚决地定位为接续德国浪漫主义传统的作品。主人公是来自维斯尼奇大学的德国教授。卡莱尔翻译了几部德国浪漫主义作品，其中包括蒂克和霍夫曼的故事，以及歌德的作品（如《浮士德》）。他也深受斯威夫特和斯特恩影响。

《哈克贝利·费恩历险记》（1885）中也有许多玩弄错觉的尝试，包括哈克冷漠地指向他的创造者：“如果你没有读过一本叫《汤姆·索亚历险记》的书，你就不知道我是谁，但这也没什么关系。”一个虚构的人物是不可能知道他出现在另一部小说中的，这是马克·吐温在故事开始时采取的一种非自然叙述。马克·吐温的其他作品更加彻底地呈现出非自然状态。例如，《素描、新的和旧的》（*Sketches，New and Old*，1875）中的《坏小孩的故事》（“The Story of the Bad Little Boy”）是这样开头的：

> 从前有一个糟糕的小男孩叫吉姆——不过，如果你有注意到，你也会发现在主日学校的书里，几乎所有的坏男孩都叫詹姆斯。这很奇怪，但仍然是真的，而这一个是叫吉姆。他并没有生病的母亲。一个生病的母亲通常是虔诚的、精疲力竭的，并且巴不得早点到坟墓里躺下歇息。但出于强烈的爱，她会为孩子感到焦虑，担心如果她死了，世界将会暴虐和冷漠地对待她的孩子。

反讽叙事的结论是，吉姆身上发生过最奇怪的事情：他“星期日去划船，没有被淹死，其他时候也如此。钓鱼时他从风暴中逃脱。他也没有被闪电击中”。这是对现有说教、公式化故事的元评论，与《诺桑觉寺》的开头很相似，至少是一种像模仿的反模仿。

萨克雷和安东尼·特罗洛普（Anthony Trollope）继续菲尔丁的做法，将非幻觉式的评论合并进他们的现实主义作品中。萨克雷自我反射地讨论了自己小说的一些细节。《名利场》的开头有这样的内容：

> 琼斯宣称他在俱乐部读的这本书过于愚蠢琐碎，废话连篇，过分感伤，所有这些，我都毫不怀疑。是的，我能够理解琼斯在这一刻（不是因为羊肉和半品脱酒的合力作用而满脸潮红），用他的铅笔在愚蠢、废话等词上画线，并且添进自己的评论“相当真实”。他是一个才华横溢的人，羡慕和欣赏生活和小说中的伟大英雄。所以，最好带着警告走人。

尽管这是英国和法国小说的可贵传统，但亨利·詹姆斯在讨论安东尼·特罗洛普的作品时，却认为作者对小说世界的入侵是一种"险恶的诡计"。詹姆斯从《巴塞特寺院》（*Barchester Towers*）中挑出了几行进行批判："在描述阿拉比先生对埃莉诺的大胆追求时，他有机会说，这位女士可能会接受更直接、更自然的方式。"如果她有的话，他又补充说："我的小说在哪里？"这种做法在 18 世纪和 19 世纪的小说中，比詹姆斯准备承认并指出的隐藏非自然元素的所谓现实主义作品更加普遍。

很明显，在文学史上的大部分时期，每一种类型的非自然叙事都在蓬勃发展。从一个时期到另一个时期，它所采用的形式可能会有很大的变化，但这种反模仿的冲动仍然可以被轻易地辨别出来。一些直截了当的荒谬故事包含着几乎不可能的描述；一些寓言和非尘世的虚构，其非现实主义的进步就在于独立于一切思想的框架或常规的类型。有大量的模仿作品，其元虚构的旁白或戏仿实践动摇了惟妙惟肖地表现真实世界的本体论。我们还发现了许多连续的、连锁的、相互关联的网络。卢西恩在作品中屡屡赞美阿里斯托芬、拉伯雷以及斯威夫特，这三位作家对后来的反现实主义作家也产生了普遍影响。在过去的几个世纪里，梅尼普讽刺的传统依然存在，而《项狄传》的传统中也发展出一种新的非自然叙事流派。詹姆斯·乔伊斯在《尤利西斯》中被这些作家（包括拉伯雷和斯特恩）及其采用的谐仿方式深刻吸引。《尤利西斯》可能更多受惠于卢西恩和佩特罗尼乌斯，二人对于小说的想法形成了夸张版本的《奥德赛》。乔伊斯的作品同样很快成为后来非自然叙事作家的样板和素材。

第六章　20 世纪的非自然叙事

这一章会把历史叙述带到现在，并指出 19 世纪末 20 世纪初最为显著的非自然叙事。我将勾勒出《尤利西斯》非自然叙事及其叙述者的许多非自然的特点。我会注意影响《尤利西斯》后面部分章节的后现代状态的决定因素。从非自然叙事的角度，我会针对后现代主义的《尤利西斯》以及"长期的后现代主义"进行总体研究。我要解决后现代主义的起源问题，探寻为什么早期后现代主义几乎难以被识别、表达或确认。这也导致了主流叙事文学史对现代主义小说研究的诟病。最后，这将是从 19 世纪 90 年代开始的对叙事小说史的另一种建构。

很多学者、评论家、历史学家参与讨论后现代主义的起源，其相对容易被识别的具有非自然叙事外观、类型、变形和承继的作品出现在 20 世纪。19 世纪末，马查多·德·阿西斯（Machado de Assis）创作了新的项狄式文本：《死后出版的回忆录》（*The Posthumous Memoirs of Bras Cubas*，1881），讲述了一个人死后追述的自反性的故事。我们可以从奥斯卡·王尔德的《道林·格雷的画像》中看到哥特式惊悚和同性恋寓言的混合，从《不可儿戏》（*The Importance of Being Earnest*，1895）中看到他嬉戏式的、后现代主义的典型戏仿。1896 年出现的阿尔弗雷德·雅里（Alfred Jarry）的《乌布王》（*Ubu Roi*），其粗俗的语言（开篇就说"狗屎"）、卡通式的情节和人物在首演时引起了骚乱。在 20 世纪的头几年，胡戈·冯·霍夫曼斯塔尔（Hugo von Hofmannsthal）早期的元戏剧《萨尔茨堡戏剧大舞台》（*The Great Salzburg Theater of The World*）、卡尔德隆的《奥托》，直接将皮兰德娄和盖尔德罗德（Michel de Ghelderode）的元戏剧提前了。在西班牙，乌纳穆诺著名的元虚构小说《雾》（*Niebla*）出现在 1907 年。在小说的结尾，主人公了解到自己是一个虚构的人物，并讨论了自杀的正当性。

舞台上的还有奥斯卡·柯克西卡（Oscar Kokoschka）极度夸张的表

现主义戏剧《暗杀者，女人们的希望》（*Murderer，the Hope of Women*，1909）。它是如此极端，以至于附近的士兵在开幕当晚就打断了演出。阿波利奈尔的反模仿作品《蒂蕾西亚的乳房》（*The Breasts of Tiresias*，1917）就是为了抗议当时的现实主义戏剧而写的。"舞台不是表现生活，而是一个轮子、一条腿。"他扬言自己是在序言中进行创作。在苏黎世和其他地方不到二十岁的青年人中，达达主义的演出激增。在巴黎，第一部超现实主义戏剧紧随其后。《尤利西斯》后面的章节有一些奇怪的实践，包括准戏剧的章节"喀耳刻"、反美学的章节"欧迈俄斯"。几乎可以肯定的是，这是对早期先锋派传统做出的反应。

非自然的《尤利西斯》

《尤利西斯》可能是最具创新性的叙事作品，它的许多激进特征仍在被不断发现。我们可以先看一看"喀耳刻"这章。它挑战传统的散文叙事形式，并混杂了邻近的戏剧类型。毫不奇怪，乔伊斯对这种形式进行了大量的变形和杂交式处理。"喀尔刻"中存在是否有叙述者的问题，因为它是由言论、思想、事件和场景的表现形式形成的。这一章节写得好像一出戏剧，但它是一种最不寻常的戏剧。曼弗雷德·雅恩（Manfred Jahn）认为，戏剧文本的舞台指示和其他形式应归功于叙述者。这在乔伊斯的文本中是清楚的事实，它的开头与众不同："圆形的拉贝耳特卡车让冰船停止，男人和女人都在争吵。他们抓住了一堆楔形的珊瑚和铜中间的雪片。吮吸，慢慢分散，孩子们。"随着剧情的继续，越来越多令人难以置信的事件出现了，它所讲述的事件变得更加不自然。例如，斯蒂芬死去的母亲的出场："她的脸磨破了，鼻子也没有了，还带着坟墓中的绿色霉斑。"

不仅舞台说明描绘了不同寻常和不可能的事件，对话同样发生了变形，无生命的物体也有了台词。煤气喷嘴、风扇、妓女的手镯和钢琴都发出了声音或开始说话。例如，钢琴肯定地说："最好的，所有中最好的。巴拉棒！"一些物体会简单地叙述事件。扇子边敲击边说："我们已经遇见。你是我的。这就是命中注定的。"主体和客体、单数和复数、说者和听者、过去和现在都坍塌了。扇子问："我是你以前梦见过的她吗？她就是那时我们认识的她吗？"布鲁姆卧室的画中的仙女走出了画框，讲述了她的故事："你把我带走了，把我禁锢在橡木和金箔制作的画框里，把我放置在你婚后的沙发上。"在这里，传统的模仿和叙事之间，以及叙述和描述之间，出现了极端变形甚至完全颠倒的情况。

在这个奇怪的文本中，最极端的行动也许就是语言可以生成事件。在某一刻，布鲁姆贬低烟草，佐伊反驳道："继续！就这一点举行一场政治演说。"接下来是对布鲁姆身着工装裤、红色领带和阿帕契帽的描绘。他在崇拜自己的大众面前，讲述烟草的恶行："人类是不可救药的。""沃尔特·雷利爵士从新大陆带回了土豆和杂草。""举行一场政治演说"这一命名产生了行动，如同一行对话产生一系列事件。同样，在林奇开玩笑地将斯蒂芬称为"红衣主教"时，"西蒙·斯蒂芬身着红色法衣、罗马凉鞋和袜子出现在门口"。

"埃俄罗斯"一章的中间部分有一个著名的非自然叙事段落，完全运用第三人称进行叙述。J. J. 莫洛伊打开香烟盒，勒纳翰围绕着他点燃了香烟。接下来出现了这样的句子："信使拿出他的火柴盒，若有所思地点燃了他的雪茄。从那以后，我常回想起那段奇怪的时光。那是一个小小的动作，这么一个划燃火柴的微不足道的动作却决定了我们两个人此后生活的整个过程。"第一人称叙述者突如其来的入侵，在与所描述事件存在时间距离时突然开口说话，这似乎毫无动机，也很难解释。伯纳德·本斯托克（Bernard Benstock）认为，这是斯蒂芬的自言自语，他把琐碎的事情变成了有意义的事件。这种解读的问题是，这样的散文化语句太拖沓，我们无法想象斯蒂芬在所有情况下都是用这种方式说话的。唐·吉福德（Don Gifford）也解释了这一段落，将其视为一种巧合的戏仿，认为这在狄更斯的作品中也经常出现。托马斯·杰克逊将其描述为"一种对维多利亚小说过时惯例的明显戏仿"（某种情况下的预叙，一种对未来事件的提前叙述）。吉福德对于说话者是谁并不特别感兴趣。相反，莱斯（Rice）认为，这段文字为"混沌理论""蝴蝶效应"提供了很好的例子。对于我们的分析来说，更有用的是科林·麦凯布（Colin McCabe）的一篇文章。他坚持认为这一段落具有解构中心本质的作用。放弃前面的叙述框架，将关注集中于斯蒂芬和布鲁姆的意识，这一段落和其他类似的部分，正颠覆着这些观念的核心和基础：

> 这句话提供了一个完美的例子，它承诺了读者一个有力的地位，去进行元语言的控制。然而，其夸张的形式和它在文本中的位置颠覆了这一承诺，并且勾画了句子的结构，以至于使受控文本处于解构过程中。

我认为，这段文字是对小说所建立的叙述类型的一种不必要的消抹，因为它在文本层面分裂了现代主义的、认识论上的一致性。在这里，一个异故事叙述突然被一种同故事的段落吞噬，作品的叙事模式瓦解了。我们不知道谁是说话者，也不知道为什么他会这样说话，因为乔伊斯插入了一个完全不相容的声音，在任何现实的、心理的、人文的解释中都无法复原。这是体现乔伊斯先锋性的另一个例子，是对迄今为止建立并发展的本质上为模仿的诗学一种反模仿的违背。乔伊斯大为赞赏最具现实主义特色的作家笛福和最不具这种特色的作家布莱克，力图保证自己的作品同时兼顾这两种体系。

"塞壬"一章给叙述增添了更多的后现代主义式扭曲。叙述者说："利奥波德将肝脏切片。之前说过，他吃内脏、坚果鸡胗、炸鳕鱼卵吃得津津有味。"我们突然在这里得到一个大概来自叙述者的明确的、揭示自我意识的参考文本："之前说过"。它意味着"我或者我们之前说的"。这句话提供的随意甚至桀骜不驯的方式与在很大程度上支配其结构的叙事规范形成了奇怪的组合。下面是对布鲁姆厨艺进行说明的原初陈述："利奥波德先生津津有味地吃着动物和禽类的内脏。他喜欢沈郁的鸡杂汤、坚果鸡胗、塞馅儿的心脏、带脆壳的肝脏切片、炸鳕鱼卵。"它随意引用了早先文本中的几行，将其视为一种戏仿，并且用速记的形式表现出来："布鲁姆津津有味地开吃了，正如之前说过的。"这种文本内的引用甚至连续出现了两次："布雷兹·博伊兰的棕色皮鞋在酒吧地板上踩得咯吱咯吱响，之前说过的。约翰爵士的纪念碑叮当响，霍雷肖指挥尼尔森，可敬的神父西奥博尔德马修进行短途旅行，之前说过的。"这种不必要的标示反复出现在小说的文本片段中，指向其虚构的性质，使《尤利西斯》成为引人关注的前所未有的散文，帮助读者为更深入的反模仿篇章做好准备。更不寻常的文本问题似乎在要求读者进入这一章。

西蒙·德达勒斯注意到，酒吧的钢琴已经被移动了。一个酒吧服务员告诉他，钢琴调音师在当天早些时候已经给钢琴调过音了。小说继续写道："他（谁）支起盖子，盯着棺材（棺材?），在倾斜的三角盖板（钢琴!）的线上按下了（同样，是谁肆无忌惮地压着她的手）温柔的踏板，三键齐按。"在这里，叙述者明确承认，这个没有标记的"他"很难被读者识别。"棺材"是对令人惊讶的、不寻常的钢琴内部结构的隐喻。最后，没有必要解释里面的电线实际上是钢琴线。第二句插话使"棺材"一词与字面意思相反，并邀请我们推测它的正当性。进一步的思考可能会提醒我们，该词完全适用于西蒙·德达勒斯。他在那天早些时候见过帕迪·迪克的棺材。最后的提示信息是明显的——钢琴线的证明，这种方式是对早先所提问题（"他"的身份问题）的关注，向读者发出了解决问题的邀请。果真，接下来的插入语（"相同的是谁"）指引我们回到西蒙·迪达勒斯进入酒吧前的几页——"放任地握她的手"。结果证明，这个有趣的（或固执的）叙述者坚持让我们参与思考是有道理的。这就是一个很好的例子，正如 R. 布兰登·克什纳（R. Brandon Kershner）所描述的：乔伊斯和其他现代主义作家"与读者建立了一种新的关系，不仅邀请读者参与文学活动"，也"通过劝说读者积极参与文本创建，来让读者继续阅读下去"。我们不仅在阅读已预先存在的事件构成的故事，而且被驱使着帮助生产和理解这些事件。

在这一章里，我们可能会转向最后一个不同寻常的声音设置。坐在奥蒙德酒店的餐厅里，布鲁姆想："还没有。她四点来。谁说四点来着？"对这些句子一种看似合理的解读可能是："这种出轨的见面还没有开始。"她说四点，他就来了，等待。谁说四点来着？我们可能需要回到前文："四点，她说。"布鲁姆清楚知道她——莫莉——说过这个。但是这并不能清楚深入地解决这个不太可能解决的谜一般的问题。文本中没有其他迹象表明她会在四点来。布鲁姆是怎么知道的？是谁说的四点？是在什么时候说的？

在"卡吕索普"一章所泄露的事件发生后，休·肯纳（Hugh Kenner）假设了一个未被叙述出来的布鲁姆和莫莉上午晚些时候见面的场景。玛格丽特·麦克布莱德（Margaret McBride）认为这一章中，当他们在讨论即将到来的事情时，这些信息是由莫莉传递给布鲁姆的，而我们不能做出布鲁姆封锁了这个令人不快的信息的推断。这些信息在文本中没有被记录下来。这两种解释都只表面上说得通，更有可能的是，布鲁姆听过莫莉关于时间的暗示。实际上到此为止，他已经在自己脑海中多次确认了。不管在哪种情况下，他都知道正确的时间，读者却无法说出他是如何知道的。乔伊斯的后现代主义把戏是建立在叙述者对布鲁姆认知基础的无端质疑上的。人们可能会进一步假设，乔伊斯违背了现实主义的传统和模仿的规则，只是为了给布鲁姆提供令人费解的知识，以及自发地提供信息来源（"她"）。毕竟，这是斯蒂芬已经针对莎士比亚的作品提到过的。他想知道《哈姆雷特》中老国王在睡觉时是如何得知自己中毒的细节的："顺便问一下，他是怎么发现的？毕竟他是在睡梦中死去的。"

回到"基克洛普斯"事件，我们发现了一个明显不可能的叙事情境：叙述者形容自己是为了小便才离开其他人，假定听不见其他人在讨论他们得到的错误信念。布鲁姆刚好通过"黑"马赌博赢了一大笔钱，他脱口说道：

> 所以我就去后面的院子里小便，天哪！（从几百先令到五先令）我一口气拿出二十先令，眉飞色舞地说：我知道他不舒服，在他脑中（乔已经干掉了两品脱，斯莱特里一品脱），开始干吧！（一百先令就是五英镑）当他们在沉浸在（黑马）……中，爱尔兰，我的祖国告诉他（上上上！开开开！）永远不要被那些热血控制（还有最后的）。耶路撒冷（啊哈！）咕咕叫。

这一奇怪段落有种自然主义的复归，暗示可能再次重演与之相关的事件。叙述者对于小便和吐痰的叙述是在最初设定的同一时间点上。但这段文字包括人物在叙述事件时对思想流动的再现（"一百先令就是五英镑"）。一个更合理的解释是，乔伊斯让两种时间都崩塌了，不可能出现一种单一生动的叙述流，从而使人物过去的内心想法贯穿在当下的叙事中。

这部作品中还有很多非自然叙事实践。肯纳指出，在"塞壬"那章，布鲁姆回想了他写给玛莎的信，并怀疑他是否补充了附言——"我今天感到很难过，如此孤独"。这是恰当的："将悲伤过于理想化了，音乐也是，音乐有一种魔力。"这是每天都用的老早以前的格言了。文本继续叙述道："生存还是毁灭。你在等候智慧。"文字还在继续："他在灰褐色的费特巷杰拉德玫瑰园散步。一次生命就是全部。只有一次生命，做吧，就去做吧！"这并不是布鲁姆式的措辞。叙述者实际上只是转述和篡改了莎士比亚的说法，这是斯蒂芬想出来的，但并没有在两小时前说出来。肯纳解释道："布鲁姆，不管他听到了这句话还是没听到，他都要继续'无论如何都做'。这意味着他写了自己已经写了的东西。"肯纳接着说："很清楚，有些想法可以促使我们追溯整个系统的细节。"对他来说，"这种意识的入侵也许正是《尤利西斯》最激进、最令人不安的创新"。

在《尤利西斯》中，这种非自然叙述的入侵并不罕见。正如 C. H. 皮克（C. H. Peake）解释的那样，在幻觉性的"喀耳刻"事件中，最不寻常的就是一个人的思想出现在另一个人的头脑中。这是用自然主义解释不通的。在书摊前，斯蒂芬默默地读着"内布拉斯达女性"。几小时后，在夜市上，莫莉穿着土耳其服装出现在布鲁姆面前，她说："内布拉斯达女性"。这是一个他们都不知道的短语。① 同样，"在布鲁姆被指控犯有许多罪行的那段话中，迈尔斯·克劳福德重复了他在布鲁姆离开报社后所说的'欧洲瘫痪'这句话"。皮克列举了许多其他的例子，并观察到当一两个这样的行为可以被解释为或归因于作者的粗心大意时："这些数字使这种解释成为不可能，而且这种混乱在大多数地方都是显而易见的。"他们不愿意听从任何自然主义叙事的复原，甚至心灵感应这样的超自然的东西。相反，皮克说："它们是技巧的一部分，不会假装被限制在人物的思想、空间或时间中。"在这一点上，我们已经完全处于后现代领域之中。

我们可以得出这样的结论：乔伊斯再一次迂回地玩弄着具有代表性的小说叙事思想的规则。依据传统，第三人称或异故事叙述者可能会透露一些思想的内容，但人物却无法完成这一壮举。第一人称或故事叙述者必须反过来限制自己对自己思想的了解。正如本书所显示的那样，在叙事小说的历史中，这条规则经常被忽略。乔伊斯所做的是将这些惯例结合起来，赋予人物似乎不自然的、令人费解的——因此完全是后现代主义的——对

---

① 布鲁姆也喊出了"内布拉斯达"，是在"宁芙"这一章的后面。

他人心理数据进行访问的权利。这一壮举在《午夜之子》中以另一种方式得以展现。人物似乎被暂时赋予了无所不知的小说家的权利，尽管他们好像从未意识到这是事实。乔伊斯公然违反了他在《尤利西斯》前十章中精心塑造的精神事件的表现规则，引起了读者对叙述形式的建构性或人为性的关注。我上面所描述的悖论，是模仿范式的定义所引起的严重的问题（并且是无法解决的）。乔伊斯开始扮演部分可靠的叙述者，然后通过拒绝提供解释的"视差角度（parallax view）来协调无数差异"①，挫败了现代主义的预期。叙述成为独立自主的和有生命的，不受心理学、现实主义或模仿本身的制约。②

乔伊斯的非现实主义和非自然叙事实践在《尤利西斯》的最后十二章中非常普遍。他取消了许多模仿叙述的二元对立，一再违反虚构故事世界的本体论参数，侵入笔下人物的意识，甚至消解了单一的、作为人类的故事讲述者的叙述者概念。乔伊斯的策略是把自己坚决定位为一个杰出的非自然叙事作家。这些策略也揭示出乔伊斯在《尤利西斯》的许多方面，在后现代诗学参数中如鱼得水，其技巧也被后来的许多作家采用。

定义和阐释后现代主义

现在我们需要一些定义，虽然我注意到琳达·哈钦（Linda Hutcheon）1988 年就观察到很多后现代主义理论家抵制既定的规则，并且篡改和捏造时间参数。她斥责那些"让我们猜测什么是被称为所谓的后现代主义的东西……一些人假设一个普遍接受的'默认定义'。其他人是通过时间节点定位这只'野兽'的吗？（1945 年之后？1968 年？1970 年？1980 年？）或经济信号发布（晚期资本主义）？"我更倾向于使用一种家族相似性的定义，包括以下条件：后现代叙事使那些同一性的标准概念发生坍塌——自我或

---

① 对于非自然的《尤利西斯》，我的观点比麦克海尔的后现代主义论述走得更远。
② 更多例子，可参见哈泽德·亚当斯（Hazard Adams）。他将其称为文本的"游岩"（wandering rocks），不知何故就进入了错误的章节。

他人，不同历史时期，虚构/现实，作者/叙述者，高雅文化/流行文化，模型/仿真，美学话语和消费话语，不相容的类型，等等。当然，后现代主义热爱本体论上的杂交。

对于我来说，后现代和非自然叙事非常相似。非自然叙事是一个更大的概念范畴，我将其界定为反模仿的叙事。几乎所有后现代小说都是反模仿叙事。就自身本体论地位的问题而言，它们是被反模仿的事实所证实的。这两个类别涵盖了不同的领域。此外，并不是所有被称为后现代的作品都是反模仿的。反模仿在一些后现代作品的话语层面上发挥着作用，但其核心却呈现出一种模仿的特征。在威廉·加斯（William Gass）的经典著作《乡村中心之中心》（*In the Heart of the Heart of the Country*，1968）中，我们发现了这样的叙述："我宣布，虽然我的内脏器官很久以前就被吞噬了，但吞下我的内脏的一部分虫子仍然在悸动，像水晶宫一样在发光。"这完全是隐喻性的。同样，其声称的"自然在古老的意义中并不重要"也是一个有关心理学和工业主义的夸张表述，而不是一个对虚构世界不同的本体论地位的合理陈述。因此，在《结局》中，克罗夫（Clov）评论说："没有更多自然。"这可能只是其在故事世界呈现的字面上的真实。许多后现代主义者都描绘了一种异质但最终又归于模仿的事件，正如大卫·福斯特·华莱士（David Foster Wallace）所做的那样。这让我们看到了一种有利的观点，即我们可以仔细剖析后现代主义的一个关键问题：对这个术语的思考本身就是松散的，难以捉摸的，也许它本身就含有令人困惑或引人误入歧途的特点。

《尤利西斯》问题

大多数后现代主义理论家迟早都要面对乔伊斯干扰性的存在。伊哈布·哈桑（Ihab Hassan）声称，不是《尤利西斯》而是《芬尼根的守灵夜》属于后现代主义。琳达·哈钦则指出，乔伊斯是"伟大的现代主义者，而非后现代主义者"。詹姆逊坚持高级阶段的现代主义与晚期资本主义文化实践之间存在历史的断裂。他声称前者已经在最后繁荣的 20 世纪 50 年代末或 60 年代早期耗尽了自己；后者则"形成一种新的社会形态，已不再遵循古典资本主义的法律"。他不愿看到乔伊斯与后现代主义之间的联系。①利奥塔是为数不多的愿意参与这种情况讨论的后现代主义理论家。他利用乔伊斯（反对普鲁斯特）定位后现代："在现代，拿出见不得人的部分展示自己。"许多模糊、回避、不小心或尝试的对其混乱本质进行的分期，本身就构成了有趣的叙述。我们可能会关注布莱恩·麦克海尔的批评著作所体现出的谨慎移动的时间线。他在 1987 年对该主题的第一次论述中，断言《尤利西斯》属于现代主义，《芬尼根的守灵夜》属于后现代主义。他在第二次（1992 年）讨论这个问题时，认为《尤利西斯》上半部是一个现代主义的基本文本，而下半部（除了"娜乌西卡"和"佩涅洛普"）大体上是后现代主义的。在最近的论述中，他把 1966 年当作后现代主义真正站稳脚跟的一年。他并没有在最后一篇文章中提到乔伊斯，这毫不奇怪。

　　乔伊斯和其他早期后现代主义者的地位问题，在现代文学的历史上产生了一个令人尴尬的问题：其核心类别拒绝保持不变，事实上，他们拒绝被完全历史化。这段历史表明，在浪漫主义衰落之后，现实主义成为 19 世纪中后期小说创作的主导诗学。现代主义在 20 世纪的头二十年迅速取代了现实主义，但在产生了最重要的作品后，在第二次世界大战结束后的某个时候，它被后现代主义罢黜了。我们在这个叙述中认出许多熟悉的叙述特征：一个独特的、无问题的起源，一个线性序列中的有因果联系的系列事件，一个目的论的进展，在当代的胜利中达到顶峰，并不缺乏关联或不会分散注意力的次要情节，以及隐含在这个叙述中的自然锁闭。当然，真正的历史从未遵循如此简单的轨迹。文学也从不依附于代代传承的简单模式。"晚期现代主义"这个词可以被应用到许多年代，直到 21 世纪，许多主要作家都仍在创作现代主义小说。就此而言，我们同样可以找到许多现实主义作品。这些诗学拒绝从它们被指定的历史神龛中撤出。

---

　　① 詹姆逊确实在结论中承认，一些现代主义作家适合于进行后现代的解读，并勉强承认科林·麦凯布构建了一个女性主义和多元民族主义的乔伊斯，"我们也许愿意将其视作后现代作家加以赞赏"。然而，如果要将乔伊斯移出现代主义作家群，詹姆逊更倾向于"一个更符合当代而非现代主义美学的第三世界和反帝国主义的乔伊斯"。

在后现代主义的开端及其诞生时间上，理论家和历史学家并不能达成一致：他们提供的日期通常是 1939 年到 1973 年。这种重新估计的时间并不是随机的。随着时间的流逝，20 世纪这一日期一直在向前推进。1971年，伊哈布·哈桑认为 20 世纪 30 年代的一些作品可以被称为后现代主义作品。1987 年，琳达·哈钦和詹姆逊都选择了 20 世纪 50 年代的作品作为其源头。2008 年，安德里亚斯·基伦（Andreas Killen）认为，从现代到后现代的断裂发生在 1973 年。似乎每一种说法都将后现代主义的起源定位在它正式发出宣告的四十年前，但是后现代主义本身其实是在更早的时间被制造出来的。人们很容易猜出这个奇怪的历史圈套，似乎每个理论家都想下定决心分析出一种新的、当代的现象，不论需要抛弃多少历史事实。这种滑动和冰冻的历史结合让人想起了詹姆斯·邦德系列电影。十年里乃至十年后，邦德一直保持着同样的年龄，尽管他身边的事件在不断向前发展，以适应后来的历史时期。

这导致了非常奇怪的境况：越来越多的后现代主义的早期实践者必须被重新归类为先行者，即使前者的数量压倒了"真实的"或"实际的"后现代主义者。1981 年，伊哈布·哈桑解决了这个问题："我们在斯特恩、萨德、布莱克、洛特雷阿蒙（Lautréamont）、兰波、雅里、查拉（Tzara）、霍夫曼斯塔尔、格特鲁德·斯泰因、晚期乔伊斯、后期庞德、杜尚、阿尔托（Artaud）、鲁塞尔（Roussel）、巴塔耶（Bataille）、布洛赫、格诺和卡夫卡的作品中发现了后现代主义的'前身'。"他的解释与其说令人满意，不如说诙谐。

> 这实际上表明，我们在头脑中创造了一种后现代主义的模式，一种特殊的文化和想象的类型学……也就是说，我们重新创造了我们的祖先——而且永远如此。因此，"年长"的作者可能是后现代的卡夫卡、贝克特、博尔赫斯、纳博科夫、贡布罗维奇，年轻的作家则不必如此。

在这个声明中，他似乎使两个位置发生了坍塌：（1）我们合理地发现真正的祖先领先于后续的实践；（2）我们发现这一诗学在许多早期作家那里获得了充分表达。哈桑是极少数提到这个问题的人之一。然而，有必要对这一矛盾施加更大的压力，从而确定一种真正全面的后现代叙事诗学观的形成。

现代主义、后现代主义：时代分期
或诗学类型？

基于哈桑指出的差别和马歇尔·布朗（Marshall Brown）更充分的论述，我们可以观察到一些表示时期的术语，如"文艺复兴时期的文学"，表示不同时期的不同文学，而另一些术语，如"新古典主义"，描述一个特殊风格和诗学特征，会在某一特定历史阶段有突出表现，但也能够在其他时期拥有地位。"伊丽莎白时代的诗歌"描述了一段时期，指在伊丽莎白女王统治时期出现的所有类型的诗歌。相比之下，"玄学诗"创造出一种由伊丽莎白时代、詹姆士时代和英国复辟诗人共享的诗歌风格，而在艾略特和史蒂文斯的作品中，我们也可以找到玄学元素。"后现代主义"却有一种特殊的不幸，即试图同时做这两件事：它既指在对晚期、跨国资本主义的反应中产生的文学，也表示这些文本的独特美学。也就是说，它同时指定一个时期和一种诗学。遗憾的是，这个等式——几乎所有关于这个问题的当前描述的出发点——是有缺陷的。这就导致了文学史的扭曲，并招致更为粗暴的对待，迫使后现代作品进入文学史——并且只有在"指定"的历史时期内。令人尴尬的冗长且不断增长的后现代主义的清单，又反过来导致了对周期进行划分的模糊和有争议的尝试。①

这种紧张关系一直困扰着现代主义。福特·马多克斯·福特（Ford Madox Ford）认为，他和他的圈子里的作家"坚定不移"的目标是"用我自己的时间来注册我自己的时间"。这一历史性的肯定与保罗·瓦莱里（Paul Valery）的悲叹相互抵消了，因为与他同时代的人很少有真正的现代主义者。这些不同的非现实主义诗学在"现代主义"的标题下蜷缩成一团，

---

① 哈桑是极少数承认后现代主义既存在一种"历时和共时的建构"，也"要求一种历史的和理论的定义"的人，并没有将其看成一个问题。

而非自然叙事提供的观点可以进一步帮助我们区分这些非现实主义的诗学。"现代主义"，更准确地说，即"高度现代主义"，是福楼拜、詹姆斯、康拉德、福特、曼斯菲尔德、伍尔夫、福克纳和鲍恩（Bowen）所贡献的美学。高度现代主义重新整理了19世纪文本实践的标准，包括叙述、情节、时间、人物和精神状态的表现。在叙事学术语中，我们可能会说它玩弄叙事话语，并创造出新类型的话语。然而，它的故事素材是绝对真实的。这种诗学在伍尔夫的《现代小说》一文中可能得到了最好的描述，但它不包括斯泰因、超现实主义、卡夫卡或博尔赫斯的诗学。他们中的每一个都操控其故事世界的本体论，因而属于非自然领域。

现代主义一直拒绝留在被指定的历史边界之内：许多被忽视的作品被重新纳入其中，它的起源可以回溯到1857年，这一年《包法利夫人》出版，之后是《恶之花》。从20世纪90年代至今，有一系列作品在坚持现代主义诗学。当代的例子包括吉姆·克雷斯（Jim Crace）的《往生情书》（*Being Dead*，1999）、大卫·尼科尔（David Nicholl）的《一天》（*One Day*，2009）、朱利安·巴恩斯的《终结的感觉》（2011）、伊恩·麦克尤恩的小说、格雷厄姆·斯威夫特（Graham Swift）和石黑一雄的小说。后现代主义同样如此，当现代主义拒绝在历史决定论者坚持的时间结束时，后现代主义的开始也比理论家通常所认为的要早得多。

这场辩论的利害关系不容小觑。后现代主义是历史基础上的新形式，应对的是在新的社会历史条件下，它要取代旧的、趋于死亡的、越来越无关紧要的现代主义形式。或者，它们更多都出现在一个世纪之前，出现在大繁荣开始之前，可以存在于其他作家的早期作品中，甚至可以被追溯到现代主义崛起之时。后现代主义不再是特别的新潮流，甚至不是"后"（post）的。如果它源自1939年，到2014年，已经过去四分之三个世纪了。事实上，在雅各布森的术语中，"占主导地位"的新术语将为取代它的新运动做好准备。

所有的后现代主义者

如果暂且排除历史的界限，或把它放在一边，而只是简单地盘点那些看似是后现代的非自然叙事，我们就会发现一个非常不同的历史进程。在欧洲，人们坚持后现代主义诗学的作品出现在现代主义热火朝天的时代。有人甚至认为阿尔弗雷德·雅里的《乌布王》就像凯西·艾克的作品那样是一部后现代主义作品。另一个重要的作家是皮兰德娄，他在 1921 年创作了剧本《六个寻找剧作家的角色》。可以说，任何后现代主义的定义都能够在这一作品的诗学中得到集中体现。

其他早期的后现代文本包括斯坦尼斯瓦夫·维特凯维奇（Stanislaw Witkiewicz）将其描述为"立体派"的戏剧《水母鸡》（*The Water Hen*，1921，是对易卜生的《野鸭》和契诃夫的《海鸥》的戏仿）和《狂人与修女》（*The Madman and the Nun*，1923），米歇尔·德·盖尔德罗德的《浮士德博士之死》（*La mort du Docteur Faust*，1928）及其后的非自然戏剧。雷蒙·格诺的《麻烦事》（*Le Chiendant*，1933）是一部俏皮的、改变时间的小说，罗伯-格里耶称其为超前二十年的新小说。费利佩·奥尔夫（Felipe Alfau）的《卢卡斯》（*Locos*，1936）中出现了要逃离作者的人物。还有米哈伊尔·布尔加科夫的《大师和玛格丽特》（*Master and Margarita*，1939）。而且，正如基斯·霍普（Keith Hopper）所主张的那样，弗兰·奥布莱恩的元虚构作品包括《双鸟游水》和由死者展开叙述的《第三个警察》（*The Third Policeman*，1941）。此外，如果把狄朱娜·巴恩斯（Djuna Barnes）的《夜林》（*Nightwood*，1936）当作后现代主义的早期作品，会比把它当作古怪或失败的现代主义小说更有意义。

雷蒙·鲁塞尔、安德烈·纪德和维托尔德·贡布罗维奇的几部作品，如果它们写于 20 世纪 60 年代到 90 年代，毫无疑问会被视为后现代主义。从 20 世纪 20 年代到 40 年代，卡夫卡、博尔赫斯和纳博科夫写了很多故事，正如哈桑所坚持的，它们从技巧到内在精神都是彻头彻尾的后现代主义作品。这些作品都具有本体论上的不稳定性——麦克海尔将其视为后现代主义小说的主要特征，同时也包含对戏仿、自反性、互文性、伪装、越轨、杂交、历史与虚构的异文合成——其他理论家认为这是后现代美学的核心。在这些作品中，由现代主义者创造并精心制作的另类叙事模式被部分抛弃或打破，因为所有的秩序或界限，无论是传统的还是原始的，都变得可疑起来。① 正如戴维·加利夫（David Galef）在一篇关于现代后现代分歧的文章中所看到的，许多后现代主义定义的"风格特征先于它们最密切相关的时代，导致了混乱的病因和困难的历时分析"。

从非自然叙事的角度，也就是说，从诗学的角度（并不局限于某一个历史分期）来看，我们仍然可能合理准确地得出这样的结论：因为乔伊斯和皮兰德娄，一个有完全发展过程的后现代诗学形成了，并在 20 世纪早期完全站稳了脚跟，进而在整个 20 世纪 30 年代得到蓬勃发展。因此，当代后现代主义是一个具有百年历史的美学延续。我们可以欣然接受利奥塔带有明显矛盾的断言："后现代主义不是产生于现代主义的结束，而是其萌芽状态，并且这个状态是一种常态。"我们也同意米哈里·塞盖迪-马斯扎克（Mihaly Szegedy-Maszak）的结论："几乎不可能画出后现代主义及其前身"之间的界限。

我对早期后现代主义的描述必然会破坏这个简单的历史基础，即大多数文学史描述都是建立在这一基础上的。我们不仅在 20 世纪初发现了后现代主义，而且看到了它与现代主义的紧密互动。在乔伊斯的例子中，我们可以从实质上或表面上的现代主义作品中区分出后现代主义叙述。这包括弗吉尼亚·伍尔夫的作品，特别是在《奥兰多》中，其现代主义的崇拜者发现很难准确地理解它，因为它具有早期后现代作品的特色。帕梅拉·考伊（Pamela Caughie）在《弗吉尼亚·伍尔夫和后现代主义》（*Virginia Woolf and Postmodernism*）中进行了卓有成效的讨论。在福克纳的《我弥留之际》（1930）中，心灵感应的场景、不可能的聚焦以及死去的女人的独白，同样是后现代的，就像布莱希特作品中的几个场景，其中最著名的是

———————————

① 正如卡林尼斯库（Calinescu）所观察到的，将先锋派纳入连续不断的接受过程中，我们就可以讨论哈桑所谓的后现代主义主要是对第二次世界大战前先锋派的拓展和多样化的观点。麦克海尔也应该被提及，他在 1992 年著作的结尾关注到这一点。

《四川好人》（1938）的结尾。① 埃里森（Ellison）《看不见的人》（*Invisible Man*, 1953）中的莱茵哈特无处不在，其相互矛盾、变形的人物被认为是对后现代人物最好的理解。回顾过去，我们现在可以肯定的是，格特鲁德·斯泰因作品中许多模糊不清的章节，在风格、情感和效果上都是后现代的。

后现代主义之后

最近，一些理论家试图描述后现代主义之后的文学。这种新的文学类型有很多名字：后后现代主义、变异现代主义、余韵现代派、反讽后现代、数字化现代主义等。每一种叫法都坚持在小说和历史分期（1989 年后或"9·11"之后）之间进行识别，从而重复我们所看到的后现代主义存在的谬误。这一点在艾莉森·吉本斯（Alison Gibbons）的变异现代主义标准中尤为明显：正式的尝试和体裁的混合，异时时序，以及一种以旅程为中心的身份概念，尤其是涉及根或起源的旅程。可以肯定的是，1989 年之后，我们可以找到许多这样的故事（同样也有更多不是这样的故事）。我们也可以在更早的时期找到例子，如 20 世纪四五十年代卡彭特的《溯源之旅》、博尔赫斯的《不朽》（"The Immortals"）和鲁尔福的《佩德罗·巴拉莫》。我们还发现，这些标准完全满足伊斯米尔·里德（Ishmael Reed）的《飞往加拿大》（*Flight to Canada*）和安吉拉·卡特的《新夏娃的激情》。这些作品都发表在 20 世纪 70 年代，许多其他的例子同样可以以此命名。在这里，假定的时间框架不再适应试图限制它的诗学。"新"

---

① 曼弗雷德·费斯瑟（Manfred Pfister）解释说："在一个彻底的失败中，当人们有可能将他们的道德要求与在世界上生存的能力结合在一起的时候，上帝就会乘粉红色的云逃回天堂（这是一种故意的意外介入的结局颠倒）。"也就是说，上帝否认存在需要解决的重大不和谐。然而，戏剧的中心困境仍然存在：道德上的禁令往往与人类的生存不相容。中心人物被留在结语中，观众被邀请猜测戏剧结局的不确定性，并含蓄地敦促着社会的改变。当表演向观众的世界转移时，就会产生这样的矛盾。

的最新范例从历史上过时的时代开始。①

另一种历史

如果我们采用非自然叙事的视角，现代叙事的历史就会截然不同。从
19 世纪后期到 21 世纪初，存在三种连续不断的文学潮流：（1）现实主义；
（2）高级阶段现代主义；（3）非自然叙事，既包括先锋派，也包括后现代
主义。在不同的点上，各种潮流起起落落，或与其他潮流合并，又重新确
立自身的自主性。这一观点能使我们看到后现代叙事完整、全面、准确的
历史，以及它与众多早期实验的联系。② 后现代作家就在构成这样一个连
续的统一体。例如，尤奈斯库在《麦克白》里致敬雅里，米兰·昆德拉将
《宿命论者雅克和他的主人》改编为戏剧，斯托帕德唤起和延续了历史前卫
派的《下楼梯的艺术家》（*Artist Descending a Staircase*，1972）和《悲剧》
（*Travesties*，1974），瓦茨拉夫·哈维尔（Václav Havel）在自己的《乞丐
歌剧》（*The Beggar's Opera*，1975）中改写了 1728 年约翰·盖伊（John
Gay）的元戏剧（暗指了布莱希特的版本）。

继续看现代戏剧。在同样的反模仿框架下，我们可以看到三种不同的、
对立的诗性——元戏剧、史诗戏剧和荒谬主义。其所有表现都贴合其他前
卫的实践，如超现实主义。对历史进行叙述的其他方法可以被分解并在这
个三方框架内进行有效的重组。后殖民主义作家可以被视为现实主义（纳
拉扬）、现代派（拉贾·拉奥）和非自然叙事（拉什迪）。拉丁美洲层出不
穷的小说家同样可以被描述为现实主义者（奥内蒂）、现代主义者［加玛米
尔·罗萨（Guimaeres Rose）］以及非自然叙事（鲁尔福和萨尔度）。我们

---

① 在那些被认为是后现代主义的文学理论中，艾米·伊莱亚斯（Amy Elias）是
最引人注目的，她强调与数字媒体进行互动。

② 我们应该好好利用和扩展玛乔瑞·帕洛夫（Marjorie Perloff）之后，有重要区
别的现代主义的传统。这是基于本质不可判定性的不同诗学，包括马拉美、叶芝、艾略
特、史蒂文斯、约翰·贝里曼（John Berryman），以及兰波。"在格特鲁德·斯泰因、
庞德、威廉姆斯和贝克特的后期散文中，诗歌本质的不可判定性变得更加明显。"

可以看到卡洛斯·富恩特斯和阿莱霍·卡彭特在职业生涯中从非自然状态向高级阶段现代主义的转变。我们也可以观察到一部小说中发生的变化〔如卡彭特1979年的作品《竖琴和阴影》(*The Harp and the Shadow*)〕。

这是非批判性地对过度依赖历史分期所造成的限制的矫正，是通过一种更加细致和不受约束的搜索进行更准确的对早期文学的定位，不管它们最初出现时是多么不合时宜。① 事实上，文学的魅力之一就是它不可思议地恢复了被认为已经被彻底取代和抛弃的形式。最具挑战性和最具煽动性的作品，很可能是最有效地抵制肤浅历史化的作品。当然，文学史不应该被忽视，但它应该通过研究文学本身的历史来补充，不管它是多么任性、不连贯以及逸出历史的影响。事实上，我怀疑，任何一个审慎的、有趣的文学时期，都类似于普通家庭树的分支上不守规矩的根茎。它们从不重复自己。如果不是事实上无序系列不规则的摆动，项狄可以在地图上标出自己不规则的情节线。

尤其重要的是，当历史主义牢牢地占据着主导地位时，文学史的内在局限性就已经植根其中了。我们应该保留文化或历史唯物主义的重要洞见。然而，文学史的叙事总是需要以文学形式上不整齐的编年史来补充和调和。我们绝不应该仅仅满足于将其历史化。或者，可以从另一个有利的角度来处理这个问题。正如对其他叙事所进行的尖锐批判一样，大多数文学史叙事中存在的冷酷的线性轨迹、简单的因果递进和隐含的目的论结构也承受着被当作对象研究的压力。杰罗姆·麦克甘（Jerome McGann）指出，历史本身"是带有随机模式的一个不定轨迹的领域，其运动沿着横向和递归线性、奇怪的对角线和各种曲线和切线"。我们需要更加辩证的历史。

在回避历史的问题上，一种非自然的分析会从更可靠的起点再次向人们提问。为什么后现代主义在第一次世界大战结束时就已经开始，但直到第二次世界大战后才成为中心？为什么在越战和20世纪60年代的社会动荡之前，它没有被理论化？为什么在新左派崩溃之后，它在英美学者中变得如此突出？是否存在法国的后现代主义，如果存在，它是从洛特雷阿蒙、

---

① 阿拉斯泰尔·福勒（Alastair Fowler）揭示了这两种叙事的不同（"The Two Histories"）。

雅里、阿波利奈尔、纪德、阿尔托和鲁塞尔开始的吗？

　　通过非自然的范畴，我们可以将时间和诗学的问题融合在一起，更好地聚焦于诗学特征。把后现代主义的早期标本与后来的后现代标本分离开来，是我们对这一诗学的关注。从这个角度看，后现代主义从 20 世纪晚期持续到今天，在狄德罗、雅里和斯泰因的作品中有重要的先例。没有理由不以更有效的方式重建文学史。因此，我们要从狭隘的历史框架中解放后现代叙事——每一个框架都过于狭隘。与此同时，我们可以把它与文学的历史联系起来，并将重要的联系与其他非自然的作品和运动联系起来，如历史先锋派和德国浪漫主义。更重要的是，我们要超越和减少单纯的文学形式与历史事件的关联。文学与历史的关系并不是顺从的狗和狗链子之间的关系。毕竟，一个发展中国家不能在一个星期内实现工业化，但它的小说家可以在一夜之间成为后现代主义者。

第四部分

意识形态

第七章　反抗的文学和非自然主义诗学

我们可以将第七章视为更具有历史意义的叙述，它聚焦于美国少数族裔、后殖民主义和女性主义作家的作品。这些作家的写作从 20 世纪 60 年代一直延续到现在。我选择以一种大体同步的方式对材料进行排序，以便更好地在作品中历时地揭示类似的叙述实践，并希望在不同的群体中，以及在为类似的政治和意识形态问题的服务过程中，观察群体性的叙述策略。我相信，这样的分析能帮助我们更好地理解意识形态的价值和具体的叙述实践之间的竞争关系。

许多少数族裔或受压迫的群体都试图以一种与西方传统模式截然不同的方式进行创作。这就经常使大量的文学实验与现有的先锋派叙事实践串联起来发展：新小说和阴性书写的连接是显而易见的，正如它们存在于荒诞剧、艾梅·赛泽尔（Aimé Cesaire）的《国王克里斯托芬的悲剧》（*The Tragedy of King Christophe*）、布莱希特的史诗剧场、卡瑞尔·丘吉尔的女性主义戏剧、鲍道尔·瑟加（Badal Sircar）的后殖民街头戏剧中。我们主要从五个小说叙事形式的基本要素——故事、时间、叙述、人物和框架——讨论这些方法在美国少数族裔、后殖民主义、女性主义作家所创造的不同寻常的非自然形式中的运用。我们在这里的重点不全是非自然的，还包括一些其他的、相邻的创新结构，以便更加完整地把作品放在实验诗学和进步政治的双重语境中进行讨论。正如非自然叙事的观点可以产生更加广义的后现代主义和 20 世纪叙事的概念，这种观点能使我们更好地欣赏那些通常以意识形态术语进行讨论的作品的实验性。① 劳拉·巴克霍尔兹

---

① 有一点值得注意，即并不是所有的少数族裔、后殖民主义或者女性主义的作家都采用了非自然叙事策略。事实上，他们大多采用现实主义创作方式。并不是所有这样的叙事策略都会产生同样的结果。我想要做的是突出这些作家在表达政治诉求时采用的类似非自然的叙述元素。

（Laura Buchholz）对《午夜之子》做了这样的描述："非自然叙事学提供了一种更精确的工具来剖析拉什迪的小说是如何对帝国主义（意识形态）进行批判的。"

故事和情节

许多少数族裔、后殖民主义和女性主义作家都曾质疑和扩展传统的情节概念。他们并没有局限于讲述一个人、一对夫妇或一个家庭的故事，而是从根本上扩展了传统思想构建故事的参数。帕特里克·夏穆瓦佐（Patrick Chamoiseau）《德士古》（*Texaco*，1992）追溯了加勒比共同体 150 多年的历史。几部非裔美国人的戏剧运用类似编年体的方式，记录了一个世纪乃至更长时间的不同人群的历史经历。他们是以历史连接而不是以血缘维系的不相关的个体。此外，还有兰斯顿·休斯（Langston Hughes）的《难道你不想自由吗？》（"Don't You Want to Be Free?"，1938），阿米里·巴拉卡（Amiri Baraka）的《奴隶船》（"Slave Ship"，1967）和莱斯利·李（Leslie Lee）的《有色人种时代：一部历史剧》（*Colored Peoples Time：A History Play*，1983）。休斯的戏剧开始于非洲，而巴拉卡通过大西洋上的奴隶船开始了自己的讲述。多种大陆空间的设置和它们的时间范围一样开阔。

卡瑞尔·菲利普斯（Caryl Phillips）推进了这一并置的观点：他的作品《穿越河流》（*Crossing the River*，1993）挑战了叙事的定义。《穿越河流》的时间跨越两个半世纪，由一个前言和四个部分组成，以三个大陆为场景。这些非洲人的故事各自独立，我们可以将其视为互不相关的个体故事。然而，这些部分的主题是关联在一起的。这部在文类可识别特征上是"一本小说"的书，坚持其中各单一叙事的地位，围绕着大西洋叙述着关于非洲人的极为碎片化的故事，却邀请我们把它作为统一的整体进行阅读。更重要的是，所有的中心人物都有相似的历史。因此，我们没有理由认为，在前往丹佛寻找孩子的途中死去的获得自由的奴隶玛莎，是早些时候出现的人物的近亲或后裔。但在一个重要的意义上，她是他们后来的化身，象征着对家的追寻和错位。

一些后殖民主义作家会将他们的叙述置于更长的时间段中。阿尔马（Armah）的小说《两千个季节》（*Two Thousand Seasons*），正如其标题所宣称的那样，涵盖了非洲黑人一千年的历史。[①] 卡拉特林·海德（Qurratulain Haider）的《火之河》（*River of Fire*）历史范围更长，从公元前 4 世纪一直延伸到印巴分治。让情节服务于在一段时间内组织和描述一个群体的身份认同，强调其共同特征并形成典型体验，这为创建单一、广泛的故事创造了新的可能性。

弗吉尼亚·伍尔夫在《现代小说》中表达了对所谓"情节暴政"的厌恶。伍尔夫描述同时发生的事件并追求诗化小说。随着这些实验，女性主义作家创造了打破传统叙事序列的方法。苏珊·斯坦福·弗里德曼（Susan Stanford Friedman）和玛格丽特·霍曼斯（Margaret Homans）尤其有效地阐明了女性主义对传统线性叙事的怀疑。莫妮卡·威蒂格（Monique Witcig）的《女游击队员》（*Les Guérillères*）是关于未来女性社会的故事集，呈现出了一种特别迷人的非自然女性主义叙事。在叙述过程中，线性模式被打破或放弃，循环叙事得以凸显。这些女性都有"女性文本"（feminaries），这是一种非周期性的、女性主义的摘要版本，被视为团体的神圣文本。苏珊·S. 兰瑟认为，与父亲的神圣文本不同，女性文本是没有得到外界或社会授权的。是否有"同一来源的多重副本"或"几种类型"的文本，这似乎没有太多影响，因为虽然这些（临时）文本的重要性非常显著，但所有文本的授权都是有限的。文本必须不断保持可写性（再生），文本持有者却拥有权威："快速翻看这些女性文本，你会发现它们时不时会出现许多空白页。"没有任何文本是最终文本，同时也根本没有最终的文本。兰瑟立即补充道，对于女性文本和集体式的"伟大的注册"是十分明显的：

> 威蒂格拒绝用传统的线性叙事描述自己的书……就像"伟大的注册"一样，像一本家庭圣经那样打开。"打开《女游击队员》第一页，不管去寻找何种序列都是毫无用处的。一个人可以随机打开这本书，并找到他感兴趣的东西。"

---

① 在赤道地区，一年有两季：旱季和雨季。

威蒂格在这里描述并创造了她坚持的非线性序列叙事。

正如爱德华·萨义德已充分展示的，在殖民和后殖民叙事中，起源和开始具有特殊意义，而这些概念的意识形态特征是首要的。然而，沿着希利斯·米勒的路径，我们可以看到叙事学对叙事开端的最新研究。不同于绝对和确定的开端，这些作品无论是虚构的还是非虚构的，总是在文本中间插入开端。这就给我们提供了观察小说的另一个角度。举例来说，萨尔曼·拉什迪的《午夜之子》对开端和来源进行了多种解构。萨利姆·西奈的叙述是从他 31 岁开始的，之前很大篇幅都是关于他出生前的叙述。戈拉·纳拉扬（Gaura Narayan）解释说，它凸显了官方所叙述的开端的虚构性和任意性，正如它强调了人种、群体和民族国家的杂交性。这里有一个夸张的加速倒计时。西奈出生和他母亲的分娩被描述为一个序列的倒计时，即旧的一年即将结束，人们在倒计着新年的来临。尽管在拉什迪的例子中，时间单位由秒变成了小时："现在倒计时将不会被否认……十八小时、十七小时、十六小时……在护理之家，人们已经可能听到分娩妇女的尖叫声了。"这一出生与印度独立国家的诞生同步，进一步强调了所有被认为是开端者的内在的结构特征。

凯瑟琳·罗马尼奥诺（Catherine Romagnolo）针对叙事开端提出了新的理论。它是一种主题开端的类别，创建了一种理论空间，将个人和民族的起源织进不同的叙事形式中，就像美国少数族裔女作家托妮·莫里森、朱莉娅·阿尔瓦雷斯（Julia Alvarez）和谭恩美（Amy Tan）在小说中所表现的那样。凯特琳·费希尔（Caitlin Fischer）的《这些女孩的波浪》（*These Waves of Girls*）运用非自然的方式戏仿了女性主义超小说的开端，在这里，我们可以发现开放性的序列。杰西卡·莱塞迪（Jessica Laccetti）解释道：

> 按下"倾听"按钮，叙述进程被释放出来，缓慢而有效地展开，显示有八个叙述的链接入口。每一个链接都是出现在小说某一部分的关键短语或想法。例如，第一个是"亲吻女孩"，第二个是"校园传奇"，第三个是"我想要她"，第四个是"她被警告"。

从正文的第一句话开始，读者关于故事就"有各种各样的选择，其中没有任何一种是按时间顺序呈现的开端"。在整个作品中，主人公"和她的叙述都是移动的，避开寻找永久性或恒常性"。在这里，阅读"始终是一个临时组合"。

在其他故事的结尾处，人们经常会发现对传统封闭形式的抗拒，以及对"超越结局"的渴望，这是蕾切尔·布劳·杜普莱西斯（Rachel Blau DuPlessis）的说法。《午夜之子》结合了印度的现代史，但比起会结束的历史，小说是无法结束的，尽管叙述者—主人公在小说的最后几页中感到自己即将爆炸。虚构叙事中事件之间的连续性，与真实的历史轨迹一样可以产生一种叙事的开放性，就像艾梅·赛泽尔的《暴风雨》（*Une Tempête*）的结尾，让普洛斯彼罗和卡利班陷入争夺岛屿控制权的缠斗中。贝克特则在《结局》的最后一场重写了《暴风雨》，展示了克罗夫像被冻住一般处在舞台边缘，无法离开普洛斯彼罗般的哈姆。[①] 也许最激进的姿态出现在巴拉卡的《奴隶船》的最后：观众被邀请加入暴乱，并在舞台上跳舞。似乎当代被事件如此覆盖的生活不会有任何结束感，直到围绕它们的政治事件有了进一步发展或出现重大的停顿。

女性主义作家也尝试了一段时间的不同形式的结局，正如杜普莱西斯和其他一些人所记录的那样。有人特别想知道，弗吉尼亚·伍尔夫为什么拒绝为她笔下人物的命运给出结论性解决方案（尤其在《到灯塔去》《岁月》《幕间》中）。最具创新性的策略出现在比丽吉·布罗菲（Brigid Brophy）的《在途中》（*In Transit*，1969），它邀请读者在主角的双重性别、分裂的自我中选择不同的结局。主人公先坦承了自我分裂："我警告你我可不扮演上帝，不喜欢像有独裁气质的残酷老骗子那样做。所以你必须做出选择。"之后是讲述自我分裂的页面，每一页都讲述了不同自我的不同结尾。迈克尔·罗森伯格（Michael Rosenberg）评论道，"作者的选择"存在于第三人称的帕特里克或帕特里夏的叙事之间，但几乎没有什么真实的选择："读者不可避免地读到两者，两种选择都会让主人公陷入死亡。"这两种结局都是否定的，说话人决定继续："有你的爱，我的

---

① 对《结局》的后殖民主义叙述，可参见内尔斯·皮尔森（Nels Pearson）的分析。这两个文本都改写了莎士比亚的《暴风雨》，其中普洛斯彼罗是《暴风雨》中的人物。——译者注

意思是说，我决定活。"文本接近尾声时出现了重生，两个结局的消抹和重构产生了更多的事件，因为文本的主题逻辑打破了模仿的限制。

叙事的时间性

对痛苦的或被损毁的过去的重建有时与对创伤事件的叙述性对抗联系在一起。如果仅仅是模糊的图像或非常难以形容的恐怖，这种创伤可以在文本中被重新创造出来，让读者进行体验。两部新近的叙事文本都运用类似的方式构造了时间。阿兰达蒂·罗伊（Arundhatti Roy）的《微物之神》（*The God of Small Things*）和托妮·莫里森的《宠儿》具有同样的叙事结构：随着读者阅读的增加，事件似乎连接起大约三条主要的故事线。读者最终会明白，不同故事线的时间是分离的。每一种都包含着奇特或不可能的时间结构。正如伊丽莎白·奥特卡（Elizabeth Outka）所观察到的那样，罗伊的小说"呈现出一种令人眼花缭乱的不同时间的混合"。过去的图像、故事和感觉与现在的时刻甚至未来的经历融合在一起。《宠儿》将一种非自然的存在戏剧化了，已经长大成人的宠儿的形象处于自然与超自然的世界之间。人物似乎不受时空影响，具有混合交融的身份："所有都是现在，总是现在，当我不蹲下休息的时候，绝不会有一个时间存在。""她的脸是我的，她不笑，她在咀嚼和吞咽。我必须有我的脸，我走进草里，她打开了它，我在水里。"

这种叙事创新具有明显的意识形态内涵。具体地说，它是对奴役和殖民化的创伤及其后果的再现。创伤性事件会随着时间的推移而变得强大，并从应该包含它们的序列中脱离出来。这些小说在时间性上铭刻了这种影响。在讨论罗伊的小说时，奥特卡指出，"混乱的时间"是创伤经历最常见的后遗症之一：过去的事件与现在交织在一起，挥之不去。

> 对于罗伊的人物来说，时间是……一种混合（区域），不同的时间同时、多个、模糊地发生。现在的时刻是多次危险的混合，但同时，矛盾的是，这些时刻拒绝融合，暗示过去的创伤事件拒绝被整合进一个正在展开的叙述中。

以同样的方式，托妮·莫里森建构了《宠儿》。读者会经历一种类似于奴隶的混乱，突然被扔到陌生的地方，没有足够的信息建立起事件之间的必要联系。正如莫莉·阿贝尔·特拉维斯（Molly Abel Travis）所指出的，《宠儿》"保存着有序的事实，抵抗着（传统）的奴隶叙事所提供的隔绝、分离的阅读地位"。和小说中的人物一样，读者必须从随机记忆的事件和看似不可思议的事件中构建一个故事。

通过重新排列一些项狄式的时间游戏，拉什迪将斯特恩的文学手法转换为社会批判工具。《午夜之子》第二十五章采用了彻底的非自然叙事技巧，拉什迪对时间的玩弄变得尤为突出。叙述者和巴基斯坦军队中的其他士兵一样，对孟加拉国人民犯下了暴行，因此不能接受自己的身份。他取了一个新的名字，他的身体开始变得看不见了。时间也成为非自然的：遵循未知的规律，并且能够神秘地弯曲。例如，叙述者称在丛林中经历了有635天那么长的午夜。

非自然叙事结构的叙事时间出现在伊尔丝·艾辛格的《镜中故事》（"Mirror Story"，1952）中。女主人公进行讲述（第二人称），其经历好像在向后移动，从埋葬她到她死亡，到堕胎时遇险，到与使她怀孕的男人相遇，再到她的童年和出生。在这一文本中，叙述者期待着已经发生的事情："你将第一次看到他，那一天终将到来。他和你的第一次见面，也意味着再也不见。"在这里，故事是颠倒的。安吉拉·卡特《新夏娃的激情》中的主人公从男人变成了女人，其抵达生命终点的过程也是一段穿越时间的旅程。正如主人公所证实的那样："我正在向开始和结束的过程中前进。"

叙　述

许多反叛的作者都会设置不寻常的或非自然的叙述者。[①] 他们会在传统的第一人称和第三人称之外，采用第二人称叙事。牙买加·琴凯德

---

① 在这一节中，我对这些策略进行了讨论，尤其是"我们"叙事。另参见《非自然叙述声音》的第三章。

(Jamaica Kincaid)在《一个小地方》(*A Small Place*)中使用了第二人称，使文本在政治上和叙事逻辑上充满魅力："你下了飞机，你去通关。因为你是一个旅游者——坦白说，是一个白人，不是一个安提瓜黑人……在这里，你会毫不费力地通过海关。"米歇尔·布托尔或卡尔维诺等作家开创的第二人称叙事在意识形态上发生了转变，因为"你"在种族和国家层面上有着明显的标记。另一个强有力的后殖民叙述声音的设置出现在努鲁丁·法拉赫(Nuruddin Farah)的《地图》(*Maps*)中。其中，第一人称、第二人称和第三人称交替出现，性别、国家和领土归属的身份问题等体现在这种变化的和不稳定的声音系列中。朗达科·巴姆(Rhonda Cobham)写道：

> 在这里，叙述声音是无法区分的：艾斯卡尔(Askar，主人公)和米斯拉(Misra，生他的女人)、男性特征和女性特征、老人和青年、指控和被指控。作品产生了一种隐喻，象征国家处于游移不定的状态：是属于奥加登，还是与索马里合为一体？

引人注目的是，一大群后殖民作家用"我们"的叙事表达对殖民主义的集体抗争：拉贾·拉奥(Raja Rao)的《根特浦尔》(*Kanthapurna*)、恩古吉·瓦·提安哥(Ngugi wa Thiong'O)的《一粒麦种》(*A Grain of Wheat*)、阿依·克韦·阿尔马(Ayi Kwei Armah)的《两千个季节》、爱德华·格里桑(Edouard Glissant)的《指挥官案件》(*La Case du commandeur*)、帕特里克·夏穆瓦佐的《德士古》，扎克斯·米达(Zakes Mda)的《死亡之路》(*Ways of Dying*)。从印度到加勒比海，再到东方、西方和南非，这些作者遍布各地。人们发现，"我们"的叙事是形成后殖民叙事声音的关键策略。格里桑甚至呼吁"我们的小说"，以表达独特的安的列斯群岛经验。这种特点在某些文本中表现得非常明显。在《德士古》的开篇，人们注意到富人会开车去贫民窟进行观察。"如果他们盯着我们看，我们一定会回望。这是我们与城市之间的一场眼神之战。"叙述者不仅叙述了社区的一般情感，还描绘了其共享的视野，从而提供了不寻常的、引人入胜的集体聚焦。《死亡之路》前面的部分，通过一种独特的非自然的感觉来影响传统的口头叙述：

> 我们知道所有人的一切。我们甚至知道我们不在那里时发生的事

情……我们是村里八卦的眼睛。在我们的故事里，讲故事的人开始讲故事："他们说曾经发生过……"我们就是他们。

在这里，集体情感被赋予力量，并拥有近似全知全能的视角。

非裔美国人和美洲原住民也采用"我们"的叙事。王荷莎（Hertha D. Sweet Wong）指出："一个土生土长的自传作者，无论是演讲还是写作，如果没有宣布运用单独的第一人称讲话，实际就是在使用第一人称复数的'我们'。""我们"的形式也被用在当代美国本土小说中，比如在路易丝·埃尔德里克（Louise Erdrich）的小说《足迹》（*Tracks*）中，它包含部落长老纳帕乌什叙述的章节。理查德·赖特（Richard Wright）在 1941 年的非虚构作品中使用了一种跨越世代的，包括被奴役的非洲人和当代非洲裔美国人的"我们"，代表了 1200 万黑人的声音。集体的"我们"跨越了多个世纪和数个大陆，让垂死者和死者发出了声音：

> 为熄灭我们暴乱的渴望，他们有时会解雇我们中的一些人，刺穿我们黑色的头颅，把它钉在桅杆上。正如多年以后，他们把我们的头颅钉在松树上，沿着尘土飞扬的迪克西公路恐吓我们，让我们服从。

正是这种非自然的叙述使赖特受到虔诚的模仿批评家的攻击，就像乔尔·沃勒（Joel Woller）所表明的那样。这些作品揭示出"我们"的声音在表现集体主题，在反对孤立的西方意识的霸权范式的过程中是多么有用。

叙事可以更具多样性和衍生性，创造出过去和现在、虚构和非虚构、神话和历史的独特融合。N. 斯科特·莫马戴（N. Scott Momaday）在《雨山之路》（*The Way to Rainy Mountain*）的序言中分析了自己的作品：

> 《雨山之路》中有三个不同的声音。第一个是我的父亲，是祖先的声音，基奥瓦人口述传统的声音。第二个是历史评论的声音。第三个是我个人的回忆，是我自己的声音。在这个过程中，神话的回归和转变，历史和回忆的贯穿，让叙事如同语言一样被神圣化了。

女性主义作家弗吉尼亚·伍尔夫从《一间自己的房间》开始，就一直质疑男性作家过度使用第一人称的叙事姿态。阿德莱德·莫里斯（Adelaide Morris）讨论了女性主义者的第一人称复数叙事。她分析琼·蔡斯（Joan

Chase）的小说《波斯女王的统治》（*During the Reign of the Queen of Persia*），注意到对第一人称复数代词未分化的集体使用。它创造了一个"融合的"我们的"姐妹关系"。艾伦·皮尔（Ellen Peel）讨论了丽莎·阿尔特（Lisa Alther）、玛格丽特·阿特伍德（Margaret Atwood）和玛格丽特·德拉布尔（Margaret Drabble）小说中第一人称和第三人称的非自然转变。她认为：

> 在父权中心的文化中，一个女人可能会称自己为"她"而不是"我"，因为要与自我进行异化的疏离，而不是一种积极正常的分离。此外，在父权社会里，女性可能被称为"我"而不是"她"，因为另一个人作为代笔人正在篡夺她的声音，而不是拥有与她相似的感受。这样的社会鼓励女人把自己看作一个对象，并将她的声音让位于一个男性化的主题。

皮尔继续分析称，由于这些原因，当主人公是女人的时候，这种交替叙述出现了一种特别的不安，"第一人称叙述倾向于与第三人称分隔。"这些问题也指向了直到小说结尾，这种对立的形式仍未被整合的原因。皮尔得出了这样的结论：这种交替叙述在特定的女性主义美学中具有"核心作用"。琼·阿诺德（June Arnold）的《厨师和木匠》（*The Cook and the Carpenter*）发明了新的中性代词（如"na"）来描述对象，以逃避和否定性别的刻板印象。与之类似，珍妮特·温特森（Jeanette Winterson）《写在身体上》（*Written on the Body*）中的叙述者的生理性别从未被揭示。这本书主要表现了对自己的女性情人的渴望和记忆，其性别身份的沉默就显得更加突出。

对标准的叙述选择最为不满的是莫妮卡·威蒂格。在《女同性恋身体》（*Le Corps lesbien*，1973）的序言中，她写道："一个女人写'我'总是疏离的，因为'我'必须用一种否认和否定女性经历的语言写作。"每一个这样的用法都在一个更大的男性矩阵中被重新控制。因此，威蒂格说她无法写"我"（je）。在第一篇小说《没药》（L'Opoponax，1964）中，威蒂格使用的是代词"on"（第三人称阳性单数）；在《女游击队员》（1969）中，她采用了"elles"（女性的"她们"）。正如兰瑟所指出的："'她们'不仅仅是《女游击队员》中集体的'主角'，还是最终的集体权威和集体型声音。"

在剧院里，女性主义剧作家在叙事上做出了令人印象深刻的创新。宝拉·沃格尔的《火热和悸动》（Hot 'n' Throbbing，1994）是对冲突主观性的特别有力的表达。剧中有两个主要的人类角色：一个女人通过为女性主义电影公司写色情剧谋生，她的前夫是虐待狂。这里还有两种叙事声音：一种是女性的"画外音"，是缪斯的声音，来自女性内心，源于女性类型的叙事材料；另一种叫作"声音"，是一种男性话语，有着多种风格和口音。这些不同的声音集体成一种男性主导和控制的社会话语。① 沃格尔最非自然的举动就是在舞台上体现出每一种声音：表演空间是双重的，一会儿是一个普通的起居室，一会儿是一个奇幻的情色舞蹈大厅，前一个空间的声音是物理性的呈现，后一个空间的声音则由演员的身体进行呈现。在这里，"画外音"由一个性工作者呈现，她在一个玻璃柜里跳舞。"声音"由一个情色舞蹈大厅的主人/保镖呈现，"像一个现场 DJ，旋转着乐盘"，经常在麦克风里发出厚重的呼吸声。有时，他的声音听起来就像那个虐待狂丈夫。最终，女主人公在有了一段荒谬的性经历后追问道："这到底是怎么回事？"

凯瑟琳·威斯（Katherine Weese）在朱诺·迪亚兹（Junot Díaz）的《奥斯卡·瓦奥短暂而奇妙的一生》（The Brief Wondrous Life of Oscar Wao，2007）中勾画出非自然的叙事策略和性别结构之间的关系："通过其他人物的视角，聚焦于它的第一人称叙述，尤尼奥尔事实上成为一个无所不知的第一人称叙述者，成为叙事学世界中被定义为'非自然'叙事的一个类别。"威斯认为：

> 可以通过自我意识唤起对权威和权力建构叙述的注意：谁在讲述故事，叙述声音如何才能可靠，以及从哪里收集信息。迪亚兹通过扩展陌生化和非自然化的性别文化建构，揭示出它们是由特定的声音赋予的权力，并与既得利益构成简单的"自然秩序"。

关于"我"的戏剧也在自传小说领域得到延续。雪莉·乔丹关于越界可能性的讨论已被当代女性自传小说使用：

---

① 1999 年，这部剧在华盛顿特区（那里是剧作家的居所）上演时，声音和画外音遭到删减。现在它们占据了与角色相同的舞台空间（不再有蓝色灯光或玻璃展台），早期性学的话语被删除，又加入了一些来自《奥赛罗》的台词。

需要划分女性自我小说实践的范围。在一个极端德洛姆（Delaume）的例子中对重复的自我想象重新进行定位。安妮·埃尔诺则声称自己是一个社会学驱动型的"我"，而不是一个人的自传虚构（"一种自我的自传虚构媒介"）。"我"超越个人，有时几乎没有性别。

对于蕾妮·劳瑞尔（Renée Larrier）来说，法属加勒比自传虚构类小说可能是反对奴隶制、殖民主义和父权制沉默传统的有益实践。在这里，它融合了种族、后殖民主义和女性主义的焦点。乔丹在总结中谈道："自传虚构类小说中的'我'是见证者和表演者，其对急需存档的历史的主体性的恢复和建构，对传统文学和影像表现的破坏，让我们重新理解马提尼克、瓜德罗普和海地共同体。"

人　物

人物处在高度争议化的位置上，代表了边缘化群体与有害的刻板印象所做的斗争。在某些情况下，人物本身的概念就是具有争议的或被解构的，就像埃莱娜·西苏的文章《人物性格》（"The Character of Character"）所证明的那样。对一个群体错误、消极的刻板印象通常会被一系列叙事策略抵消。有些作家提供了可以进行替换的、不同类型的集体特征。正如我们所看到的，通过使用"我们"叙事，作者倾向于提供整个群体的集体肖像。其他作者则使他们的角色碎片化，并将其呈现为不同的、不兼容的自我的一部分。美国少数族裔戏剧提供了丰富的实例，它们通过实验形式表现角色的建构。在《路易斯·汶帝德斯》（"Los Vendidos"）中，路易斯·瓦尔迪兹（Luis Valdez）通过戏仿刻板文化形象，对墨西哥裔美国人和墨西哥人的一些负面文化形象进行了抵抗，包括埃米利亚诺·萨帕塔（Emiliano Zapata）在 20 世纪 50 年代的电影如《拉丁情人》（*Latin lover*）中的形象，以及炸玉米饼和墨西哥强盗的广告卡通形象。

莫妮卡·莫吉卡（Monique Mojica）的《波卡洪塔斯公主和蓝斑乐队》（*Princess Pocahontas and the Blue Spots*，1990）对美国原住民身份被误解

的悲剧性本质进行了特别丰富的社会建构调查。波卡洪塔斯以三种不同的形象出现：年幼时，她的名字是玛托阿卡；成人后是波卡洪塔斯，约翰·史密斯上尉的救助者；嫁给约翰·罗尔夫后，她搬到了伦敦，成为丽贝卡女士。书中有一个人物叫"故事书中的波卡洪塔斯"（Storybook Pocahonta），体现了简单的、马尼式欧美裔风格。还有一个人物叫"左右逢源的公主"（Princess-Buttered-on Both-Sides），是当代本土印第安人。她演绎了波卡洪塔斯复活的故事，发现自己深陷于他人对印第安人的刻板印象。她还参加了美国原住民选美比赛，并与她的乐队、波卡洪塔斯公主和蓝斑乐队一起演出。此外，公主也是郊狼（引诱外国人从墨西哥偷渡进入美国的不法分子）——神话般的骗子。她被改造成许多其他的人物，包括一个当地的神、一个精灵和一个雪茄店的印第安少女。很明显，所有这些角色都是由同一个演员扮演的，这些不相容的自我的表现形式完全是反模仿的。

正如我们已经指出的，托妮·莫里森的人物宠儿诗意地融合了不同的本体论标准。"这个角色处于发展之中"，而莫里森"跨越了现实和幻想之间的界限"。波特·阿波特进一步指出作品中的鬼魂不加掩饰地暗指作家，而宠儿似乎象征着人类在不同条件下的聚合，既具有普遍性也具有特定的历史性。莫里森不会对这个人物进行单一的模仿或常规的解释，因此在对通常不兼容的文本部分进行融合时仍然保持了不可通约性。阿波特认为："简而言之，宠儿对于心灵的解释提供了一个问题的盛宴。"无论是女性、幽灵、幻觉、神话还是比喻，它们都无法解决其中任何一方面的问题。

在拉什迪的作品中，人物分裂和增殖的策略也非常突出。拉什迪对人物的刻画采用了后现代叙事技巧，重现了印度神话和史诗中的形象。《午夜之子》的叙述者西奈以寓言的方式代表着印度，他的一部分是由其他人组成的。"我是生命的吞噬者。要了解我，就像我这一个，你必须吞下很多。许多异质的东西在我体内推来搡去，不断消耗。"这不仅发展出复合多个人物的性格，还包含对黑天大神的暗示，他的特殊能力被亚苏达看到了，他嘴里有着整个世界。黑天大神也是毗湿奴的化身，拉什迪采用化身的比喻指示不同时期不同人的相似人格。

在《撒旦诗篇》中，拉什迪进一步采用了这样的策略，使人物跨越了传统的界限，突破了自主个体、当前和历史人物、字面的和寓言式人物，以及虚构和非虚构主题通常受到的限制。中心人物是两个职业模仿者，萨拉丁·查查（Saladin Chamcha）和加布里尔·法瑞西塔（Gibreel Farish-ta）。查查可以模仿一切声音，但被剥夺了属于自己的声音（他因为自己的棕色皮肤，而没机会在英国的镜头前露面）。法瑞西塔是印度电影明星，扮演印度教中的神。小说的开头是他们从一架爆炸的飞机上坠落。正如佛克马在一篇关于这个主题的文章中所陈述的那样，二人一起坠落，互相拥抱，交换了身份，变成了"加布里尔·萨拉丁、法瑞西塔·查查"。佛克马很愉快地承认，这是"不可能"发生的。"查查消除了加布里尔的口臭。"佛克马接着补充说，他们被描绘成混合的改变的自我。其他转变也发生了：查查在一种讽喻妖魔化的具体化中长出了角和蹄。最具颠覆性的是，在叙事和神学上，法瑞西塔人性化得过分，他既做梦，又表演，变成了大天使加布里尔。他还与穆罕默德进行对话："穆罕默德来启示我，问我在异教徒和教徒之间的选择，而我只是个有点白痴的演员……"很快，大天使似乎实际上是"在先知里面的"，"说不清我们谁在梦着谁"。在这里，超自然的人物与讽刺的人物融合在一起。梦想入侵现实，这位经验丰富的演员既是他的扮演者，又是他最伟大的角色。

女性主义的分裂或多重自我的例子比比皆是，人物叙述者也是如此。盖尔·格林纳（Gayle Greene）认为，玛格丽特·阿特伍德《可以吃的女人》（*The Edible Woman*）、帕特丽夏·劳伦斯（Patricia Laurence）的《住在火里的人》（*The Fire Dwellers*）和玛格丽特·德拉布尔在 1969 年出版的《瀑布》（*The Waterfall*），使用了"分裂的代词"表达由玛吉·皮尔西（Marge Piercy）和西尔维娅·普拉斯（Sylvia Plath）所描述的"分裂感和矛盾感"。一个特别引人注目的女性主义的例子出现在乔安娜·拉斯（Joanna Russ）的《女汉子》（*The Female Man*，1970）中。正如杜普莱西斯所解释的那样：

> 珍妮特逐渐遇到了珍宁、乔安娜（她们三人的名字都是神珍贵的礼物）和雅亿（一个圣经中的女战士）。这四个"J"（Janet、Jeanine、Joanna、Jael）要么是一个人的另一种自我，要么是作为一个女人的类型，去替代同样类型的社会赋予的策略，那就是吉尔曼所说的男人创造的世界。在拉斯那里，群体性的主角代表了当代女性的分裂意识。

框 架

　　反抗型作者通常会为了深刻揭露歧视他们的意识形态而采用许多巧妙的方法来对抗叙事的各种框架。这些对框架的攻击可能是文字上的，他们可能会并置不同的叙事方式，或者拒绝对不同的叙事层次进行等级划分。伊斯米尔·里德改变了《巫神》（*Mumbo Jumbo*）的开头，把第一章放在了标题页、版权页和其他辅文之前，所以当读者打开书时，最先看到的就是正文。正如书籍的话语是先于实体书印刷的副文本，通常来讲，这就意味着框架变化，就像电影在标题序列之前开场。在《飞往加拿大》中，里德叠加了现代技巧，把 20 世纪 60 年代的事件记录用在了 19 世纪 60 年代的叙事上。每一个历史时期都具有自身框架，并且都会被另一种方式瓦解，其效果与《撒旦诗篇》中的表现形式和拟像之间的戏剧效果相当。正如引用段落所暗示的那样，我们不清楚哪些事件是真实的，哪些是梦到的、拍摄的版本或历史的重建。纳丁·戈迪默（Nadine Gordimer）还穿插了两个叙事：一个是历史，是对祖鲁人早期宗教体系的描述；另一个是当代的虚构叙事，它们都试图在《环保主义者》（*The Conservationist*，1974）中描绘出一个在南非合法拥有土地的故事。

　　在托妮·莫里森的《最蓝的眼睛》（1970）中，文本排印上的差异也标志着和谐的中产阶级迪克与珍妮对佩科拉·布里德洛夫和她家人进行的有区别的叙事。迪克和珍妮的故事在排版上的变化，也反映了黑人女性所遭受的可怕家暴："HEREISTHEHOUSEITISGREENANDWH"①。珍妮特·温特森的《性的诗学》（"The Poetics of Sex"）违反了大多数模仿叙事

---

　　① 正确的句子是 "HERE IS THE HOUSE. IT IS GREEN AND WH"（这里有一所房子。它是格林和怀特的家）。小说叙述者在呈现小学课本中白人典型的幸福家庭故事时，第一遍用了大写和有停顿与标点的正常书写，第二遍则去掉了停顿和标点。字母小写的部分是黑人女孩佩科拉的悲惨故事。随着故事的展开，白人幸福家庭的故事叙述被删除了停顿和标点——虽然仍旧宏大圆满，面目却模糊不清。

的基本规律，如一致的空间、时间、可能性和不矛盾的规律。叙事的时序被删去、重复和重构，文本本身似乎是围绕一个主题的不同绘画系列。这个故事还有一个社会话语的讨论框架，被更大的标题显示出来，似乎是在它之下的叙述部分。与《最蓝的眼睛》的框架所昭示的看似遥不可及的规范世界不同，这些标题其实是一个明显不屑于倾听任何潜在反应的评判性声音，对女同性恋者发出一系列相当粗俗、充满敌意的评论。它们包括七个反问："你为什么和女孩睡觉？""你们中哪一个是男人？""女同性恋在床上做什么？""你天生就是女同性恋吗？""你为什么讨厌男人？""你难道没发现你错过了什么吗？""你为什么和女孩睡觉？"仅仅是这些标题就能揭示它们重复的天性——不是逐字逐句地重复的问题，而是整个系列都是第一个问题的变体。它是无情单一的话语，与周围的文本（和人）没有互动。它是静态的，形成了一个散漫的恶性循环，从来没有真正的起点。

乔安娜·拉斯的《女汉子》中，有一个极不自然的故事世界——四个不同的空间/时间连续，其中我们唯一熟悉的那个类似于20世纪70年代的美国。每一个世界都轮流与其他空间构成框架，每一个世界都与其他世界相矛盾。艾伦·皮尔写道："这部小说也有四个主人公，来自其中的一个世界，是杜普莱西斯'公共主人公'的变体。""对于拉斯来说，这种非自然的技巧代表了当代女性分裂的意识。"皮尔进一步指出，这四个女人在某种意义上是同一个人，或者中心人物乔安娜根本就不是一个人，只是出现在另一个人物头脑中的声音，或者是一个整体的叙述者，甚至是真实作者的戏剧化版本。文本拒绝提供单一固定的、其他层次可以立基于此的本体论。

为了完成这一章的分析，我想联系起巴拉卡《奴隶船》中的描述，它指明了自身重建故事、人物、空间、框架和接受的方式。戏剧故事以引人注目的方式超越了传统观念。该剧始于一艘把非洲人运送到美洲的奴隶船。这一场景记录了非洲人遭受的苦难、抵抗的企图，以及挑衅性的暴力报复。下一幕大概发生在一个世纪之后。1831年，特纳计划在弗吉尼亚州的一个种植园里策划奴隶起义。在这里，不同的人物持有不同的立场。一个奴隶告发了他们，在叛军被杀死时得到了猪排。然后，场景切换到20世纪60年代。一位黑人牧师建议其他人在面对白人压迫时采用非暴力手段。巴拉卡说，这个角色应该由在前一幕中扮演叛徒的演员扮演。同样，那些愿意拿起武器结束压迫的愤怒的黑人也要由以前扮演叛逆奴隶和非洲勇士的演员扮演。末尾，该剧宣布一场黑人革命的成功，并邀请观众到舞台上一起完成最后一场演出。

通过数世纪的重复，巴拉卡确保演员的身体会表现出一种持续不断的历史戏剧，这是一种代代相传并延续至今的历史戏剧。观众必须继续他们在舞台上看到的斗争，巴拉卡还坚持说，他们必须选择叛乱或和解。巴拉卡通过不同的策略将传统的故事变成了一个具有创新性的故事：这部作品讲述的是集体、历史、群体，而不是个人的故事。在跨越几个世纪的场景中，时间被延长了。连续呈现的事件之间的直接因果联系被更大的历史模式和轨迹取代或补充。作品中的非自然元素包括它的集体主体、由可辨识的演员扮演类似的角色，以及观众与变化着的故事世界融合。这部作品抵制封闭，鼓励观众在舞台上完成他们看到的事件。它先是与演员起舞，后又将起义戏剧带到大街上，以此抵制传统的表演框架。

结　论

非自然叙事分析尤其能够帮助我们识别和欣赏美国少数族裔、后殖民主义和女性主义不同寻常的叙事策略，无论是在意识形态上，还是在创新的形式特征上。事实上，它可以引起人们对主题材料如何影响叙事效果的关注。"黑人文化认同"的概念促使无数人尝试去确定一种独特的黑人的或以非洲为中心的美学。这些尝试通常被认为是不会成功的。20世纪60年代末到80年代早期自发的女性主义诗学的探索也是如此。似乎不可能出现令人信服的独特的拉丁文化、美洲原住民文化或后殖民诗学。一般来说，在不同的时期，用不同的体裁进行单一的叙事实践或诗学实践很难同时匹配多个不同的群体。然而，少数族裔、后殖民主义和女性主义作品常常表现出许多共同特征。我们观察到存在两种叙事策略。一种是分裂性，即我们可以看到割裂、溶解、杂交、自我增殖的故事。这些实践表达出压迫的不同性质、经验和意识。

另一种是让作者以一个或多个叙述的基本要素为基础，提供一个多元的、集体的实体，而不是传统西方叙事中普遍存在的单一形象。这种叙事中有讲述者和集体合并的意识，群体延伸结合的故事，情节时序的时代性，以及多重、集体和融合的人物塑造。据此，它得以讲述大量群体的故事。这些特点在"我们"叙事中表现得尤为明显。叙事代词的选择很容易产生共同的视角、焦点、叙述接受者和集体型叙述者，情节也很容易超越传统单一主体的典型范围。这些小说的受众（叙述对象）是明确的，往往与主人公有着共同的特征。这些构成了一种可供选择的集体诗学，它吸收了前资本主义、非资本主义和后资本主义的原则，正如它借鉴了先锋派和后现代实验中最极端的表现技巧。

这种集体诗学的建构是对传统小说元素一种有力而彻底的转变，也是对非自然叙事理论的重要运用。几十年来，话语分析已经对后殖民作品产生了深刻的影响。艾梅·赛泽尔认为：

> 当我把法国文学给我的元素作为出发点时，我也一直努力创造一种新的语言，一种能够传播非洲文化遗产的语言。换句话说，对我来说，法语是一种工具，我想用它开发一种新的表达方式。我想创造一种安的列斯群岛法语，一种黑人法语。它虽然仍旧是法语，却具有一种黑人性。

超越话语分析，进一步探索反抗型作者创造的许多创新的叙事形式，这极为重要。因此，非自然叙事理论的工具既重要，又具有启迪的作用。尤为特别的是，对集体型叙事技巧的研究将把我们推向新的、意想不到的领域，并提供一种新的、出人意料的、可供探索的文本。

结　语　方法论和非自然叙事：
反模仿和叙事理论

　　我将以两则具有代表性的轶事开始我的总结。大约二十年前，在听完一篇关于故事和时间的结构主义论文后，我问了演讲者许多实验作品中存在的不寻常甚至不可能的时间现象，并询问其理论能否包含它们。演讲者轻蔑地看着我，说这些只不过是反叙述现象。其明确的含义是，叙事学不必理会这些文本。许多观众赞许地点了点头。几年前，我发表了一篇关于叙事进程多样性的文章，并非基于传统的情节叙事研究。于是，我收到一封电子邮件，是一位我从未见过的杰出的叙事理论家寄给我的。他评论了我的文章，要求我承认这样的故事非常罕见。我的第一反应是"当然，但那又怎样"。我很快意识到，这位学者的隐含假设是，正确的叙事学主题只应该是世界上绝大多数的叙述，而不是不寻常的或少数的类型。这种说法乍一听可能合情合理，但会在考察中暴露出问题或矛盾。毕竟，生物学家会为发现新的生命形式感到兴奋，渴望扩展物种模型，将其最新发现包含在内。例如，最近在太平洋海底火山脊进行的地热裂缝深度勘探活动发现了未知的生命形式。不用说，没有任何生物学家试图贬低或怀疑它们，说它们是"反生物学"的形式，或要求发现者承认这些实体是极其罕见的。我相信，叙事学家应该模仿生物学家，给予新事物一个令人兴奋的拥抱。

　　如果我们要从叙事研究中剔除那些明显属于少数的情况——在世界范围的叙事中占比不到百分之一，我们就不会去研究内心独白、自由的间接引语、开放式结局、视角越界以及许多其他技巧。我可以理解人们将叙事学研究划到可管理或熟悉的领域的实际愿望。然而，我不清楚怎样才可以建立起这一模型，它包括最近的少数实践，如内心独白，但排除第二人称叙述。更广泛地说，它包括第二人称叙述（已数以百计），但排除罕见的"他们"或"某个人"的叙述，如莫妮卡·威蒂格的《女游击队员》和《没药》。如果想把罕见的案例纳入叙事学，就很难把更加罕见的案例排除在外；无论对前者采用什么原则，对后者都是适宜的。我不认为有可能提出一套令人满意的、可行的标准，使叙事学家能够表现出这种歧视。此外，将自己局限于一个更小的由简单的叙述构成的子集中，最终可能使理论家看起来粗心大意，习惯性地遵循一种过于受限的方法。更糟的是，这将是一种方法论上的选择，原则上不允许实验形式的艺术表现形式——文学叙事的本质却是不断地自我重组。没有人会认真对待一种无法涵盖抽象艺术的艺术理论，也没有人会认可一种无法解释复调、十二音列、印度音乐或中国音乐的音乐理论，但为什么有人会满足于一种在原则上不包括这么多重要而有影响的叙事的叙事理论？

汤姆·金特（Tom Kindt）和汉斯-哈罗德·穆勒（Hans-Harald Müller）最近提出了他们的方法论假设。他们声称，"文学中的叙述学概念是对对象进行概念化的理论"，即"或多或少对概念进行结构化和连贯图式化"。因此，任何经验性的归纳都与概念的有效性无关。对于他们的评价来说，重要的是术语和概念具有以下特征：精确性、一致性、有用性和易用性。他们的标准中不存在准确度、可行性和范围等概念。他们的建议最终是理想主义的，因为他们完全把自己限制在观念本身的特征上。我怀疑这种做法基于对一种叙事理论是否必须具有解释和应用的可操作性（不需要）的困惑，而这是可以理解的。但这一特殊的观点与更大的问题有所混淆，即叙事理论（或情节理论/叙述理论/人物理论）究竟应该涵盖哪些内容。

正如杰拉德·普林斯在本文中所指出的，叙事学是"传递性理论"。也就是说，对特定文本和领域的研究"检验了叙事学范畴、分类和推理的有效性和严密性，从而使人们能够识别出叙事学家（可能）忽略、低估或误解的重要因素；它们（可以）导致叙事研究基本模式的重构"。事实上，情况难道不是更应改变吗？叙事理论应该解释所有的叙事，而不是这个类的一个有限子集。

关于非自然的叙事成分被大多数现有的叙事理论忽视的讨论，会导致进一步的研究。首先，这样的否认是没有必要的。理论家没有必要去保护虚构的叙事学概念的纯粹性，并限制其所允许的作品。结构主义叙事学、修辞叙事学或认知主义叙事学没有理由一定要排除非自然事件和文本。很容易就会有一个结构主义的反模仿理论——事实上，这样的工作是从大卫·哈曼和里卡尔杜开始的。同样地，正如本书前言所述，詹姆斯·费伦的作品也展示出对非自然叙事的关注。许多人乐于接受认知研究的方法和反模仿叙事的功能，分析它们的目的及其产生的令人印象深刻的效果。①这样的研究实际上已经开始出现在扬·阿尔贝、波特·阿波特、玛丽娜·格里莎柯娃（Marina Grishakova）、丽莎·尊霞的工作中。我们希望这些研究继续下去。在对诗歌的讨论中，鲁文·楚尔（Reuven Tsur）已经鉴别了那些避开指称边界的话语处理的心理机制。他声称认知诗学表明，在人类对诗歌的反应中，自动适应的手段会导致审美的终结。在不可预测的环境中，诗歌的读者发现，读诗的乐趣不在于方式技巧所引起的情感迷失，而在于再次确认他们被破坏的自动适应装置功能依然正常运动。波特·阿波特描述了认知社会学家保罗·迪马吉奥（Paul DiMaggio）的著作中的类似行为：

> 抵制文本会引发他所呼吁的内容"协商认知"是一种包含最重要的思维方式的自然认知能力，与"批判性和反射性思考"相关联。因此，这些文本在引起高度关注时，经常被称为"现有图式未能对新的刺激进行充分考虑"。

越来越多的分析者，尤其是年轻的分析者，都在使用非自然叙事文本。然而，在其他方面，仍然残存着基本未被质疑的模仿主义。这种坚持的一个可能原因是存在一个相对未被分析、未被证实的假设：由于虚构的叙述本质上与非虚构的叙述相似，所以只有一个单一的叙事学框架是必要的。这一点融合了大多数叙事学家可以理解的愿望：存在一种单一的、包罗万象的理论，可以天衣无缝地涵盖所有的叙事，包括虚构的和非虚构的、通俗的和晦涩的、传统的和实验的。我在书中举出的例子表明，这是一个堂吉诃德式的探索，而《堂吉诃德》这部作品本身就是一部极为明显的非自

---

① 艾伦·理查森（Alan Richardson）认为，认知文学批评没有排除"20世纪重要的先锋文学传统，并不是如非自然叙事所认为的那样被误导了。但是，与其去寻找，不如去理解这些严肃的艺术家和被告知的读者的诉求"。我希望这是事实，尽管许多认知主义者似乎并不认同这一观点。

然小说，与非小说有根本的区别。

在原则上，一种仅仅是模仿的方法不能涵盖违背和颠倒模仿范式的实践。模仿理论不能对小说的独特品质做出公正的判断，而定义中虚构作品的特征就在于它有意与现实世界叙述形成差异。在虚构作品中，人物可能是不可能存在的事物，可能多次死亡，可能有冥府中的滑稽场景，可能出现在逻辑上不可能存在的地方和事件。一个叙述者的声音可以坍塌为另一个声音，一个人物可以逃离他的创造者。在整个 20 世纪，一些叙事理论家所采用的许多基本概念和歧见，已经阐明了虚构与非虚构的差异，而这些差异在更具非自然特色的叙事中得到了彰显。

我不清楚为什么有人会认为一个单一的理论框架可以解释两种如此不同的话语。这是一个可以原谅的疑惑，一些叙事学家之所以会满足于这样的解释性模型，是因为语言学或动物学都不用解释戏仿的动物、人为的非自然语言或神话中的生物，如龙以及狮鹫这样由不同物种结合成的动物。虚构是不同的，与实体大相径庭。非自然叙事理论凸显了这一根本性的差异。安德烈·马尔罗（André Malraux）对这一基础做了简洁有力的澄清："艺术家不是世界的转录员，而是竞争对手。"文学小说的解释框架应该来自虚构故事本身。

正如前两章所讨论的，由于许多认知主义叙事学家坚持模仿立场，这个问题变得更加紧迫了。随着基于认知研究的叙事理论不断强调人类体验与文学交互作用的同源性，一种新的模仿主义出现了。这种偏见迫使他们忽视和抛弃了许多未被理论化的经典和现代叙事的独特特征，包括数以千计的非模仿或反模仿人物（从阿里斯多芬的戏剧到贝克特笔下"无法称呼的人"，再到兔八哥）。这些理论家试图通过寻找一些不寻常的认知条件来解释反模仿文本不寻常的特征，而这种特殊的认知条件可以解释一个人物无法解释的行为。贝克特常是这种心理学还原论的受害者。波特·阿波特驳斥了许多类似的观点，比如有些库切的《内陆深处》（*In the Heart of the Country*，1977）的读者把"那些丰富的不可能性视为精神不正常的叙述者的谵妄，将其'自然化'"。

尤其令人失望的是，我们在文学理论史上已经看到很多次这样的错误。我们还记得，天真的模仿主义让 A. C. 布拉德利（A. C. Bradley）对麦克白夫人有多少个孩子，或者哈姆雷特在维滕贝格学习过多少年等进行过无聊的推测。在漫长的 18 世纪，一种不同而又粗俗的模仿主义浪潮席卷了整个文学领域，托马斯·赖默（Thomas Rymer）和塞缪尔·约翰逊（Samuel Johnson）这样的领军人物都在谴责莎士比亚，因为他偏离了严格的模仿诗学。① 这种"模仿谬误"至少可以追溯到本·琼森。而现在，它似乎正在经历新的复兴。

那些欣赏创新文学或精确理论公式的人，只能希望新的模仿偏见不要生根。正如多勒泽尔所说：

> 模仿主义是一种非常流行的阅读模式，它将虚构人物转化为活生生的人，将虚构的场景变成现实的地方，将虚构的故事转化为生活中真实发生的事件。模仿阅读由天真的读者实践，被新闻评论家强化，是人类思维能力的最简化的操作之一：巨大、开放、诱人的虚拟世界被缩小为一个单一世界的模型，一种真实的人类体验。

在这个背景下，我们可以举一个亨利·詹姆斯的例子。这个例子清楚地阐明了我所描述的相反观点。詹姆斯在他关于特罗洛普的文章中识别和描述了长期困扰文学批评和理论的模仿的偏见，这一点我在研究中也提到过。詹姆斯认为，小说家应该把自己看作历史学家，并将自己的叙述看作历史。他必须把被假定为真实的事件联系起来。如果假定这个真实的姿势失败了，詹姆斯会产生怀疑和愤怒。这明显是来自非自然叙述的愤怒。詹姆斯抱怨道：

> 某些有成就的小说家有放弃自己的习惯，这往往会让那些认真对待他们小说的人伤心。最近我读了很多安东尼·特罗洛普的书，受到打击，因为他在这方面缺乏判断力。在题外话、插入语或旁白中，他向读者承认，他和他信任的朋友只是在"假装相信"。他承认，他叙述的事件并没有真正发生，而他可以改变叙述来讨好读者。我承认，这是对一个神圣群体的背叛。对我来说，这是一桩可怕的罪行。特罗洛

---

① 赖默断言："在自然界中，没有什么比不可能的毒液更令人憎恶的了。当然，其中从来没有像《奥赛罗》这样充斥着漏洞的剧本。"

普的书使我在各方面都感到震惊，就像我在吉本或麦考利的书中所感受到的那样。

这里有很多讽刺，其中最明显的证据就是作者和读者都在假装相信，而叙事可以给予一切希望。詹姆斯声称自己震惊于"可怕的罪行"，这是一种常见的，几乎和小说本身一样古老的犯罪。此外，詹姆斯比菲尔丁、萨克雷或特罗洛普更详细地解释了自己的创作方法，但仅把批评的话语限制在前言部分。詹姆斯的愤怒不是由这种批评行为引起的，而是愤怒于它在虚构作品中的位置以及由此导致的对模仿伪装的破坏。琳达·韦斯特维尔特（Linda Westervelt）说："詹姆斯没有批评特罗洛普的叙述者的入侵，但特罗洛普的确破坏了故事中的事件实际上发生了的幻象。"

正如我们在这项研究中所看到的，一种将自身限制为标准、自然、共同或传统叙事形式的叙事学受到了严重的限制。相比之下，非自然叙事理论家所倡导的更为开放和广阔的模式提供了显而易见的益处。非自然叙述策略的一个重要价值就是引起人们对叙事结构的重视，并指出这种建构所服务的诉求。他们反对容易识别的角色和对熟悉的情节轨迹的自反性识别，不鼓励传统的对已有设置的反应，提倡一种批评的立场，与幻想主义或多愁善感相抵牾。一种仅仅是模仿的叙事学，几乎不涉及戏仿这种极端的形式，或者整个时代的许多元戏剧和元虚构的例子。这非常遗憾，因为这类模式已经成为美学表述和评论的主要工具。基斯·霍普观察到：

> 元虚构是不同体裁的融合，它在新的语境中重新构筑不同语言系统的规则。这种互动不仅使人们注意到所有话语"作家性"的本质，而且动态地创造出一种新的、多层次的对古老材料的拼贴：元虚构并没有抛弃传统，而是批判地重新评价和丰富了它。

简言之，非自然的叙事理论特别适合于创造性小说动态多变的本质。我们永远不能期望静态或死板的模型会对这些文本进行公正的处理。

非自然叙事理论是面向外部世界和拥抱差异性的，涵盖了不同时期、文化和情感的不寻常的文本。它避开了以现实主义文本为基础的，18世纪晚期至20世纪早期始终隐秘存在的欧洲中心主义理论。正如我们所见，它看起来热切地关照其他文化中普遍存在的可替代的形式，如使用集体型的

"我们"叙述美国原住民和南部非洲历史的故事，具有框架断裂诗学的梵语戏剧和中国古典小说，反现实主义的日本能剧，带有反现实主义技巧的中世纪叙事。一种非自然的视角可以让我们更好地理解和语境化意识形态所激发的尝试，突破传统形式的局限性。例如，女性主义和酷儿理论试图"写出超越结尾的作品，或其他有复数叙述者的作品，多主题或多种叙事手法的作品"。从阿里斯托芬的时代开始，非自然叙事手法就很容易与戏仿相结合，从而既戏仿了传统的叙事公式，又讽刺了现存的社会关系。在反模仿文本的背后，似乎有某种东西推动着它在其他领域进行神话解构。

非自然叙事技巧常常用于描述似乎违背普通叙事的可怕行为，代表着非常不自然的人类行为。这一点在描述极端情况的作品中，如奴隶制、殖民主义或新殖民主义，尤其在第七章的讨论中最为明显。心理学家多利·劳伯（Dori Laub）表示：

> 巨大的创伤会导致人无法把事件记录下来；人类心灵的观察和记录机制暂时中断了……因此，被听到的叙事的出现，就是对事件产生的过程和地点的一种认知及"知晓"。

《宠儿》混淆了秩序的碎片，在人物体验中，宠儿这一奇怪形象的部分以一种必然的无序而再生。

我们也许会承认，只有很少的叙事采用了自相矛盾的时间。这些作品的主题往往是极端的，包括"9·11"和"大屠杀"这样的集体灾难。马丁·艾米斯在小说《时间箭》中评论说，大屠杀是唯一会出现意义倒退的故事。应该清楚的是，任何一种全面综合的叙事理论，即使很稀有也应该包含一种自相矛盾的时间叙事技巧。

在其他媒介中，反模仿的表现得到了广泛的承认和讨论。在艺术史上，列昂纳多在《最后的晚餐》中构建了两个消失点，这在自然世界中是不可能的。达·芬奇对超自然事件的描绘与莎士比亚在《麦克白》中构建的非自然之夜相对应，也是一种非自然描述。有趣的框架断裂经常出现在中世纪的插图书和巴洛克壁画中。艺术评论家常会注意到塞尚在静物画中多次故意违反透视法，表现出对万有引力的蔑视。雷内·马格里特（René Magritte）专攻反模仿的绘画，其作品呈现出不可能的事件配置。在《凯特·布拉奇》（*Carte Blanche*，1965）中，前景和背景之间不可能的关系产生了同时出现在其他物体前面和后面的物体。M. C. 埃舍尔（M. C. Escher）喜欢构建视角和连续性遭到破坏的不可能式场景：《瀑布》（*Waterfall*）显示水既向下流动又向上流动；《相对性》（*Relativity*）有三个独立的重力来源，描绘了向上和向下都有无限的楼梯。毕加索更有可能违反现实主义的准则，他提供了艺术家超越单一模仿的最能引起共鸣的形象之一。在《镜前的女人》（*La Coiffure*，1905）中，正在做头发的妇女看着一个圆形的镜子。镜子的表面对观众来说是可见的，但是，与西方绘画史上之前几乎所有的镜子不同的是，这面镜子没有显示任何东西。毕加索很快就画出了《阿维蒂戈庄园》（*Les Detnoiselles D'Avignotiy*），拒绝让他的镜子变得自然。非自然的叙事理论和艺术批评一样，都在记录世界上具有可比性的创造性变化。此外，一种关注这种结构的叙事模式能够更好地识别出类似的绘画技巧和美学，从而激发出文学实验的灵感。

该叙述所隐含的一个方法上的问题非常清晰：我们不应该先抽取来自其他学科，如修辞学、民俗学、语言学、认知科学的类型，然后把它直接简单地应用于虚构故事中，继续排除或忽略不合适的叙事模式。这可能会导致不同寻常的情况。正如托多罗夫和其他人的研究所发现的，这些类别是潜在的，在目前是不存在的，因为它忽略了现存的具有创造力的重要叙事，没有为其留下任何位置。

一种更有效的方法是从叙事虚构小说本身衍生出来的：首先确定作者在做什么，然后根据文本归纳出相关理论。最有效的理论是能够充分包容最大范围的重要叙述实践的理论。引进和扩大各种叙事媒介（芭蕾、漫画、超文本、广告、叙事性绘画、默剧、游戏等）的范围，将会产生更多方法论上的讨论。此外，还应该对虚构性的性质、范围和影响进行研究。有一点是毋庸置疑的：文学虚构小说中最受尊重、最具活力、最具影响力的实践者的作品，应该成为理论化材料汇编的中心。在 21 世纪，这包括后现代主义中的极端文本、先锋文本、魔幻现实主义文本、女性主义和少数族裔的叙事实验、新小说以及超文本小说。我的立场是直截了当的：至少，文化（及其亚文化）中的重要的叙述是叙事学的适当主题。我想不出任何有力的论据支持进一步对叙述理论疆域进行划界。

叙事虚构是在两极之间进行构建的：一个是模仿性，另一个是人为性。模仿往往隐藏着人为创造的性质，反模仿则标榜其人为性。一个完全模仿的理论只能告诉我们一半的故事。相比之下，全面的叙事学会同时接纳这两个方面。1925 年，托马舍夫斯基明确了这样的区别：

> 根据文学手段的可感知性，可以区分出两种文学风格。第一种具备 19 世纪作家的特点，即试图隐藏写作手法。所有的动机系统都是为了使文学手法看起来不可察觉，使它们看起来尽可能自然。也就是不断发展文学材料，使读者不易察觉文学手法的使用。这只是一种风格，而不是一般的美学规则。它与另一种风格相对立，即一种非现实的风格。后者不屑于隐瞒手法，经常试图使手法大白于天下，就像作家打断他正在叙述的一篇演讲，声称他没有听到演讲是如何结束的，接着继续叙述他没法据现实途径知道的东西。

现在，是时候重新考虑一下托马舍夫斯基和其他俄国形式主义者的见解了。他们中的许多人在过去几年里都迷失了方向。我们对叙事的理论理解始终处于还原论和过分简化的危险之中。我们总是需要更广阔、更辩证的模式。在叙事虚构中，为了更全面有效地理解不同的、创新的以及独特的作品，非自然叙事理论坚决要求为其提供分析的工具。要理解我们这个时代最重要的文学作品，并恢复广大的被忽视的文学史领域，除了使用这个框架，我们没有其他选择，只有它才能包含和理论化我们所拥有的最引人入胜、最极端、最令人愉悦的故事。

参考文献

Abbott，H. Porter. *Beckett Writing Beckett*：*The Author in the Autograph*. Ithaca：Cornell UP，1996.

____. *The Cambridge Introduction to Narrative*. 2nd ed. Cambridge：Cambridge UP，2008.

____. *Real Mysteries*：*Narrative and the Unknowable*. Columbus：Ohio State UP，2014.

Acker，Kathy. "Devoured by Myths：An Interview with Sylvere Lotringer." *Hannibal Lecten My Father*. *Semiotext（e）Native Agents Series*. Series ed. Syl-vere Lotringer. New York：Semiotext（e），1991. 1-24.

Adams，Hazard. "Critical Constitution of the Literary Text：The Example of *Ulysses*." *Antithetical Essays in Literary Criticism and Liberal Education*. Tallahassee：Florida State UP，1990. 90-100.

Aichinger，Ilse. *Ilse Aichinger*. Ed. J. C. Alldridge. Chester Springs，PA：Dufour Editions，1969.

____. "Spiegelgeschichte." *Der Gefesselte*：*Erzahlungen*. Frankfurt a. M：S. Fischer Verlag，1967.

A0lber，Jan. "The Diachronic Development of Unnaturalness：A New View on Genre." *Unnatural Narratology*，Eds. Jan Alber and Rudiger Heinze. Berlin：De Gruyter，2011. 41-70.

____. "Impossible Storyworlds—and What to Do with Them." *Storyworlds I*（2009）：79-96.

____. "Pre-Postmodernist Manifestations of the Unnatural：Instances of Expanded Consciousness in Omniscient Narration and Reflector-Mode Narratives." *Zeitschrift fur Anglistik und Amerikanistik* 61. 2（2013）：137-153.

Alber, Jan, Stefan Iversen, Henrik Skov Nielsen, and Brian Richardson. "What Is Unnatural about Unnatural Narratology? A Response to Monika Fludernik." *Narrative* 20. 3 (2012): 371-382.

Alber, Jan, Henrik Skov Nielsen, and Brian Richardson, eds. *A Poetics of Unnatural Narrative*. Columbus: Ohio State UP, 2013.

Alfau, Felipe, *Locos: A Comedy of Gestures*. New York: Random, 1990.

Alter, Robert. *Partial Magic: The Novel as a Self-Conscious Genre*. Berkeley: U of California P, 1975.

Amis, Martin. *Times Arrow*. New York: Vintage, 1992.

Anouilh, Jean. *Becket, or the Honor of God*. Trans. Lucienne Hill. New York: Signet, 1960.

Aristophanes. *The Complete Plays of Aristophanes*. Ed. Moses Hadas. New York: Rosset and Dunlap, 1962.

Aristotle. "Poetics." *The Norton Anthology of Theory and Criticism*. 2nd ed. Ed. Vincent B. Leitch. New York: Norton, 2010. 88-115.

Austen, Jane. *Northanger Abbey*. New York: Random, 1976. Vol. 2 of *The Complete Novels of Jane Austen*.

Bakhtin, Mikhail. *The Dialogic Imagination*. Trans. Caryl Emerson and Michael Holquist. Austin: U of Texas P, 1981.

Bal, Mieke. *Narratology: Introduction to the Theory of Narrative*. 3rd ed. Toronto: U of Toronto P, 2009.

Ballard, J. G. *War Fever*. New York: Farrar, Straus, Giroux, 1990.

Baraka, Amiri. *The Motion of History and Other Plays*. New York: Morrow, 1978.

Barthes, Roland. *A Barthes Reader*. New York: Hill and Wang, 1982.

———. *Image-Music-Text*. Trans. Stephen Heath. New York: Hill and Wang, 1977.

Beckett, Samuel. *The Complete Short Prose, 1929-1989*. New York: Grove, 1995.

———. *Endgame*, New York: Grove, 1958.

_____. *Three Novels*: *Molloy*, *Malone Dies*, *The Unnamable*. New York: Grove, 1965.

_____. *Worstward Ho*. New York: Grove, 1983.

Bell, Alice. "Unnatural Narrative in Hypertext Fiction." In Alber, Nielsen, and Richardson, 185-198.

Benstock, Bernard. *Narrative Contexts in Dubliners*. Urbana: U of Illinois P, 1994.

Bernaerts, Lars, Marco Caracciolo, Luc Herman, and Bart Vervaeck. "The Storied Lives of Non-Human Narrators." *Narrative* 22.1 (2014): 68-93.

Booth, Wayne C. *The Rhetoric of Fiction*. 2nd ed. Chicago: U of Chicago P, 1983.

Bordwell, David. "Film Fucures." *SubStance* 31.1 (2002): 88-104.

Borges, Jorge Luis. *Other Inquisitions*: *1937—1952*. Trans. Ruth L. C. Simms. Austin: U of Texas R, 1972.

Boully, Jenny. "The Body." *The Next American Essay*. Ed. John D'Agata. St. Paul, MN: Gray-wolf, 2003. 435-466.

Bowersock, G. W. "Truth in Lying." *Fiction as History*: *Nero to Julian*. Berkeley: U of California P, 1994. 1-27.

Bradbury, Malcolm. *Who Do You Think You Are? Stories and Parodies*. 1976. New York: Penguin, 1993.

Brooke-Rose, Christine. *A Rhetoric of the Unreal*: *Studies in Narrative and Structure*, *Especially of the Fantastic*. Cambridge: Cambridge UP, 1983.

Brooks, Peter. Reading for the Plot. Cambridge, MA: Harvard UP, 1984.

Brophy, Brigid. *In Transit*. London: GMP, 1983.

Brown, Marshall. "Periods and Resistances." *MLQ*: *A Journal of Literary History* 62.4 (2001): 309-316.

Buchholz, Laura. *"Unnatural Narrative in Postcolonial Contexts*: *Re-reading Salman Rushdies Midnight's Children."* Journal of Narrative The-

ory 42. 3 (2012): 332-351.

Buland, Mabel. *The Presentation of Time in the Elizabethan Drama*. 1912. New York: Haskell House, 1969.

Byron, George Gordon, Lord. *The Poetical Works of Lord Byron*. Boston: Houghton Mifflin, 1975.

Calinescu, Matei. *Five Faces of Modernity*. 2nd ed. Durham: Duke UP, 1987.

Calvino. Italo. *If on a winters night a traveler*, Trans. William Weaver. New York: HBJ, 1981.

Carpentier, Alejo. *War of Time. Trans. Francis Partridge*. New York: Knopf, 1970.

Carter, Angela. *The Passion of New Eve*. New York: Virago, 1992.

Castillo, Ana. *The Mixquiahuala Letters*. New York: Doubleday, 1992.

Caughie, Pamela. *Virginia Woolf and Postmodernism*. Urbana: U of Illinois P, 1991.

Cesaire, Aime, *Discourse on Colonialism*. Trans. Joan Pinkham. New York: Monthly Review P, 1972.

Chamoiseau, *Patrick. Texaco. Trans.* Rose-Myriam Rejouis and Val Vinokurov. New York: Random, 1997.

Chatman, Seymour. "Backwards." *Narrative* 17. 1 (2009): 31-55.

Churchill, Caryl. *Plays: One*. New York: Routledge, 1985.

Cixous, Helene. *"The Character of 'Character'."* NLH 5 (1974): 383-402.

____. *Partie*. Paris: Des Femmes, 1976.

Cobham, Rhonda. "Misgendering the Nation: African National Fictions and Nurrudin Farahs Maps." *Nationalisms and Sexualities*. Eds. Andrew Parker, Mary Russo, Doris Somer, and Patricia Yaeger. New York: Routledge, 1992. 42-59.

Cocteau, Jean. "The Wedding on the Eiffel Tower." *Modern French Theatre: The Avant-Garde, Dadat and Surrealism*. Ed. and trans. Michael

Benedikt and George F. Wellwarth. New York: Dutton, 1964. 93-116.

Cohn, Dorrit. *The Distinction of Fiction*. Baltimore: Johns Hopkins UP, 1999.

____. "Metalepsis and Mise en Abyme." *Narrative* 20.1 (2012): 105-114.

____. *Transparent Minds: Narrative Modes for Presenting Consciousness in Fiction*. Princeton: Princeton UP, 1978.

Conrad, Joseph. *The Nigger of the "Narcissus"*. *Complete Works*. London: Doubleday, 1921.

Coover, Robert. *Heart Suite*. *Text appended to A Child Again*. San Francisco: McSweeney s, 2005. N. pag.

Corneille, Pierre. "Of the Three Unities of Action, Time, and Place." *The Norton Anthology of Theory and Criticism*. 2nd ed. Ed. Vincent B. Leitch. New York: Norton, 2010. 288-300.

Crace, Jim. *Being Dead*. New York: Farrar, Straus and Giroux, 1999.

Currie, Mark. *About Time: Narrative, Fiction and the Philosophy of Time*. Edinburgh: Edinburgh UP, 2010.

Dannenberg, Hilary P. *Coincidence and Counterfactuality: Plotting Space and Time in Narrative Fiction*. Lincoln: U of Nebraska P, 2008.

Dawson, Paul. *The Return of the Omniscient Narrator: Authorship and Authority in Twenty-First Century Fiction*. Columbus: Ohio State UP, 2013.

DelConte, Matt. "Why *You* Cant Speak: Second Person Narration, Voice, and a New Model for Understanding Narrative." *Style* 37.2 (2003): 204-219.

Dick, Susan. Introduction. *The Complete Shorter Fiction of Virginia Woolf*. 2nd ed. San Diego: Harcourt Brace Jovanovich, 1989. 1-6.

Diderot, Denis. *Jacques the Fatalist and his Master*. Trans. J. Robert Loy. New York: Norton, 1976.

DiMaggio, Paul. "Culture and Cognition." *Annual Review of Sociology* (1997): 263-285.

Dinesen, Isak. *Anecdotes of Destiny*. New York: Random, 1974.

Docherty, Thomas. *Reading (Absent) Character: Towards a Theory of Characterization in Fiction*. New York: Oxford, 1985.

Doleiel, Lubomfr. "Fictional and Historical Narrative: Meeting the Post-modernist Challenge." *Narratologies: New Essays on Narrative Analysis*. Ed. David Herman. Columbus: Ohio State UP, 1999. 247-273.

———. *Heterocosmica: Fiction and Possible Worlds*. Baltimore: Johns Hopkins UP, 1998.

DuPlessis, Rachel Blau. *Writing beyond the Ending: Narrative Strategies of Twentieth Century Women Writers*. Bloomington: Indiana UP, 1985.

Eckermann, Johann Peter. *Conversations of Goethe and Eckermann*. Trans. John Oxenford. New York: Dutton, 1930.

Eco, Umberto. *Interpretation and Overinterpretation*. Cambridge: Cambridge UP, 1992.

Elias, Amy. "The Dialogical Avant-garde: Relational Aesthetics and Time Ecologies in Only Revolutions TOC." *Contemporary Literature* 53.4 (2012): 738-778.

Ellmann, Richard. *James Joyce*. Rev. ed. Oxford: Oxford UP, 1982.

Ernaux, Annie. *Simple Passion*. Trans. Tanya Leslie. New York: Four Walls Eight Windows, 1993.

Faas, Ekbert. *Tragedy and After: Euripides, Shakespearey Goethe*. Montreal: McGill-Queens UP, 1986.

Federman, Raymond. *Double or Nothing*. Chicago: Swallow, 1971.

Fielding, Henry. *Jonathan Wild*. New York: New American Library, 1961.

———. *Tom Jones*. 2nd ed. New York: Norton, 1995.

Firbank, Ronald. *Three More Novels: Vainglory, Inclinations, Caprice*. New York: New Directions, 1986.

Fletcher, John. *The Novels of Samuel Beckett*. 2nd ed. New York: Barnes and Noble, 1970.

Fludernik, Monika. "New Wine in Old Bottles? Voice, Focalization, and

New'Writing." *NLH*32. 1 (2001): 619-638.

_____. *Towards a "Naturaral" Narratology*. London: Routledge, 1996.

Fokkema, Aleid. "Postmodern Fragmentation or Authentic Essence?: Character in The Satanic Verses" Shades of Empire in Colonial and Post-colonial Literature. Eds. C. C. Barfoot and. Theo D'haen. Amsterdam: Rodopi, 1993. 51-64.

Ford, Ford Madox. *Collected Poems*. London: M. Seeker, 1916.

Fowler, Alastair. "The Two Histories." *Theoretical Issues in Literary History*. Ed. David Perkins. Cambridge. MA: Harvard UP, 1991. 114-131.

Fowles, John. *The French Lieutenant's Woman*. New York: Signet, 1970.

Friedman, Susan Stanford. "Lyric Subversion of Narrative in Womens Writing: Virginia Woolf and the Tyranny of PIot." *Reading Narrative: Form, Ethics, Ideobgy*, Ed. James Phelan. Columbus: Ohio State UP, 1989. 162-185.

Fiiger, Wilhelm. "Limits of the Narrators Knowledge in Fielding s Joseph Andrews: A Contribution to the Theory of Negated Knowledge in Fiction." *Style* 38. 3 (2006): 278-289.

Gabriel Vasquez, Juan. *The Secret History of Costaguana*. Trans. Anne McLean. New York: Riv-erhead (Penguin), 2011.

Galef, David. "Shifts and Divides: The Modernist-Postmodernist Scale in Literature." *Studies in the Literary Imagination* 25 (1992): 83-93.

Gass, William. "In the Heart of the Heart of the Country." *Postmodern American Fiction*. Eds. Paula Geyh, Fred C. Leebron, and Andrew Levy. New York: Norton, 1998. 66-84.

Genette, Gerard. "Fictional Narrative, Factual Narrative." *Poetics Today* Ⅱ (1990): 755-774.

_____. Figures Ⅲ. Paris: Seuil, 1972.

_____. Narrative Discourse: An Essay in Method. Trans. Jane E. Lewin. Ithaca: Cornell UP, 1980.

_____. *Narrative Discourse Revisited*. 1983. Trans. Jane E. Lewin. Ithaca: Cornell UP, 1988.

Gerrig, Richard J., and David W. Allbritton, "The Construction of Literary Character: A View from Cognitive Psychology." *Style* 24.3 (1990): 380-391.

Gibbons, Alison. "Altermodemist Fiction." *The Routledge Companion to Experimental Literature*. Eds. Joe Bray, Alison Gibbons, and Brian McHale. New York: Routledge, 2012.

Gifford, Don, with Robert J. Seidman. *Ulysses Annotated*. Berkeley: U of California P, 1989.

Goethe, Johan Wolfgang von. *Faust: A Tragedy*. 2nd ed. Trans. Walter Arndt. New York: Norton, zoo.

Gorman, David. "Fiction, Theories of." *Routledge Encyclopedia of Narrative Theory*. Eds, David Herman, Manfred Jahn, and Marie-Laure Ryan. London: Routledge, 2005. 163-167.

Grandgent, C. H. *Companion to The Divine Comedy*. Ed. Charles S. Singleton. Cambridge, MA: Harvard UP, 1975.

Greene, Gayle. *Changing the Story: Feminist Fiction and the Tradition*. Bloomington: Indiana UP, 1991.

Grishakova, Marina. *The Models of Space, Time and Vision in V. Nabokovs Fiction: Narrative Strategies and Cultural Frames*. Tartu: Tartu UP, 2006.

Handke, Peter. *Kasper und Other Plays*. Trans. Michael Roloff. New York: Noonday, 1975.

Hamburger, Kate. *The Logic of Literature*. 2nd ed. Bloomington: Indiana UP, 1993.

Hansen, Per Krogh. "Formalizing the Study of Character: Traits, Profiles, Possibilities." *Disputable Core Concepts of Narrative Theory*. Eds. Goran Rossholm and Christer Johansson. Bern: Lang, 2012. 99-118.

Hassan, Ihab. "POSTmodernISM." *New Literary History* 3.1 (1971): 5-30.

____. "Toward a Concept of Postmodernism." *Postmodernism: A Reader*. Ed. Thomas Docherty. New York: Columbia UP, 1993.

Hawkes, John. *The Lime Twig*. New York: New Directions, 1961.

Hayman, David. *Re-Forming the Narrative: Toward a Mechanics of Modernist Fiction*. Ithaca: Cornell UP, 1987.

Heinze, Rüdiger. "Violations of Mimetic Epistemology in First-Person Narrative Fiction." *Narrative* 16. 3 (2008): 279-297.

____. "The Whirligig of Time: Toward a Poetics of Unnatural Temporality." In Alber, Nielsen, and Richardson, 31-44.

Heise, Ursula. *Chronoschisms: Time, Narrative, and Postmodernism*. Cambridge: Cambridge UP, 1997.

Herman, David. *Basic Elements of Narrative*. Malden MA: Wiley-Blackwell, 2009.

____. Introduction. *The Emergence of Mind: Representations of Consciousness in Narrative Discourse in English*. Ed. David Herman. Lincoln: U of Nebraska P, 2011. 1-40.

____. Introduction. *Narrative Theory and the Cognitive Sciences*. Ed. David Herman. Chicago: U of Chicago P, 2003. 1-30.

Herman, David, James Phelan, Peter Rabinowitz, Brian Richardson, and Robyn Warhol. *Narrative Theory: Core Concepts and Critical Debates*. Columbus: Ohio State UP, 2012.

Herman, Luc, and Bart Vervaeck. *Handbook of Narrative Analysis*. Lincoln: U of Nebraska P, 2005.

Hill, Leslie. *Becketts Fiction: In Different Words*. Cambridge: Cambridge UP, 1990.

Hochman, Baruch. *Character in Literature*. Ithaca: Cornell UP, 1985.

Homans, Margaret. "Feminist Fictions and Feminist Theories of Narrative." *Narrative* 2 (1984): 3-16.

Hopper, Keith. *Flann O'Brien: Portrait of the Artist as a Young Post-Modernist*. Cork: Cork UP, 2009.

Horn, Richard. *Encyclopedia: A Novel*. New York: Grove, 1969.

Hughes, Langston. *Five Plays by Langston Hughes*. Bloomington: Indiana UP, 1963.

Hume, Kathryn. *Fantasy and Mimesis: Responses to Reality in Western Literature*. New York: Methuen, 1984.

Hutcheon, Linda. *A Poetics of Postmodernism: History, Theory, Fiction*. New York: Routledge, 1988.

Hyvarinen, Matti, and Elina Viljamaa. "Everyday Unnatural1 Narration?" *Paper read at the third European Narratology Network Conference*, Paris, March 30, 2013.

Iversen, Stefan. "In flaming flames: Crises of Experientiality in Non-Fictional Narratives." *Unnatural Narratives—Unnatural Narratology*. Eds. Jan AJber and Rudiger Heinze. Berlin: De Gruyter, 2011. 89-103.

———. "States of Exception: Decoupling, Metarepresentation, and Strange Voices in Narrative Fiction." *Strange Voices in Narrative Fiction*. Eds. Per Krogh Hansen, Stefan Iversen, Henrik Skov Nielsen, and Rolf Reitan. Berlin: De Gruyter, 2011. 127-146.

———. "Unnatural Minds." In Alber, Nielsen, and Richardson, 94-112.

Jahn, Manfred. "Narrative Voice and Agency in Drama: Aspects of a Narratology of Drama." *NLH* 32. 3 (2001): 659-680.

James, Henry. *Theory of Fiction: Henry James*. Ed. James E. Miller Jr. Lincoln: U of Nebraska P, 1972.

Jameson, Fredric. *Postmodernism, or, The Cultural Logic of Late Capitalism*, Durham. NC: Duke UP, 1991.

Janko, Richard. *Aristotle on Comedy: Towards a Reconstruction of Poetics* Ⅱ. London: Duckworth, 2002.

Jonson, Ben. *Selected Masques*. New Haven: Yale UP, 1970.

Jordan, Shirley. "Autofiction in the Feminine." *French Studies* 67. 1 (2013): 76-84.

Joyce, James. *Ulysses*. New York: Random, 1986.

Joyce, Michael, *Afternoon: a story*. Hypertext. Watertown, MA: Eastgate Systems, 1990.

Kafalenos, Emma. "Toward a Typology of Indeterminacy in Postmodern Narrative." *Comparetive Literature* 44 (1992): 380-408.

Kalidasa. *Theater of Memory: The Plays of Kalidasa*. New York: Columbia UP, 1984.

Kastan, David Scott. *Shakespeare and the Shape of Time*. Hannover, NH: UP of New England, 1982.

Kavan, Anna. *Ice*. New York: Peter Owen, zoo6.

Kenner, Hugh. *Ulysses*. Rev. ed. Baltimore: Johns Hopkins UP, 1987.

Kershner, R. Brandon. *The Cultures of Ulysses*. New York: Palgrave Macmillan, 2010.

Killen, Andreas. *1973 Nervous Breakdown: Watergate, Warhol, and the Birth of Post Sixties America*. New York: Bloomsbury, 2007.

Kincaid, Jamaica. *A Small Place*. New York: Farrar, Straus and Giroux, 1988.

Kindt, Tom, and Hans-Harald Muller. "What, Then, Is Narratology? A Next-to-last Look." *Theorie, analyse, interpretation des recits*. Ed Sylvie Patron. Bern: Lang, 2011. 21-38.

Knowlson, James, and John Pilling. *Frescoes of the Skull: The Later Prose and Drama of Samuel Beckett*. New York: Grove, 1980.

Konstantinou, Lee. *Cool Characters: Irony, Counterculturet and American fiction from Hip to Occupy*. Cambridge MA: Harvard UP, forthcoming.

Laccetti, Jessica. *Multiple Choices: Multilinear Beginnings in Hyperfiction by Women*. Narrative Beginnings: Theories and Practices. Ed. Brian Richardson. Lincoln: U of Nebraska P, 2008. 179-190.

Lamb, Jonathan. *The Things Things Say*. Princeton: Princeton UP, 2011.

Lanser, Susan Sniader. *Fictions of Authority: Women Writers and Narrative Voice*. Ithaca: Cornell UP, 1992.

____. "The 'I' of the Beholder: Equivocal Attachments and the Limits of Structuralist Narratology." *A Companion to Narrative Theory*. Eds. James Phelan and Peter Rabinowitz. Malden, MA: Blackwell: 2005. 206-219.

Larrier, Renee. *Autofiction and Advocacy in the Francophone Caribbean*. Gainesville: U of Florida P, 2006.

Laub, Dori. "Bearing Witness or the Vicissitudes of Listening." *Testimony: Crises of Witnessing in Literature, Psychoanalysis, and History*. Eds. Shoshana Felman and Dori Laub. New York: Routledge, 1992. 57-74.

Leavitt, David. *Arkansas: Three Novellas*. Boston: Houghton Mifflin, 1997.

Lejeune, Philippe. *The Autobiographical Contract*. Trans. R. Carter. *French Literary Theory Today*. Ed. Tzvetan Todorov. Cambridge: Cambridge UP, 1982. 192-222.

Leyner, Mark. *My Cousinf My Gastroenterologist*. New York: Vintage, 1995.

Lucian. *Selected Satires of Lucian*. Ed. and trans. Lionel Casson. New York: Norton, 1962.

Lyotard, Jean-Francois. *The Postmodern Condition: A Report on Knowledge*. Trans. Geoff Bennington and Brian Massumi. Minneapolis: U of Minnesota P, 1984.

Macdonald, Julia. "*Demonic Time in* Macbeth." *The Ben Jonson Journal* 17 (2010): 76-96.

Madden, Patrick. W. G. "Sebald: Where Essay Meets Fiction." *Fourth Genre: Explorations in Nonfiction* 10. 2 (2008): 169-175.

Mailer, Norman. *Armies of the Night: History as a Novel the Novel as History*. New York: Wiedenfeld and Nicholson, 1968.

Mäkelä, Maria. "Cycles of Narrative Necessity: Suspect Tellers and the Textuality of Fictional Minds. Stories and Minds." *Cognitive Approaches to Literary Narrative*. Eds. Lars Bernaerts, Dirk De Geest, Luc

Herman, and Bart Vervaeck. Lincoln: U of Nebraska P, 2013. 129-151.

———. "Navigating—Making Sense—Interpreting (The Reader behind La Jalousie). " *Narrative Interrupted: The Plotless, the Disturbing and the Trivial in Literature*. Eds. Markku Lehtimäki, Laura Karttunen, and Maria Mäkelä. Berlin: De Gruyter, 2012. 139-152.

———. "Possible Minds: Constructing—and Reading—Another Consciousness as Fiction. " *FREE Language INDIRECT Translation DISCOURSE Narratology: Linguistic, Translatological and Literary-Theoretical Encounters*. Tampere Studies in Language, Translation and Culture, Series A, vol. 2. Eds. Pekka Tammi and Hannu Tommola. Tampere: Tampere UP, 2006. 231-260.

———. "Realism and the Unnatural. " In Alber, Nielsen, and Richardson, 142-166.

Malraux, Andre. *The Metamorphosis of the Gods*. Trans. Stuart Gilbert. New York: Doubleday, 1950.

Marlowe, Christopher. *The Complete Plays*. London: Dent, 1999.

McBride, Margaret. "At Four She Said. " *James Joyce Quarterly* 17.1 (1979): 21-39.

McCabe, Colin. *James Joyce and the Revolution of the Word*. 2nd ed. New York: Palgrave Macmillan, 2002.

McGann, Jerome. "History, Herstory, Thdrstory, Ourstory. " *Theoretical Issues in Literary History*. Ed. David Perkins. Cambridge, MA: Harvard UP, 1991. 197.

McHale, Brian. "1966 Nervous Breakdown, or When Did Postmodernism Begin?" *Modern Language Quarterly* 69.3 (2008): 391-413.

———. *Constructing Postmodernism*. New York: Routledge, 1992.

———. *Postmodernist Fiction*, London: Methuen, 1987.

———. "The Unnaturalness of Narrative Poetry. " In Alber, Nielsen, and Richardson, 199-222.

Mda, Zakes. *Ways of Dying. 1995*. New York: Picador, 2002.

Mikkonen, Kai. "Can Fiction Become Fact? The Fiction-to-Fact Transition in Recent Theories of Fiction." *Style* 40 (2006): 291-313.

Miller, D. A. *Narrative and Its Discontents: Problems of Closure in the Traditional Novel.* Princeton: Princeton UP, 1981.

Miller, J. Hillis. *Reading Narrative*, Norman: U of Oklahoma P, 1998.

Momaday, N. Scott. *The Way to Rainy Mountain.* Tucson: U of Arizona P, 1996.

Moody, Rick. *The Ring of Brightest Stars around Heaven.* New York: Time-Warner, 1995.

Moore, Lorrie. *Self Help.* New York: NAL, 1986.

Moore, Steven. *The Novel: An Alternative History. Beginnings to 1600.* New York: Bloomsbury, 2010.

Moraru, Christian. *Memorious Discourse: Reprise and Representation in Postmodernism.* Madison, NJ: Farleigh Dickinson UP, 2005.

Morris, Adelaide. "First Person Plural in Contemporary Feminist Fiction." *Tulsa Studies in Women's Literature* (1992): 11-29.

Morris, Edmund. *Dutch: A Memoir of Ronald Reagan.* New York: Random, 2011.

Morrison, Toni. *Beloved.* New York: Penguin, 1988.

———. *The Bluest Eye*, *New York: Penguin*, 1994.

Nabokov, Vladimir. *The Annotated Lolita.* Ed. Alfred Appel Jr. New York: McGraw Hill, 1970.

———. *Bend Sinister.* New York: Time, 1964.

———. *Lectures on Literature.* Ed. Fredson Bowers. Vol. 1. New York: Harcourt, Brace, Jovanovich, 1980.

———. *Nikolai Gogol.* New York: New Directions, 1953.

———. *Speak, Memeory: An Autobiography Revisited.* New York: G. P. Putnams Sons, 1966.

———. *Stories of Vladimir Nabokov.* New York: Knopf, 1995.

Narayan, Gaura Shankar. "Lost Beginnings in Salman Rushdie's

Midnight's Children." *Narrative Beginnings：Theories and Practices.* Ed. Brian Richardson. Lincoln：U of Nebraska P，2008. 137-148.

Neuman，S. C. *Gertrude Stein：Autobiography and the Problem of Narration.* Victoria，BC：English Literary Studies，Department of English，U of Victoria，1979.

Nielsen，Henrik Skov. "The Impersonal Voice in First-Person Narrative Fiction." *Narrative* 12 (2004)：133-150.

――. "Natural Authors and Unnatural Narrators." *Postclassical Narratology：Approaches and Analyses.* Eds. Jan Alber and Monika Fludernik. Columbus：Ohio State UP，2010. 275-302.

――. "Unnatural Narratology，Impersonal Voices，Real Authors，and Noncommunicative Narration." *Unnatural Narratives—Unnatural Narratology.* Eds. Jan Alber and Rudiger Heinze. Berlin：De Gruyter，2011. 71-88.

O'Neill，Patrick. *Fictions of Discourse：Reading Narrative Theory.* Toronto：U of Toronto P，1996.

Orr，Leonard. *Problems and Poetics of the Nonaristotelian Novel.* Bucknell：Bucknell UP，1991.

Outka，Elizabeth. "Trauma and Temporal Hybridity in Arundhati Roy's *The God of Small Things.*" *Contemporary Literature* 52 (2011)：21-53.

Parker，Joshua. "In Their Own Words：On Writing in Second Person." *Connotations* 21. 2-3 (2012-13)：165-176.

Patron，Sylvie. "The Death of the Narrator and the Interpretation of the Novel：The Example of *Pedro Páramo* by Juan Rulfo." *Journal of Literary Theory* 4. 2 (2010)：253-272.

――. *Le Narrateur：Introduction h la theorie narrative.* Paris：Armand Colin，2009.

Pavel，Thomas G. *Fictional Worlds.* Cambridge，MA：Harvard UP，1986.

Pavić，Milorad. *Landscape Painted with Tea.* Trans. Christina Pribićević-Zorić. New York：Random，1990.

Peake, C. W. *James Joyce: The Citizen and the Artist*. Stanford: U of Stanford P, 1977.

Pearson, John H. "The Politics of Framing in the Late Nineteenth Century." *Mosaic* 23 (1990): 15-30.

Pearson, Nels C. " 'Outside of here It's death': Codependency and the Ghosts of Decolonization in Becketts Endgame. " *ELH* 68. 1 (2001): 215-239.

Peel, Ellen. "Questioning Nature: Unnatural Narration in Feminist Fiction. " International Society for the Study of Narrative Conference. Case Western Reserve U, Cleveland, OH. April 2010.

——. "Subject, Object, and the Alternation of First-and Third-Person Narration in Novels by Alther, Atwood, and Drabble: Toward a Theory of Feminist Poetics. " *Critique* 30. 2 (1989): 107-122.

Perkins, David. *Is Literary History Possible?* Baltimore: Johns Hopkins UP, 1993.

Perloff, Marjorie. *The Poetics of Indeterminacy: Rimbaud to Cage*. Princeton: Princeton UP, 1981.

Pfister, Manfred. *Theory and Analysis of Drama*. Trans. John Halliday. Cambridge: Cambridge UP, 1991.

Phelan, James. "Implausibilities, Crossovers, and Impossibilities: A Rhetorical Approach to Breaks in the Code of Mimetic Character Narration. " In Alber, Nielsen, and Richardson, 167-184.

——. *Living to Tell about It: A Rhetoric and Ethics of Character Narration*. Chicago: U of Chicago P, 2005.

——. *Narrative as Rhetoric: Technique, Audiences, Ethics' Ideology*. Columbus: Ohio State UP, 1996.

——. *Reading the American Novel, 1920-2010*. New York: Wiley-Blackwell, 2013.

——. *Reading People, Reading Plots: Characten Progression, and the Interpretation of Narrative*. Chicago: U of Chicago P, 1989.

Phillips, Caryl. *Crossing the River*. New York: Random, 1995.

Poe, Edgar Allan. *Poetry and Tales*. New York: Library of America, 1984.

Prince, Gerald. *A Dictionary of Narratology*. Rev ed. Lincoln: U of Nebraska P, 2003.

____. "The Disnarrated." *Style* 22 (1988): 1-8.

____. "On Narratology: Criteria, Corpus, Context." *Narrative* 3 (1995): 73-84.

Proust, Marcel. *A la recherche du temps perdu*. 4 *vols*. Paris: Pléiade, 1987-1989.

____. *In Search of Lost Time*. Trans. K. C. Scott Moncrieff et al. New York: Modern Library, 2003.

Quigley, Austin. *The printer problem*. Princeton: Princeton UP, 1975.

Rabinowitz, Peter. *Before Reading: Narrative Conventions and the Politics of Interpretation*. Ithaca: Cornell UP, 1987.

____. " ' Betraying the Sender': The Rhetoric and Ethics of Fragile Texts." *Narrative z* (1994): 201-213.

____. " 'The Impossible Has a Way of Passing Unnoticed': Reading Science in Fiction." *Narrative* (2011): 201-215.

Randolph, Vance. *Ozark Folksongs*. 4 Vols. Columbia: State Historical Society of Missouri, 1946-1950.

Readings, Bill, and Bennet Schaber, eds. *Postmodernism across the Ages*. Syracuse: Syracuse UP, 1993.

Ricardou, Jean. *Pour une theorie du nouveau roman*. Paris: Seuil, 1971.

Rice, Thomas Jackson. *Joyce, Chaos, and Complexity*. Urbana: U of Illinois P, 1997.

Richardson, Alan. "Studies in Literature and Cognition: A Field Map." *The Work of Fiction: Cognition, Culture, and Complexity*. Aldershot, UK: Ashgate, 2004. 1-30.

Richardson, Brian. "Bad Joyce: Anti-Aesthecic Practices in *Ulysses*." *Hy-

permedia Joyce Studies 7. 1 (2005-6).

____. "Beyond the Poetics of Plot: The Varieties of Narrative Progression and the Multiple Trajectories of Ulysses. " *A Companion to Narrative Theory*. Eds. James Phelan and Peter Rabinowitz. Malden, MA: Blackwell, 2005. 167-180.

____. "Beyond Story and Discourse: Narrative Time in Postmodern and Non-Mimetic Fiction. " *Narrative Dynamics*. Ed. Brian Richardson. Columbus: Ohio State UP, 2002. 47-63.

____. "Make It Old: Lucians A True Story, Joyces Ulyssesf and Homeric Patterns in Ancient Fiction. " *Comparative Literature Studies* 37. 4 (2000): 371-383.

____. "Nabokov's Experiments and the Question of Fictionality. " *Storyworlds* 3 (2011): 73-92.

____. "Recent Concepts of Narrative and the Narratives of Narrative Theory. " *Style* 34 (2000): 168-175.

____. "A Theory of Narrative Beginnings and the Beginnings of 'The Dead' and *Molloy.* " *Narrative Beginnings: Theories and Practices*. Ed. Brian Richardson. Lincoln: U of Nebraska P, 2009. 113-126.

____. *Unnatural Voices: Extreme Narration in Contemporary Fiction*. Columbus: Ohio State UP, 2006.

____. "Unusual and Unnatural Narrative Sequences. " *Narrative Sequence in Contemporary Narratology*. Eds. Françoise Revaz and Rapha ë l Baroni. Columbus: Ohio State UP, forthcoming.

Rimmon-Kenan, Shlomich. *Narrative Fiction: Contemporary Poetics*. New York: Methuen, 1983.

Robbe-Grillet, Alain. *For a New Novel: Essays on Fiction*. Trans. Richard Howard. New York: Grove, 1965.

____. *Two Novels by Robbe-Grillet: Jealousy and In the Labyrinth*. New York: Grove, 1965.

Romagnolo, Catherine. "Recessive Origins in Julia Alvarez' *Garcia Girls:*

A Feminist Exploration of Narrative Beginnings." *Narrative begin-nings: Theories and practice*. Ed. Brian Richardson. Lincoln: U of Ne-braska P, 2008. 149-165.

Ronen, Ruth. *Possible Worlds in Literary Theory*. Cambridge: Cambridge UP, 1994.

Rosenberg, Michael Eli. "Narrative Middles in Modern British Fiction." Diss. U of Maryland, 2013.

Rushdie, Salman. *Midnights Children*. New York: Random, 2006.

____. *The Satanic Verses*. New York: Picador, 2000.

Ryan, Marie-Laure. "The Narratorial Functions: Breaking Down a Theo-retical Primitive." *Narrative* 9. 2 (2001): 146-152.

____. *Possible Worlds, Artificial Intelligencey and Narrative Theory*. Bloomington: Indiana UP, 1991.

____. "Postmodernism and the Doctrine of Panfictionaiity." *Narrative* 5 (1997): 165-187.

____. "Temporal Paradoxes in Narrative." *Style* 43. 2 (2009): 142-164.

Rymer, Thomas. "Against Othello." *Four Centuries of Shakespeare Criti-cism*. Ed. Frank Kermode. New York: Avon, 1965. 461-469.

Saporta, Marc. *Composition No*. 1. Trans. Richard Howard. New York: Simon and Schuster, 1963.

Said, Edward. *Beginnings: Intention and Method*. New York: Columbia UP, 1985.

Schneider, Ralf. "Toward a Cognitive Theory of Literary Character: The Dynamics of Mental-Model Construction." *Style* 35. 4 (2001): 607-640.

Searle, John. *Expression and Meaning: Studies in the Theory of Speech Acts*. Cambridge: Cambridge UP. 1979.

Sebald, W. G. *The Rings of Saturn*. Trans. Michael Hulse. New York: New Directions, 1995.

Sen Gupta, S. C. *The Whirligig of Time: The Problem of Duration in Shakespeare's Plays*. Bombay: Orient Longmans, 1961.

Shakespeare, William. *The Complete Works of Shakespeare*. 5th ed. Ed. David Bevington. New York: Pearson Longman, 2004.

————. *The New Arden Macbeth*. Ed. Kenneth Muir. London: Methuen, 1953.

Shapiro, Gavriel. "Setting His Myriad Faces in the Text: Nabokovs Authorial Presence Revisited." Nabokov and His Fiction. Ed. Julian W. Connolly. Cambridge: Cambridge UP, 1999. 15-35.

Shen, Dan. "Breaking Conventional Barriers: Transgressions of Modes of Focalization." *New Perspectives on Narrative Perspective*. Eds. Willie van Peer and Seymour Chatman. Albany: SUNY P, 2001. 159-172.

Sherzer, Dina. *Representation in Contemporary French Fiction*. Lincoln: U of Nebraska P, 1986.

Shields, David. "Life Story." *Remote: Reflections on Life in the Shadow of Celebrity*. Madison: U of Wisconsin P, 2003. 15-17.

Shklovsky, Viktor. *Theory of Prose*. Trans. Benjamin Sher. Normal, IL: Dalkey Archive P, 1991.

Sidney, Phillip. "The Defense of Poesy." *The Norton Anthobgy of Theory and Criticism*. 2nd ed. Ed. Vincent B. Leitch. New York: Norton, 2010. 254-283.

Sommer, Roy. "The (Ua) Natural Response: Reading Walter Abish." *Unnatural Narrative, Critical Theory, and Cultural Studies*. Eds. Jan Alber and Brian Richardson, forthcoming.

Stanton, Rebecca. "Isaac Babels Great Credibility Caper." *Australian Slavonic and East European Studies* 15. 1-2 (2001): 115-125.

Stanzel, Franz. *A Theory of Narrative*. Trans. Charlotte Goedsche. Cambridge: Cambridge UP, 1979.

Stein, Nancy L., and Margaret Policastro. "The Concept of Story: A Comparison between Childrens and Teachers' Viewpoints." *Learning and Comprehension of Text*. Ed. Heinz Mandl, Nancy L. Stein, and Tom Trabasso. Hilldale, NJ: Erlbaum, 1984. 113-155.

Sternberg, Meir. "Ordering the Unordered: Space, Time, and Descriptive Coherence." *Yale French Studies* 61 (1981): 60-88.

Sterne, Laurence. *Tristram Shandy*. New York: Norton, 1980.

Swift, Jonathan. *The Writings of Jonathan Swift*. Eds. Robert A. Greenberg and William B. Piper. New York: Norton, 1973.

Szegedy-Maszak, Mihaly. "Teleology in Postmodern Fiction." *Exploring Postmodernism*. Eds. Matei Calinescu and Douwe Fokkema. Amsterdam: Benjamins, 1987. 41-57.

Tammi, Pekka. *Problems of Nabokovs Poetics: A Narratological Analysis*. Helsinki: Annales Academiæ Scientiarum Fennicæ, 1985.

Thackeray, William Makepeace. *Vanity Fair*. New York: Harpers, 1903. Vol. 1 of *The Works of William Makepeace Thackeray: The Biographical Edition*.

Tieck, Ludwig. *The Land of Upside Down*. Trans. Oscar Mandel. Rutherford, NJ: Fairleigh Dickinson UP, 1978.

Todorov, Tzevtan. *Introduction to Poetics*. Minneapolis: U of Minnesota P, 1981.

Tomashevsky, Boris. "Thematics." *Russian Formalist Criticism: Four Essays*. Trans. Lee T. Lemon and Marion J. Reis. Lincoln: U of Nebraska P: 1965. 61-98.

Torgovnik, Marianna. *Closure in the Novel*. Princeton: Princeton UP, 1981.

Travis, Molly Abel. *Reading Cultures: The Construction of Readers in the Twentieth Century*. Carbondale: Southern Illinois UP, 1998.

Tsur, Reuven. "picture Poetry, Mannerism, Sign Relationships." *Poetics Today* 21. 4 (2000): 751-781.

Twain, Mark. *Mississippi Writings*. New York: Library of America, 1982.

_____. "Hie Story of the Bad Little Boy." Mark Twain in His Times. University of Virginia Library, 2012.

Tykwer, Tom. *Lola rennt*. Film. Westdeutscher Rundfunk, 1998.

Tynjanov, Jurij. "On Literary Evolution." *Twentieth Century Literary Theory*. Eds. Vassilis Lambropoulos and David Neal Miller. Buffalo: SUNY P, 1987. 152-162.

Tyrkko, Jukka. " 'Kaleidoscope' Novels and the Act of Reading." *Theorizing Narrativity*, Eds. John Pier and Jose Angel Garcia Landa. Berlin: De Gruyter, 2008. 277-306.

Vishakadhatta. *Rakshasa's Ring*. *Three Sanskrit Plays*. Trans, and ed. Michael Coulson. New York: Penguin, 1981.

Vogel, Paula. *The Baltimore Waltz and Other Plays*. New York: Theatre Communications Group, 1996.

Vonnegut, Kurt. *Slaughterhouse Five*. New York: Random, 1991.

Waller, G. F. *The Strong Necessity of Time*: *The Philosophy of Time in Shakespeare and Elizabethan Literature*. The Hague: Mouton, 1976.

Walsh, Richard. *The Rhetoric of Fictionality*: *Narrative Theory and the Idea of Fiction*. Columbus: Ohio State UP, 2007.

Warhol, Robyn. *Gendered Interventions*: *Narrative Discourse in the Victorian Novel*. New Brunswick, NJ: Rutgers UP, 1989.

Weese, Katherine. " 'Tu no Eres Nada de Dominicano': Unnatural Narration and De-Naturalizing Gender Constructs in Junot Diaz's *The Brief Wondrous Life of Oscar Wao*." *Journal of Mens Studies* 22. 2 (2014): 89-104.

Weinsheimer, Joel. "Theory of Character: *Emma*." *Poetics Today* 1 (1979): 185-211.

Westervelt, Linda A. " 'The Growing Complexity of Things': Narrative Technique in The Portrait of a Lady." *The Journal of Narrative Technique* 13. 2 (1983): 74-85.

Whiteside, Anna. "Theories of Reference." *On Referring in Literature*. Eds. Anna Whiteside and Michael Issacharoff. Bloomington: Indiana UP, 1987. 175-204.

Wilson, R. Rawdon. "Time." *The Spenser Encyclopedia*. Ed. A. C. Hamilton. Toronto: U of Toronto P, 1990.

Winterson, Jeanette. "The Poetics of Sex Granta." *Granta* (1993): 309-320.

Wittig, Monique. *Les Guerilleres*. Trans. David Le Vay. Urbana: U of Illinois P, 2007.

Wolfe, Tom. *The Electric Kool Aid Acid Test*. New York: Bantam, 1999.

Woller, Joel. "First-Person Plural: The Voice of the Masses in Farm Security Administration Documeiuary." *JNT*: 29. 3 (1999): 340-366.

Woloch, Alex. *The One vs. the Many: Minor Characters and the Space of the Protagonist in the Novel Princeton*. NJ: Princeton UP, 2003.

Wong, Hertha D. Sweet. "First Person Plural: Subjectivity and Community in Native American Women's Autobiography." *Women, Autobiography Theory: A Reader*. Eds. Sidonie Smith and Julia Watson. Madison: U of Wisconsin P, 1998. 168-178.

Woolf, Virginia. *The Complete Shorter Fiction of Virginia Woolf*. 2nd ed. Ed. Susan Dick. San Diego: Harcourt Brace Jovanovich, 1989.

———. *The Diary of Virginia Woolf*. Eds. Anne Olivier Bell and Andrew McNeillie. 5 vols. London: Hogarth P, 1977-1984.

———. "Modern Fiction." *The Common Reader: First Series*. New York: HBJ, 1984. 146-154.

———. *To the Lighthouse*. New York: HBJ, 1981.

Wright, Richard. 12 *Million Black Voices*. New York: Basic Books, 2002.

Zeitlin, Froma. "Travesties of Gender and Genre in Aristophanes' Thesmophoriazusae." *Critical Inquiry* 8. 2 (1981): 301-327.

Zunshine, Lisa. *Strange Concepts and the Stories They Make Possible*. Baltimore: Johns Hopkins UP, 2008.

中英文翻译对照表

Abbott，H. Porter 波特·阿波特

Acker，Kathy 凯西·艾克

African American narrative 非裔美国叙事

Aichinger，Ilse 伊尔丝·艾辛格

Alber，Jan 扬·阿尔贝

allegory 寓言

Alter，Robert 罗伯特·阿尔特

altermodernism 变异现代主义

Amis，Martin 马丁·艾米斯

animal tales 动物故事

Anouilh，Jean 简·阿努伊

Apollinaire 阿波利奈尔

Apuleius 阿普列乌斯

Aristophanes 阿里斯托芬

Aristotle 亚里士多德

Arnold，June 琼·阿诺德

Asian narratives 亚洲叙事文学

Austen，Jane 简·奥斯汀

Auster，Paul 保罗·奥斯特

authors：as characters 作者：作为人物

autobiography 自传文学

autofiction 自传虚构

avant garde narratives 先锋派叙事文学

Babel，Isaac 伊萨克·巴别尔

Bakhtin，Mikhail 米哈伊尔·巴赫金

Bal，Mieke 米克·巴尔

Banfield，Anne 安妮·班菲尔德

Baraka，Amiri 阿米里·巴拉卡

Barnes，Djuna 狄朱娜·巴恩斯

Barthes，Roland 罗兰·巴特

Beatles 披头士

Beckett，Samuel 萨缪尔·贝克特

    Endgame《结局》

    Fizzles《呻吟》

    Molloy《莫洛伊》

    Play《戏剧》

    The Unnamable《无法称呼的人》

    Worstward Ho《向着更糟去呀》

Bell，Alice 爱丽丝·贝尔

Benstock，Bernard 伯纳德·本斯托克

Booth，Wayne 韦恩·布斯

Bordwell，David 大卫·博德威尔

Borges，Jorge Luis 豪尔赫·路易斯·博尔赫斯

Boully，Jenny 珍妮·布利

Bradbury，Malcolm 马尔科姆·布拉德伯里

Bradley，A. C. A.C. 布拉德利

Brecht，Bertold 贝托尔德·布莱希特

Brooks，Peter 彼特·布鲁克斯

Brophy，Brigid 比丽吉·布罗菲

Brown，Marshall 马歇尔·布朗

Buchholz，Laura 劳拉·巴克霍尔兹

Buland，Mabel 梅布尔·布兰

Butor，Michel 米歇尔·布托尔

Byron，George Gordon，Lord，乔治·戈登·拜伦勋爵

Calvino，Italo 伊塔洛·卡尔维诺

　　If on a winters night a traveler《寒冬夜行人》

　　Invisible Cities《看不见的城市》

Carlyle，Thomas 托马斯·卡莱尔

　　Sartor Resartus《旧衣新裁》

Carroll，Lewis 刘易斯·卡罗尔

Carter，Angela 安吉拉·卡特

　　Infernal Desire Machines of Dr. Hoffman《霍夫曼博士的地狱欲望机器》

　　Nights at the Circus《马戏团之夜》

　　The Passion of New Eve《新夏娃的激情》

Castillo，Ana 安娜·卡斯蒂洛

Caughie，Pamela 帕梅拉·考伊

causality 因果关系

Cesaire，Aimé 艾梅·赛泽尔

Cezanne，Paul 保罗·塞尚

Chaucer Geoffrey 乔叟

children's literature 儿童文学

unnatural 非自然

Churchill，Caryl 卡瑞尔·丘吉尔

Cixous，Hélène 埃莱娜·西苏

Cobham，Rhonda 朗达科·巴姆

Coetzee，J. M. J. M. 库切

cognitive narratology 认知叙事学

Cohn，Dorrit 多丽特·科恩

Conrad，Joseph 约瑟夫·康拉德

conventionalization 常规化

Coover，Robert 罗伯特·库弗

Corneille，Pierre 高乃依

Cortazar，Julio 胡里奥·科塔萨尔

Currie，Mark 马克·柯里

Dannenberg，Hilary 希拉里·丹嫩贝格

Dante Alighieri 但丁

defamiliarization（*ostranenie*）陌生化

DelConte，Matt 马特·德尔康特

denarration 消解叙事

Díaz，Junot 朱诺·迪亚斯

Dick，Susan 苏珊·迪克

Diderot，Denis 狄德罗

　　Jacques le fatalist et son maître《宿命论者雅克和他的主人》

DiMaggio，Paul 保罗·迪马吉奥

disnarrated 解除叙事

Docherty，Thomas 托马斯·多彻蒂

Dolezel，Lubomir 多勒泽尔

Dostoyevsky，Feodor 陀思妥耶夫斯基

DuPIessis，Rachel Blau 杜普莱西斯

Duras，Marguerite 玛格丽特·杜拉斯

écriture feminine 阴性书写

Eco，Umberto 翁贝托·埃科

Elias，Amy 艾米·伊莱亚斯

"end of the spectrum" "谱系的结束"

endings 结尾

Erdrich，Louise 路易丝·埃尔德里克

Ernaux，Annie 安妮·埃尔诺

Faas，Ekbert 埃克伯特·法阿斯

fabula 故事

fairy tales 神话故事

falsifiability 可证伪性

Farah, Nuruddin 努鲁丁·法拉赫

Fellini, Frederico 费德里科·费里尼

feminist narratives 女性主义叙事

fictional entities 虚构的实体

fictional worlds 虚构世界

fictionality 虚构性

Fielding, Henry 亨利·菲尔丁

Firbank, Ronald 罗纳德·费班克斯

Fischer, Caitlin 凯特琳·费希尔

Fludernik, Monika 莫妮卡·弗雷德尼克

Fokkema, Aleid 艾莱德·佛克马

folk narratives 民间叙事

Ford, Ford Madox 福特·马多克斯·福特

Fowler, Alastair 阿拉斯泰尔·福勒

Fowles, John 约翰·福尔斯

    The French Lieutenant's Woman《法国中
尉的女人》

fragmentation 分裂性

framebreaking 打破框架

frames 框架

Frey, James 詹姆斯·弗雷

Friedman, Susan Stanford 苏珊·斯坦福·
弗里德曼

Fuentes, Carlos 卡洛斯·富恩特斯

Fuentes, Norberto 诺韦尔托·富恩特斯

Füger, Wilhelm 威廉·弗尔格

Galef, David 戴维·加利夫

Gass, William 威廉·加斯

Genette, Gérard 热拉夫·热奈特

Gerrig, Richard 理查德·格里格

Gifford, Don 唐·吉福德

Glissant, Edouard 爱德华·格里桑

Goethe, Johann Wolfgang von 歌德

Gogol, Nikolai 尼古拉·果戈理

Gordimer, Nadine 纳丁·戈迪默

Gorman, David 大卫·戈尔曼

Greene, Gayle 盖尔·格林纳

Grishakova, Marina 玛丽娜·格里莎柯娃

Hamburger, Käte 凯特·汉堡

Handke, Peter 彼得·汉特克

Hassan, Ihab 伊哈布·哈桑

Havel, Vdclav 瓦茨拉夫·哈维尔

Hawkes, John 约翰·霍克斯

Hawthorne, Nathaniel 纳撒尼尔·霍桑

Hayman, David 大卫·哈曼

Heinze, Rüdiger 鲁迪格·海因茨

Heliodorus 赫利奥多罗斯

Herman, David 戴维·赫尔曼

Herman, Luc 卢克·赫尔曼

Hill, Leslie 莱斯利·希尔

Hochman, Baruch 巴鲁克·霍克曼

Hofmannsthal, Hugo von 胡戈·冯·霍夫
    曼斯塔尔

Homans, Margaret 玛格丽特·霍曼斯

Hopper, Keith 基斯·霍普

Houellebecq, Michel 米歇尔·维勒贝克

Hughes, Langston 兰斯顿·休斯

Hume, Kathryn 凯瑟琳·休谟

Hutcheon, Linda 琳达·哈钦

hyperfiction 超文本小说

ideology 意识形态

Iversen，Stefan 斯特凡·伊韦尔森

James，Henry 亨利·詹姆斯

Jameson，Fredric 弗雷德里克·詹姆逊

Janko，Richard 理查德·扬科

Jonson，Ben 本·琼森

Jordan，Shirley 雪莉·乔丹

Joyce，James 詹姆斯·乔伊斯

Joyce，Michael 迈克尔·乔伊斯

Kafka，Franz 弗兰兹·卡夫卡

Kalidasa 迦梨陀娑

Kenner，Hugh 休·肯纳

Killen，Andreas 安德里亚斯·基伦

Kincaid，Jamaica 牙买加·琴凯德

Kindt，Tom 汤姆·金特

Knowlson，James 詹姆士·诺森

Kokoschka，Oskar 奥斯卡·柯克西卡

Kundera，Milan 米兰·昆德拉

Laccetti，Jessica 杰西卡·莱塞迪

Lamb，Jonathan 乔纳森·兰姆

Lanser，Susan S. 苏珊·S. 兰瑟

Latino/a narratives 拉丁文化叙事

Laub，Dori 多利·劳伯

Laurens，Camille 卡米尔·劳伦斯

Laurier，Renée 蕾妮·劳瑞尔

Lear，Edward 爱德华·里尔

Leavitt，David 戴维·李维特

Lejeune，Philippe 菲利普·勒热纳

Leyner，Mark 马克·雷纳

literary history 文学史

logical impossibilities 逻辑上的不可能性

Lyotard，Jean-Franois 让-弗朗索瓦·利
奥塔

Madden，Patrick 帕特里克·马登

Magritte，René 雷内·马格里特

Mailer，Norman 诺曼·梅勒

Mäkelä，Maria 玛丽亚·马克拉

Malraux，André 安德烈·马尔罗

Marlowe，Christopher 克里斯多夫·马洛

McBride，Margaret 玛格丽特·麦克布莱德

McCabe，Colin 科林·麦凯布

McGann，Jerome 杰罗姆·麦克甘

McHale，Brian 布莱恩·麦克海尔

Mda，Zakes 扎克斯·米达

Menippean satire 梅尼普讽刺

metafiction 元虚构

Metalepsis 转喻

methodology 方法论

Miller，Henry 亨利·米勒

Miller，J. Hillis J. 希利斯·米勒

mimetic paradigm 模仿的范式

minds 心灵

modern literary history 现代文学史

modernism 现代主义

Molière 莫里哀

Morris，Adelaide 阿德莱德·莫里斯

Morris，Edmund 埃德蒙·莫里斯

Morrison，Toni 托妮·莫里森

Müller，Hans-Harald 汉斯-哈罗德·穆勒

multilinear texts 多线性文本

Nabokov，Vladimir 弗拉基米尔·纳博科夫

Nagel，Thomas 托马斯·内格尔

narration 叙述

narrative 叙事的

narrative theory 叙事理论

narrativity 叙事性

Nielsen，Henrik Skov 亨利克·斯科夫·尼尔森

nonfiction 非虚构

Oates，Joyce Carol 乔伊斯·卡罗尔·欧茨

O'Brien，Flann 弗兰·奥布莱恩

　　At Swim-Two-Birds《双鸟游水》

omniscience 全知（叙事）

O'Neill，Patrick 帕特里克·奥尼尔

opera 歌剧

Otto，Rudolph 鲁道夫·奥托

paralepsis 赘叙

Parker，Joshua 约书亚·帕克

parody 戏仿

Pavel，Thomas 托马斯·帕维尔

Pavić，Milorad 米洛拉德·帕维奇

Peel，Ellen 艾伦·皮尔

Perec，Georges 乔治·佩雷克

Perkins，David 大卫·珀金斯

Perloff，Marjorie 玛乔瑞·帕洛夫

Pfister，Manfred 曼弗雷德·费斯瑟

Phelan，James 詹姆斯·费伦

Phillips，Caryl 卡瑞尔·菲利普斯

Pillig，John 约翰·皮尔格

Pinter，Harold 哈罗德·品特

Pirandello，Luigi 路易吉·皮兰德娄

Plautus 普劳图斯

Poe，Edgar Allan 爱伦·坡

popular culture narratives 流行文化叙事

possible worlds 可能世界

postcolonial narratives 后殖民主义叙事

postmodernism 后现代主义

post-postmodernism 后后现代主义

Prince，Gerald 杰拉德·普林斯

probability 可能性

Propp，Vladimir 弗拉基米尔·普罗普

Pynchon，Thomas 托马斯·品钦

Queneau，Raymond 雷蒙·格诺

Quigley，Austin 奥斯汀·奎格利

Rabelais，Francois 拉伯雷

Rabinowitz，Peter 彼特·拉比诺维奇

reader 读者

Reed，Ishmael 伊斯米尔·里德

rhetorical narrative theory 修辞叙事理论

Richardson，Alan 艾伦·理查森

Richardson，Brian 布莱恩·理查森

Rimmon-Kenan，Shlomith 什洛米斯·里蒙·凯南

Robbe-Grillet，Alain 阿兰·罗伯-格里耶

Romagnolo，Catherine 凯瑟琳·罗马尼奥诺

Valdez, Luis 路易斯·瓦尔迪兹

Valery, Paul 保罗·瓦莱里

Vervaeck, Bart 巴特·维沃克

Viljamaa, Elina 埃尔娜·维尔贾玛

Vishakadhacta 毗舍佉达多

Virrac, Roger 罗杰·维塔克

Vogel, Paula 宝拉·沃格尔

Vonnegut, Kurt 库尔特·冯古内特

Walsh, Richard 理查德·沃尔什

Weese, Katherine 凯瑟琳·威斯

weird tales 怪谈故事

Weldon, Fay 费伊·韦尔登

Westservelt, Linda 琳达·韦斯特维尔特

Wilde, Oscar 奥斯卡·王尔德

Wilson, R. Rawdon 罗登·R. 威尔逊

Winterson, Jeanette 珍妮特·温特森

Witkicwicz, Stanislaw 斯坦尼斯瓦夫·维
　　特凯维奇

Witcig, Monique 莫妮卡·威蒂格

Wolfe, Tom 汤姆·沃尔夫

Woller, Joel 乔尔·沃勒

Wolloch, Alex 亚历克斯·沃洛克

Woolf, Virginia 弗吉尼亚·伍尔夫

Wright, Richard 理查德·赖特

Zeitlin, Froma 弗洛马·塞特林

Zunshine, Lisa 丽莎·尊霞

译后记

　　《非自然叙事：理论、历史与实践》出版于 2015 年，是作者在其《非自然叙述声音：现当代小说中的极端叙事》一书及与人合著的《叙事理论：核心概念与批评性辨析》一书基础上的强化和拓展，是布莱恩·理查森对非自然叙事学研究系统而全面的梳理和总结。理查森希望通过提供非自然叙事普遍存在于文学史中的事实，强化非自然叙事学理论的说服力，拓展对不同时期、不同文化和不同流派作品的研究。

　　理查森认为，叙事主要存在三种不同类别：非虚构叙事，模仿虚构叙事，违反模仿实践与目的的非自然虚构叙事。以往的叙事学理论研究大都忽视、摒除非自然叙事，试图构建起一种便于整合的普适叙事学。这些叙事学几乎只包括非虚构叙事与模仿虚构叙事。模仿理论原则上无法公正合理地处理反模仿的实践，它只能讲述故事的一半。理查森认为这是不完整的叙事学理论，完整的叙事学理论必须将两者都包含在内。

　　《非自然叙事：理论、历史与实践》是理查森非自然叙事学研究著作中的集大成者。这主要体现在两个方面。第一个层次为非自然叙事研究的系统化，即厘清非自然理论的概念，对非自然叙事历史进行回溯，采用多理论视角进行具体文本的批评阐释，展现了理查森对非自然叙事研究全面而深入的思考。第二个层次为内容的全面性，即分别从纵向（跨时代）、横向（跨文化）和综合（跨文类与跨思潮）的角度进行非自然文本的广泛呈现。理查森在书中重申非自然叙事学研究有益于一个真正全面的叙事学，希望在分析层面上对叙事学研究对象做出更大范围的拓展，使人们更加关注非自然叙事文本。该书呈现了不同国家非自然叙事的历史，尤其关注非自然叙事出现的广泛性和自发性。文本阐释的对象既有古典的古希腊戏剧，也不乏后现代最极端的实验性作品，既从影响广泛的西方文学作品入手，也研究了大量传统的东方文学作品，体现出兼顾不同区域的全面性，囊括不同文类的丰富性，以及采用不同理论进行阐释的灵活性。

具体而言，该书既讨论西方经典作品《麦克白》《浮士德》中的非自然叙事的时间和事件，也关注印度迦梨陀娑的梵文戏剧《沙恭达罗》和中国古典小说《红楼梦》中非自然叙事产生的原始性，"涉及从古希腊罗马文学、梵语文学、中世纪文学、文艺复兴文学、18世纪文学一直到最近的后现代主义、魔幻现实主义、先锋派的作品"。非自然叙事构成了整个文学史可供选择的另一侧面，是另一个"伟大的传统"，尽管它也是被文学史、批评和理论忽视或边缘化的部分。多数文学史、批评和理论仍然被限制在文学模仿实践的狭窄范围之内。

理查森对梵语戏剧《沙恭达罗》的开场白进行研究，探讨了从演员唱赞美湿婆的颂神曲，到引发导演回忆，最后到国王豆扇陀出场的跨层叙述，认为戏剧以一种反模仿的方式将不同的故事层联系在一起。类似情况也出现在但丁的《神曲》、拉伯雷的《巨人传》、塞万提斯的《堂吉诃德》、日本的歌舞伎表演和中国小说《红楼梦》中。理查森认为：

> 非自然叙事理论是面向外部世界和拥抱差异性的，涵盖了不同时期、文化和情感的不寻常的文本。它避开了以现实主义文本为基础的，18世纪晚期至20世纪早期始终隐秘存在的欧洲中心主义理论。正如我们所见，它看起来热切地关照其他文化中普遍存在的可替代的形式，如使用集体型的"我们"叙述美国原住民和南部非洲历史的故事，具有框架断裂诗学的梵语戏剧和中国古典小说，反现实主义的日本能剧，具有反现实主义技巧的中世纪叙事。

理查森注意到，在反模仿文本的背后，似乎有某种东西推动着、吸引着人们在文学研究中进行一种对既定的、神话化了的故事和话语规则的解构。非自然的视角可以让人们更好地理解和语境化意识形态所激发的文本探索，以此超越传统形式的局限。比如女权主义和酷儿的多主题写作，以及从阿里斯托芬时代开始的非自然的叙事手法与戏仿的结合，作者的目的不仅是戏仿传统的叙事模式，还讽刺了现存的社会关系；既关注叙事形式上的超越，又力图思考形式与意识形态、社会关系之间的深刻关联。

理查森将非自然叙事学家分为两派：本质派和非本质派。将违反模仿常规视为非自然叙事首要特征的研究者即本质派理论家，包括尼尔森、伊韦尔森和理查森本人。这一派不否认其他叙事学家在心理上、文化上以及意识形态上的研究特点。他们关注的是对叙事规约的反叛。非本质派研究者，则以阿尔贝为代表。这些叙事学家关注寻找而不是解释非自然事件在认知上的作用，对解释和理解非自然叙事的识别与挪用也不感兴趣。理查森认为，非自然叙事文本的一个至关重要的价值就在于创造性地耍弄了有关叙事本质表现的常规，而不是服务于其他认知的、功能的层面。理查森的研究并未离开语境叙事学的范围，他依然立足于强调社会文化、历史以及文本的特异性，尤其强调形式的意识形态性。

由于强调对社会历史语境的关注，理查森对违背现实主义传统的后现代小说的分析是独到而深刻的。他认为自己的理论是在莫妮卡·弗雷德尼克提倡的"自然叙事学"的基础之上形成的"非自然叙事学"，并在实际的研究中对其有所呼应。他明显注意到"经典叙事学的洞察力与物质世界的历史相结合考察的必要性"，而"激发起理查森兴趣的文本形式特征总是与文本中写到和读到的历史时间和地理空间相联系"[①]。在这方面，他与注重语境的理论家们的工作是同向而行的，后者聚焦于性别、种族或后殖民主义的分析。他对拉什迪的小说《午夜之子》那种谐谑、粗暴的文本类型所进行的后现代性研究恰当而深刻。用罗宾·沃霍尔的话说："如果没有理查森对这类作品的洞见的加入，很难想象如何阅读一部像《午夜之子》这样的小说。"[②]除了《午夜之子》外，本书也讨论了大量后殖民作家的作品，试图将这些作品放置到更加古老的历史现场之中。比如，理查森分析了阿尔马的小说《两千个季节》，认为小说涵盖了非洲黑人一千年的历史。卡拉特林·海德的《火之河》则有更长的历史范围，从公元前 4 世纪一直延伸到印巴分治。他认为情节服务于在一段时间内组织和描述一个群体的身份认同的需要。作品强调了这些群体的共同特征，并形成典型体验，让创造一个单一却又广泛的故事成为可能。

在《叙事理论：核心概念与批评性辨析》一书中，詹姆斯·费伦与彼

---

① ［美］戴维·赫尔曼、詹姆斯·费伦等：《叙事理论：核心概念与批评性辨析》，207 页，北京，北京师范大学出版社，2016。

② 同上书，207 页。

得·拉比诺维奇认为，理查森的非自然叙事学研究为叙事学研究提供了丰富的文本材料。这一特点在本书中得到了更多呈现。本书不仅涵盖了之前在《叙事理论：核心概念与批评性辨析》中的先锋派、新小说、阴性书写、魔幻现实主义、后现代主义，以及超文本小说等，还将东方文学中的非自然叙事文本也囊括进来，在文本覆盖面上做到了古今世界文学都有，体现出构建理论研究文本的全面性。

　　理查森一直都强调自己的研究不是推翻其他叙事理论的研究方法，而是指出现有叙事学理论对反模仿文本的忽视。他认为："任何一个单一的研究视角，如模仿、综合或意识形态的视角，都必然是不充分的。留下来更多的是对反模仿人物的分析和拓展。"①他的研究也明显贯彻了这一点，其目的不在于建构一个新的叙事学分析框架。他并不像詹姆斯·费伦、莫妮卡·弗雷德尼克、苏珊·兰瑟等叙事学家那样，力图提供一种新的叙事学研究方法，而是试图去弥补传统叙事学研究对非自然叙事文本研究的不足。在方法的采用上他不拘一格，博采众长，并不受单一理论框架的限制。从这个意义上说，其研究成果，更多产生于阐释非自然叙事文本的过程之中。这也促使读者更多关注这一类型的文本，并在采用多种方法的阐释中获得方法论上的启迪，对作品产生新的解读。

　　每一个有雄心的叙事学家都很难抵制去构建一个适用于所有文本的框架的诱惑。在这一点上，理查森确实是与众不同的。对于全面的叙事理论的建构，他更多集中在材料上，而不是方法论上。其对文本的阐释提供了许多新的见解，其悬置方法论建构并强调应用的做法，也开辟了一条新的叙事学研究路径。

　　另外，理查森所采用的文本案例相当与众不同，让人印象深刻，甚至会让读者的神经受到折磨。笔者对此深有体会，在翻译时遭遇到的最大困难莫过于那些怪异的非自然叙事文本。文字晦涩、结构破碎和"语法错误"（文本作者故意为之）俯拾皆是。这些文本的"故事"与"话语"往往重合，原作者有意阻止读者对其进行重述，刻意设置许多阅读障碍。这也使

---

　　① ［美］戴维·赫尔曼、詹姆斯·费伦等：《叙事理论：核心概念与批评性辨析》，234页，北京，北京师范大学出版社，2016。

笔者在翻译过程中常常陷入一种明知不可译而强译的境地。笔者尽量按照理查森文本分析的侧重点和原文本作者写作的形式意图进行翻译，并未将其明显"自然化"和"合理化"，而是尽力保持其非自然叙事的特征。这样一来，就很难符合一般读者的阅读习惯或传统的文本规约。因此，读者在阅读本书的时候，如果感到所分析文本语言晦涩，结构断裂，语意不通，请考虑这可能是文本本身的特点，当然也很有可能源自本人翻译时的力所不逮。由于篇幅有限，不能一一附出所分析文本的英语原文供读者对照阅读，实翻译此书的一大憾事。若有深入了解之需求，还请翻阅原文。

翻译这样一本具有相当难度的叙事学理论著作，确实使我这个长期进行叙事学研究的人获益匪浅。点灯句读，深夜埋首，于万籁俱寂中倾听思想的回声。翻译此书给予我的不仅是对非自然叙事研究文本视野的开拓，对现有叙事理论建构的反思，还有克服困难的勇气和信心，这也算是一项意外之喜吧！认真想一想，这难道不是长期进行学术研究的应有之义？难道不是另外一种形式的"既见君子，云胡不喜"？

2021 年 1 月 5 日凌晨于昆明

北京市版权局著作权合同登记号：01-2019-6391

图书在版编目（CIP）数据

非自然叙事：理论、历史与实践 /（美）布莱恩·理查森著；舒凌鸿译. —北京：北京师范大学出版社，2021.3
（当代叙事理论译丛）
ISBN 978-7-303-26371-4

Ⅰ. ①非⋯ Ⅱ. ①布⋯ ②舒⋯ Ⅲ. ①叙述学 Ⅳ. ①I045

中国版本图书馆 CIP 数据核字（2020）第 201304 号

营 销 中 心 电 话 010-58807651
北师大出版社高等教育分社微信公众号 新外大街拾玖号

FEI ZIRAN XUSHI LILUN LISHI YU SHIJIAN

出版发行：北京师范大学出版社 www. bnup. com
　　　　　北京市西城区新街口外大街 12-3 号
　　　　　邮政编码：100088
印　　刷：北京盛通印刷股份有限公司
经　　销：全国新华书店
开　　本：730 mm×980 mm 1/16
印　　张：13.5
字　　数：208 千字
版　　次：2021 年 3 月第 1 版
印　　次：2021 年 3 月第 1 次印刷
定　　价：56.00 元

策划编辑：周劲含　　　　　责任编辑：梁宏宇
美术编辑：李向昕　　　　　装帧设计：李向昕
责任校对：康　悦　　　　　责任印制：马　洁